임긍재
평론 선집

임긍재
평론 선집

김택호 엮음

현대문학

〈한국문학의 재발견-작고문인선집〉을 펴내며

　　한국현대문학은 지난 백여 년 동안 상당한 문학적 축적을 이루었다. 한국의 근대사는 새로운 문학의 씨가 싹을 틔워 성장하고 좋은 결실을 맺기에는 너무나 가혹한 난세였지만, 한국현대문학은 많은 꽃을 피웠고 괄목할 만한 결실을 축적했다. 뿐만 아니라 스스로의 힘으로 시대정신과 문화의 중심에 서서 한편으로 시대의 어둠에 항거했고 또 한편으로는 시대의 아픔을 위무해왔다.

　　이제 한국현대문학사는 한눈으로 대중할 수 없는 당당하고 커다란 흐름이 되었다. 백여 년의 세월은 그것을 뒤돌아보는 것조차 점점 어렵게 만들며, 엄청난 양적인 팽창은 보존과 기억의 영역 밖으로 넘쳐나고 있다. 그리하여 문학사의 주류를 형성하는 일부 시인·작가들의 작품을 제외한 나머지 많은 문학적 유산은 자칫 일실의 위험에 처해 있는 것처럼 보인다.

　　물론 문학사적 선택의 폭은 세월이 흐르면서 점점 좁아질 수밖에 없고, 보편적 의의를 지니지 못한 작품들은 망각의 뒤편으로 사라지는 것이 순리다. 그러나 아주 없어져서는 안 된다. 그것들은 그것들 나름대로 소중한 문학적 유물이다. 그것들은 미래의 새로운 문학의 씨앗을 품고 있을 수도 있고, 새로운 창조의 촉매 기능을 숨기고 있을 수도 있다. 단지 유의미한 과거라는 차원에서 그것들은 잘 정리되고 보존되어야 한다. 월북 작가들의 작품도 마찬가지다. 기존 문학사에서 상대적으로 소외된 작가들을 주목하다 보니 자연히 월북 작가들이 다수 포함되었다. 그러나 월북 작가들의 월북 후 작품들은 그것을 산출한 특수한 시대적 상황의 고려 위에서 분별 있게 이해되어야 할 것이다.

이러한 당위적 인식이 2006년 한국문화예술위원회의 문학소위원회에서 정식으로 논의되었다. 그 결과 한국의 문화예술의 바탕을 공고히 하기 위한 공적 작업의 일환으로, 문학사의 변두리에 방치되어 있다시피 한 한국문학의 유산들을 체계적으로 정리, 보존하기로 결정되었다. 그리고 작업의 과정에서 새로운 의미나 새로운 자료가 재발견될 가능성도 예측되었다. 그러나 방대한 문학적 유산을 정리하고 보존하는 것은 시간과 경비와 품이 많이 드는 어려운 일이다. 최초로 이 선집을 구상하고 기획하고 실천에 옮겼던 한국문화예술위원회의 위원들과 담당자들, 그리고 문학적 안목과 학문적 성실성을 갖고 참여해준 연구자들, 또 문학출판의 권위와 경륜을 바탕으로 출판을 맡아준 현대문학사가 있었기에 이 어려운 일이 가능하게 되었다. 이런 사업을 해낼 수 있을 만큼 우리의 문화적 역량이 성장했다는 뿌듯함도 느낀다.

〈한국문학의 재발견-작고문인선집〉은 한국현대문학의 내일을 위해서 한국현대문학의 어제를 잘 보관해둘 수 있는 공간으로서 마련된 것이다. 문인이나 문학연구자들뿐만 아니라 더 많은 사람들이 이 공간에서 시대를 달리하며 새로운 의미와 가치를 발견하기를 기대해본다.

2011년 2월

출판위원 김인환, 이숭원, 강진호, 김동식

평론 선집을 꾸미기 위해 임긍재의 글들, 그리고 그와 관련된 자료들을 수집하면서, 그의 글들이, 또 그의 흔적이 얼마나 소외되어 있었는지 알 수 있었다. 해방공간, 그리고 전후문학 연구자들에게 임긍재는 낯선 이름이 아닐 것이다. 그러나 오랜 시간 동안 그의 생각과 논리는 낡은 것으로, 혹은 특별하지 않은 것으로 방치되어왔다. 아마 그것은 반공이라는 '낡고도 넌덜머리 나는' 틀 안에 완벽하게 들어앉은 그의 태도가 후학들에게 딱히 매력적인 것으로 받아들여지지 않았기 때문일지 모른다. 필자는 그 '방치된 것들'을 살펴가면서 임긍재의 흔적들을 정리하고자 했다.

임긍재의 글들은 매우 거칠었다. 그러나 그는 다소 억지스러운 논리를 펼치는 경우는 있어도 모호한 글을 쓰거나 형식적인 찬사를 늘어놓는 글을 쓰지는 않았다. 원래 사석에서도 독설가로 유명했다고 하는데, 글에서도 그런 면모는 뚜렷했다.

김동리와 조연현을 대표적인 이론가로 하는 1950년대 우익문인진영 이론가 중 한 사람이었던 임긍재는 1918년 황해도 연백에서 출생하였다. 일본 유학 후 월남하여 본격적인 문학평론 활동을 펼쳤는데, 예의 독설적인 문장으로 마르크스주의 문학론과 거기에 입각하여 창작된 문학작품들, 그리고 기회주의적이거나 사적 욕망을 추구하는 당시 문학의 행태를 비판했다. 이른바 인간주의적인 순수문학을 옹호했던 그는 아이러니하게도 현실 정치에 깊이 관여하기도 했는데, 조병옥과의 돈독한 관계는 많은 사람이 익히 알고 있을 정도였다.

마르크스주의 문학론에 대한 그의 반감은 크게 두 가지로 정리할 수 있다. 첫째는 정치적 목표를 위해서 설정된 마르크스주의 문학론이 지닌 교조성에 대한 비판이고, 둘째는 인간의 개별성을 인정하지 않는 입장, 임긍재의 표현을 빌리자면 '공식주의적'인 문학에 대한 반감이었다. 정치적인 목적을 위해서 문학을 이용하는 것이 문학에 대한 모독이라는 것이 그가 반복했던 마르크스주의 문학에 대한 비판이었다. 1950년대 중반 이후 정치적인 활동으로 급격하게 기울어간 그가, 그런 변화와 함께 문학평론 활동을 거의 하지 않았다는 것은, 어쩌면 문학과 정치는 병행해서는 안 되는 것이라는 스스로의 가치관이 반영된 것인지도 모르겠다.

임긍재가 표방했던 '인간주의 문학'이란, 특정한 목적에 복무하도록 현실을 왜곡하거나 피상적으로 그리지 않아야 하고, 근본적으로 선한 의지를 지니고 있는 인간의 감정을 내밀하게 그려내는 것이어야 했다. 이런 그의 문학관은 우익진영 문인들이 발표한 작품을 평가하는 데에도 동일하게 적용된다. 우리에게 잘 알려져 있는 김동리의 「역마」와 「흥남철수」 같은 작품이 지닌 피상성을 비판하는 장면은, 그가 이른바 평론을 문단 정치에 활용하지 않았다는 점을 잘 보여준다. 특히 1954년에 발표한 「문화 운동의 변조적인 경향에 항抗하여」에서 그는 학술원 회원이 되기 위하여 일부 우익문인진영 주류 인사들이 취했던 기회주의적이고 이기적인 태도를 적나라하게 분석하면서 통박하고 있는데, 이는 임긍재가 뚜렷한 자기 확신 속에서 발언하고 행동했던 인물이었다는 점이 잘 드러나는 대목이라 하겠다.

임긍재의 글에는 수없이 많은 외국의 작가와 문학이론가, 철학자들이 등장한다. 또한 그는 문학평론 외에도, 영화평, 정치평론 등 다양한 관심을 글로 표명했다. 열 줄이 넘는 긴 문장, 끊임없이 반복되는 '즉'이라는 표현 등 오만하면서도 거친 그의 문장을 통해서 필자는 쩌렁쩌렁한 목소리를 지닌 인간 임긍재와 만찬을 함께한 느낌이었다. 또한 그가 많은 책을 섭렵한 독서광이었다는 점 역시 느낄 수 있었다.

평론 선집을 꾸미면서 가장 어려웠던 점은 인간 임긍재를 알려주는 글이 거의 없다는 점이었다. 임긍재의 평론 활동을 다룬 연구도 없었으며 그를 이해할 수 있는 길을 알려주는 글들도 거의 없었다. 그러던 차에 원로 시인 김광림 선생을 찾아뵈었다. 김광림 선생은 임긍재의 처남이다. 선생께서 아직도 정정한 모습으로 임긍재, 그리고 당시 문단 상황 등에 대해서 말씀해주셨던 것이 이 책을 꾸미는 데 적잖은 도움이 되었다. "똑똑한 사람이었는데, 아직 제대로 평가되지 않아서 안타깝다"고 하신 선생님의 말씀이 아직도 뚜렷하다. 선생님과의 만남은 이번 일을 통해서 필자가 얻은 뜻밖의 행운이었다. 특히 작가 연보는 많은 부분 선생님의 기억에 의존했다.

이 책은 임긍재가 발표했던 모든 글을 수록한 것은 아니다. 글을 고르는 작업이 어려웠는데, 그것은 그가 문학, 영화, 정치, 시사 등 다양한 문제에 대해서 글을 발표했기 때문이다. 특유의 독설적인 글쓰기 역시 글을 고르는 데에 어려움을 주었다. 해서 짧은 신문 기사나 칼럼, 단순한 해설 기사나 작품평, 서평 등은 선집에서 제외했다. 이렇게 해서 선별한 작품들을 다시 원론적인 입장에서 문학론을 거론하고 있는 글들, 개별 작가나 일정한 기간 동안 발표되었던 작품들에 대한 평론들, 영화평이나 정치적인 글들로 각기 구분했다.

원고료를 받거나 혹은 뜻밖의 수입이 생기면 지인들을 불러내 거나 하게 술을 샀다는, 그래서 늘 많은 사람들에게 둘러싸여 있었다는 임긍재의 주변 사람들에게 지금은 후학들의 방문이 거의 없다는 점은 쓸쓸한 풍경이다. 이 평론 선집이 많은 연구자들과 독자들에게 보내는 임긍재 비평문학에 대한 초대장이 되기를 기대한다.

마지막으로 〈한국문학의 재발견—작고문인선집〉을 기획하고 실행에 옮기고 있는 한국문화예술위원회와 현대문학에 감사한 마음을 전하고 싶다.

2011년 2월

김택호

* 일러두기

1. 이 책은 임긍재의 평론들 중 주요 작품을 모은 비평선집이다.
2. 작가와 작품 연보를 붙여 연구자들에게 도움을 주고자 했다.
3. 차례는 글의 주제에 따라 '문학론', '작품·작가론', '시론 및 영화평'으로 구분하고, 그 구분 내
   에서는 발표 연대순으로 구성했다.
4. 글을 현대어 표기로 고치되, 가급적 원저자의 문장과 용어를 유지했다. 또한 당시에 발표되었
   던 작품집이나 작품명도 원래 표기를 그대로 유지했다.
5. 현대어 표기는 국립국어원의 『표준국어대사전』을 기준으로 삼았다.
6. 한자를 가급적 줄이되, 오해의 여지가 있는 경우에는 병기했다.
7. 지나치게 긴 문장이 많았는데, 그로 인해서 의미 전달에 장애가 있다고 판단한 경우에는 독자
   를 위해서 쉼표를 넣거나 문장을 분리했다. 오자와 오식은 바로잡았으며, 부분적으로 문장을
   고치거나 간접 인용을 직접 인용으로 고친 부분도 있다. 단어나 표현을 교체한 경우 각주를 통
   해서 원문 표기를 밝혔다.
8. 외국어 인명과 작품명이 상당히 많았는데, 모두 현대어로 바꾸었다. 잘 알려진 인명과 작품명
   이 아닌 경우 원어를 병기하거나 각주로 설명을 추가하였다.
9. 판독이 불가능한 글자는 ×로 표시했다.
10. 작품명은「 」로, 작품집이나 단행본은『 』로, 정기간행물은《 》로 표시했다.

차례

제1부_문학론

제2부_작품 · 작가론

제3부_시론時論 및 영화평

해설_임긍재의 비평문학에 나타난 문학과 현실 • 223

제 1 부 문학론

꿈과 문학文學

4월 중순경 어느 목요일 《민중일보》 특집에 꿈 이전의 '잠'에 대해서 그 '변전의식變轉意識' 형태를 몇 마디 중언부언한 적이 있다. 지금 그것을 연상하면서 이 글을 쓴다.

프로이드는 「문화에 있어서 불쾌Das Unbehagen in der Kultur」 혹은 「정신 분석서설」 또는 「분석예론分析藝論」 중 '시인과 공상' 등을 언급하는 가운데 대략 다음과 같은 의미의 구절을 적고 있다.

꿈꾸는 사람이 그 공상을 우리들에게 말한다 해도, 우리들의 그러한 고백에 대해서 조금도 쾌락과 흥미를 느끼지 않을 것이다. 그러나 시인이 그것을 우리들을 위해서 하나의 꿈 이야기로 우리들에게 보여주었다면, 우리들은 그 꿈 이야기의 여러 가지 근거들로부터 깊은 쾌락을 경험하게 될 것이다. 예술의 본질은 우리의 취향(好惡)을 극복하고 우리 모두의 자아와 타인의 자의식 사이에 끼어들어 있는 걸림돌(障碍)을 제거하는 기 술일 것이다.

내가 지금 이 인용문 내용을 분석하려는 것은 아니다. 나는 이제 꿈과 문학을 대비하여 논의할 것이다.

만약 세상에 꿈과 문학이라는 두 의식 형태가 없었다면, 얼마나 많은 사람들이 정신적으로 막다른 골목에 몰려 있을지 모를 것이다. 물론 원래부터 꿈과 문학은 같은 것이 아니다. 꿈은 순수한 무의식적 심리작용으로서, 오로지 환각과 영상을 수단으로 연속적으로 꾸는 것인데, 하나의 윤곽을 가진 선을 그리며 그 선을 따라서 꿈꾸는 사람이 꿈이 원하고 바라는 곳에 도착하게 한다. 그러나 문학은 오히려 의식적인 작용이다. 문학은 문자를 통해서 독자가 상상하는 사회현상을 그리는 것이다.

꿈과 문학의 주관적이고 구체적인 차이에 대한 언급은 지면관계상 생략하기로 한다. 그러나 꿈과 문학은 현실적으로 불가능한 원망願望을 그릴 것이나, 꿈은 현실적으로 불가능한 것이라도 그 원망을 대상적 충족代償的 充足을 통해 만족시킬 수 있다. 그러므로 꿈 가운데의 현실을, 현실의 꿈으로서 꿈꾸는 사람의 공상을 충분히 만족시킬 수 있는 것이다. 이러한 인간의 보이지 않는 심리 형태를 정신분석학적으로 구별한다면 의식과 무의식으로 분류할 수 있을 것이며, 현실적으로 세상에서 상극과 갈등을 타협하는 꿈을 꿀 수 있을 것이다. 이러한 의미에서 문학은 현실에서 약동하는 상극과 갈등이라는 추악한 면만을 묘사하고 표현할 것이 아니라, 회화적이고 몽상적인 영상과 환각을 통해 독자의 마음속에 아름답고 커다란 충격이 일어날 수 있도록 전심전력해야 한다. 이것이 문학도의 사명일 것이다. 이렇게 생각함으로써 꿈과 문학을 불가분의 것으로 인식할 수 있다. 시성 괴테는 "그려라—문예가들이여—말하지 말자!"라는 의미 있는 말을 하였다. 여기에서도 문학에는 꿈의 요소가 들어 있다는 것을 알게 된다.

여러분이 주지하는 바와 같이, 인간은 이중적 성격을 지니고 있다.

하나는 동물적 자아이고, 다른 하나는 이성적 자아이다. 그러므로 괴테는 "내 마음 속에 두 개의 영혼이 숨어 있다"고 하였다. 하나의 영혼은 하늘을 동경하고 다른 하나의 영혼은 지상에 집착하고 있다. 이것은 자아의 분열을 탄식한 것이다. 그러나 인간성에 있어서 선과 악, 미와 추는 본능적으로 유지되어 있는 것이다. 『부활』의 네플류도프 공작이 정신적 자아를 끝까지 지키고 양심의 명령 아래 무릎을 꿇었다면 '카추샤'의 일생은 그렇게 참혹한 생애가 되지는 않았을 것이다. 또 오스카 와일드의 『옥중기』에도 이와 같은 말이 있다. 사람에게는 그 어느 누구를 막론하고 영육의 상극과 투쟁이 있을 수밖에 없다. 그러나 문학은 육체적인 고민을 구하는 동시에 정신적인 고민도 다스려야 하는 사명을 가지고 있는 것이다. 그리고 꿈이 아름다움의 별칭이라 하면, 우리 문학의 사도는 영원한 아름다움의 신에게 모든 정열을 바쳐 찬란하고 화려한 유토피아와 파라다이스를 이 땅에 문학적으로 파노라마하지 않으면 안 된다.

현실의 자아인 우리들은 경험에 의존하는* 어리석은 존재들이다. 그러나 우리는 니체의 말을 빌리면, 현세를 초월하여 초인간이 되어 꽃밭으로부터 불어오는 훈풍과 향기를 마음껏 마시듯이, 아름다운 정신세계를 그리며 현실을 망각하지 않는 정도에서, 현실을 초월하여 꿈나라의 꿈을 이 세상에 실현시키도록 노력할 것이다.

문학이 그런 의미에서 꿈과 불가분의 관계에 있다는 것이고, 또 그러한 낭만 정신이 아니고서는 도저히 괴테의 『젊은 베르테르의 슬픔』이나 단테가 베아트리체를 사랑하는 그 심경을 이해하기 어려울 것이다. 진실한 문학은 현실에서 참다운 꿈을 그리는 것이다.

---

* 원문에는 '경험적 우인經驗的 偶人'이라고 표현하고 있다.

문학과 연애의 문제

1

'문학과 연애의 문제'라는 제목을 주면서, 원고 마감일로 정해준 날자는 벌써 10여 일이 지났다. 기실 나는 제목에 대한 흥미와 매력에 끌려 응낙은 했지만, 이제 와서 생각해보니 나에게는 과분한 제목이었다. 사실 연애 문제는 인간 문제 중에서 가장 중대하고 심각한 문제이다. 이 중대하고 심각한 문제를 문학과 연결시켜 입체적으로 논하기에는, 문학의 졸병이고 우둔한 두뇌를 가진 나로서는 너무나 어마어마한 제목이고, 날카로운 문학적 분석에 세밀하고 민첩하지 못한 나로서는 과분한 제목이라고 아니할 수 없다. 다시 말하면, 문학적 창조성과 문장 표현 기술 부족과 문학에 대한 전체적인 역량이 부족한 나로서는 이 제목이 너무나 어려운 것이라는 말이다.

그러나 이제 와서 후회한들 무슨 소용이 있으며, 한탄한들 무슨 기적이 생길 것인가. 이렇게 차일피일하는 동안에 원고 마감일은 지났다. 그러나 다만 문학에 대한 하나의 열정과 또 내 최근 환경과 더불어 제목에 대한 흥미와 매력에 이끌려 지금 붓을 들었다.

2

그러나 다음에 오는 것은 도대체 무엇을 쓸 것인가에 대한 의문과 방황이다. '문학과 연애', 이것을 어떻게 말해야 하는가? 문학가로서의 연애 경험자, 혹은 현재 연애하고 있는 사람에 대해서 말해야 하는 것인가? 그렇지 않으면 연애 체험과는 무관한 순수한 문학이론으로서의 연애와 문학의 관련성*을 말해야 하는 것인가?

나는 이 둘 모두 구체적으로 생각해본 적도 없고 분석해본 적도 없다. 만약에 있다고 한다면, 다소 성질이 다를지는 모르지만 금년(1947년) 6월호 《여성문화》에 「사랑의 의미와 문학」이라는 잡문과 그것과는 성격이 전혀 다른 「학원과 여학생의 풍기 문제」(《태양》, 8월호)라는 잡문 두 편이 있을 따름이다. 그러나 여기에서는 양자 다 같이 연결시켜 조화하여 언급하려 한다.

3

동서고금을 막론하고 어느 시대, 어느 사회를 통해서 말한다고 해도 문학의 본질은 영원히 공통되는 것이고 불변하는 것임과 같이, 연애의 본질도 인류가 이 우주에 존재하고 있는 한 역시 문학의 본질과 같은 성질을 갖는 것이다. 즉 동경과 황홀, 또 질투와 애착과 시기와 포옹과 구설口說 등등 연애 성립의 이 모든 필수부수형태必須附隨形態는 영원히 젊은 사람들로 하여금 차례차례로, 이 세대로부터 다음 세대로 전해지면서 되

| * 원문에는 '연애와 문학과의 관련되는 점'이라고 표현되어 있다.

풀이될 것이다. 즉 본질에 대한 영원성과 불변성에서 문학과 연애는 동일성을 갖고 있을 것이고, 또 가치에 대한 항구성과 보편성도 문학과 연애는 다 같은 성질을 갖고 있다고 볼 수 있다. 그러므로 문학에 있어서도 그렇거니와 연애에 있어서도 그 본질은 변하지 않을 것이고 그 형식이 변할 것이다. 연애에 있어서 진보가 없다는 것은 그 본질을 말하는 것이지 결코 그 형식을 말하는 것은 아니다.

(4줄 확인 불가능)*

또 시대는 한 시대라고 하더라도 풍속과 습관이 다른 지방에 따라 다를 것이다. 이른바 신여성이라고 하는 구미 정신에 도취되어 있는 그들은 그 반가움을 표현하는 형식이 키스를 하거나 혹은 포옹을 해서 일종의 육감적인 쾌감으로 오랫동안 연모하는 그 애인을 맞이하지만, 아직도 봉건 잔재가 지독하게 남아 있다고 하는 이른바 양반 가정에서는 층층시하 시조부모, 시부모들 앞에서 제아무리 반갑다고 해도 가까이 가서 손목을 맞잡고 포옹을 하거나 키스를 하지는 못할 것이다. 다만 눈이 마주치자 눈물이 글썽글썽하는 것으로 마음의 기쁨을 느끼게 될 것이다. 이것이 이성적 쾌감이다.

그러나 이것은 형식적 표현이지 결코 본질의 사랑은 아닐 것이다. 역시 문학에 있어서도 영원의 미를 찾으려고 하고 인간성의 아름다움을 찰나로부터 영원으로 확장하려는 데에 문학의 본질이 있다고 하면, 시대의 특이 현상을 묘사하고 사회의 색다른 것을 묘사하는 것은 어디까지나 형식에 그치는 것이지 본질과는 하등의 관계가 없을 것이라고 믿는다.

연애의 본질이 불변함에도 불구하고 현대인은 때때로 형식으로부터 근본적인 본질까지 변혁하려는, 하늘을 향하여 침을 뱉는 격으로 당돌하

| * 이후 4줄은 겹쳐 있어서 내용 확인이 불가능하다.

게도 그러한 의도 아래 본격적으로 행동하려는 색채가 농후한 일군이 있다. 그것은 두말할 것 없이 현대 사상운동에서 가장 대표적이요, 가장 강렬한 선전성을 가지고 있다고 하는 마르크스주의 사상이다. 인생의 애정까지 한 조각의 물질로 대체하려고 하며, 그 본질까지라도 변혁시키려고 한다. 물론 마르크스주의 전부가 모순이라고 볼 수는 없다. 마르크스주의가 나타남으로 말미암아 과거의 자본주의 사회제도의 폐단이 개선된 점도 있고, 또 봉건주의 사회제도의 악습이 시정된 것이 한두 가지가 아니다. 다소 어폐가 있을지는 모르나, 마르크스주의는 참다운 해석 여하에 따라 현대 사회제도의 좋은 반려자가 되었고, 좋은 충고자가 되었고, 비판자가 되었다고 볼 수 있다.

그러나 그러한 그 사상운동이 가는 곳마다 인류와 민족의 분열을 기도하며 빈민과 노동자의 행복을 위하여 생긴 이 거룩한 운명은, 사람의 광범위한 정신세계를 유물론적으로 대체하고 본능적인 인간의 욕망을 제거하며, 파괴와 기만과 모략으로 인하여 드디어 인민의 적이 되었고, 인민의 항거 대상이 되었다.

마르크스주의의 진실한 현실적 이상은 새로운 사회 개조의 이론이었다. 그러나 실제에 있어서 그 내용은 결코 사회 개조의 미래기未來記라고는 볼 수 없다. 다만 현실 자본주의사회의 날카로운 분석론이었다고는 볼 수 있다. 그리고 그 정묘한 과학성에 있어서는 다른 여하한 이론도 추종치 못할 날카로운 데가 있다. 그러나 그것은 일종의 왜곡된 이론이라는 것을 금일의 맹목적인 마르크스주의 신봉자들은 모르고 있다. 여기에 마르크스주의의 진실한 장단裝端이 있다.

왜냐하면, 마르크스주의에 의하면 현재의 모든 사회는 극도로 실패되어 있고, 어찌할 수 없는 계급적 비극의 숙명이 노골적으로 나타나고 있다. 그러므로 연애에 있어서도 그것이 계급적 감정의 표현으로 나타날 때에는 결과에 있어서는 비극을 낳는 것이다. 즉 연애에 있어서도 먼저 해결하지 않으면 안 될 초미의 문제는 계급 타파라는 것을 말하고 있다. 그러나 그것은 마르크스주의자의 오인된 연애관이고, 연애에 대한 진실한 이해를 하지 못하는 자의 말이다.

앙드레 지드는 『전원교향악』이라는 소설에서 '나'라는 목사가 제르트뤼드에게 솔직한 고백을 말하되 "나는 너에게 정당한 말을 하고 있다", 그리고 "그러나 사실, 자연의 법칙은 인간의 법칙이나 혹은 신의 법칙이 금하고 있는 것까지 용인하고 있다"라고 말하였다. 이 인용문은 그들 둘 사이에 일어나는 연애 감정을 술회한 것인데, 사랑을 하는 데 있어서는 제르트뤼드가 맹인이든, 고아이든, 가난한 자이든, 그것은 여기에서 말하지 않았다.

사랑에는 국경이 없다는 말을 한다. 사실 진실한 연애는 계급을 초월하고 국경을 초월하여 정말로 진실로 사랑할 수 있다는 자연의 법칙에 의하여 맺어지는 것이라 할 수 있다. 연애를 계급적 공식주의에 집어넣고 이러니저러니 하며, 부르주아 연애가 어떻고 프롤레타리아 연애가 어떻다고 하는 것은, 마르크스주의자의 일대 오인이고 크나큰 죄악을 젊은 청춘남녀들에게 가르치는 것이다. 콜론타이의 『붉은 사랑』을 읽음으로써 금일의 타락되기 쉬운 연애하는 젊은이들이 어떠한 죄를 범하고 있는지, 마르크스주의의 연애관은 참다운 연애의 신성성을 부인하는 동시에 유희적이고 비생산적이라 아니할 수 없다. 그러므로 금일의 사랑을 속삭이는 젊은이들은 자칫하면 공리적 개인주의에 지배되어, 연애도 그때에 국한해서만 무책임한 하나의 유행병 같은 성격에 돌려보내는 경향이 농후하다. 오늘날 신성한 연애를 하기 위해서는 먼저 마르크스주의적인 병적 연애관을 방축放逐*하지 않으면 안 된다.

4

오늘날 소설의 8할 이상은 전부 연애를 중심으로 한 소설이다. 이러한 현상은 연애와 문학이 불가분의 관계에 있다는 것을 증명하는 것이다.

과거를 회고한다고 해도 그러하다. 가령 괴테의 『젊은 베르테르의 슬픔』, 작은 뒤마의 『춘희』, 단테가 쓴 『신곡』과 같은 명편의 시를 내놓은 그 원천이 베아트리체에게 있다는 것, 하디의 『테스』, 프레보의 『마농 레스코』, 나폴레옹이 애독하였다고 하는 『뽀과뷔―르제니』[**] 등 그밖에 얼마든지 있다. 연애소설이 항상 우위를 점령하게 되는 이유는 정결하고 순진무구하며 아름다운 연애소설을 읽음으로써, 읽는 사람으로 하여금 어디엔가 그들의 영혼을 정화시켜, 인생에 있어서 고귀한 것에 대한 무한한 노스탤지어를 접할 수 있게 되기 때문이다. 『춘희』나 『춘향전』은 몇 번이나 영화화하고, 연극화하고, 또 색다른 각색으로 무대화하여도 항상 성공하였다. 이것들은 동서고금을 통해서 가장 단순하고 의리와 인정을 노골적으로 자극하게 한 전형적인 연애소설이다. 그러므로 그것들은 언제나 자기를 그 작품 세계에 무의식중에 투영시켜 생각하게 되는 것이다. 이런 것을 보더라도 문학과 연애는 같은 성질과 가치와 또 불가분의 관계에 있다는 것을 알 수 있다.

끝으로 말할 것은 연애는 무엇보다도 신선한 감각으로 하지 않으면 안 된다는 것이다. 그것은 머리로 이해하거나 또 사람들로부터 배우지 않는, 자기가 하나하나 발견한 감각이 아니면 안 된다. 그 감각에 의하여 신이 우주를 차례차례 창조하였던 때와 같이 끊임없는, 무한한 기쁨으로

---

* 자리에서 쫓아내다.
** 여러 문헌을 확인했으나 어떤 작품을 이렇게 표현한 것인지 알 수 없어 원문 표기대로 살렸다.

상대자인 연인을 만족하게 하고, 그러한 의미에서 참다운 연인을 발견하지 않으면 안 된다. 사랑하는 연인을 발견하는 데에 부끄러워서는 안 되고, 병로病勞하지 말고, 의심하지 말고, 오로지 자기가 가장 바르다고 하는 길을 찾아 연인을 발견해라. 연애는 아름다운 우행遇行일 것이다. 그러나 의심하고, 속지 않으려고 하고, 자기의 정정당당함을 상대자에게 보이는 것도 좋으나, 그것에 모든 것이 집중되어 사랑하는 것을 망각해서는 안 된다.

—《백민》, 1948년 1월호

문학과 현실
—현실주의 문학의 노예성

오늘날의 조선 평단과 같이 '현실'이라는 말을 많이 쓰는 때는 없었을 것이다. 가령 '문학은 현실의 반영'이라든기, '현실성이 결핍한 문학'이라든가, '현실을 초월해서는 문학이 존립할 수 없다'든가, '시와 현실'이라든가 하는 이 모든 문구들이 그것을 증명하는 것이다. 이것은 금일의 조선 문학이 그만큼 '현실'이라는 문제와 밀접한 관계에 있다는 것을 증명하는 것이요, 아울러 문학과 현실은 오늘날의 조선 문학에 있어서 가장 중요한 문제가 되며, 불가분의 관계를 갖고 있다는 것을 의미하는 까닭이다.

그러나 그만큼 문학적으로 중요한 대상이 되며, 또는 문학과는 불가분의 관계를 맺고 있는 이 '현실'이라는 문제가 금일, 아니 아직까지의 조선의 평단에 있어서는 한 번도 중요한 논의 대상으로 떠오르지 못한 것이 사실이다. 간혹 그것이 논단에서 거론된다고 하더라도, 구체적이고 근본적인 해답과 의의를 구명치 못한 것만은 부인할 수 없는 사실이다. 그냥 막연하게 '문학'은 언제나 현실을 떠나서는 존립할 수 없다는 따위의 현실 해석으로 대부분의 평자들은 만족했던 것이다. 그러나 그러한

'수박 겉핥기'식의 '현실' 해석으로서는 도저히 만족할 수 없다.

그렇다면 현실이란 대체 무엇인가. 여기에서는 사전적인 의미, '지금 나타나 있는 사물'이라든가 '실제의 사물'이니 '실존하는 것' 등등의 해명을 하기 전에 우선 두 가지로 '현실'이라는 대상을 분석해볼 수 있다. 시각적 현실과 감각적 현실이 그것이다. 전자는 눈으로 볼 수 있는 현실이고, 후자는 눈으로 볼 수 없는 현실이다. 그러므로 전자는 물질적 현실이라고 할 수도 있고, 후자는 정신적 현실이라고도 할 수 있다. 그러면 현존하는 우리 인간 사회에서 사용하고 이해하는 현실의 범위는 어떤 것이며, 어느 정도의 한계성을 갖고 있을까? 그것은 본질적인 철학 문제가 되는 것이므로 여기에서는 간단히 용어만으로 그 해답을 대신하려고 한다.

인간 사회에서 보편적으로 사용하고 있는 것은 정치적 현실이니, 경제적 현실이니, 사회적 현실이니, 역사적 현실이니, 정신적 현실이니, 인간적 현실이니 하는 것들이다. 이렇듯 현실을 규정지어주는 것은 무엇인가. 그것도 역시 둘로 나누어볼 수 있다. 하나는 실제의 사물, 자연적 현상의 '현실'이다. 이는 공간적으로 규정할 수 있다. 둘째, 정신적 현실은 결국 시간적으로 규정할 수밖에 없다. 전자인 실제의 사물은 현존하는 실체이므로 공간적이고 객관적인 존재라고 할 수 있다. 이것을 우리가 경험 혹은 인식할 때, 3종의 공간적 관계를 떠나서는 그 물체를 경험할 수 없다.

예를 들면 책상 같은 것을 경험할 때, 그 책상의 길이와 폭, 높이라는 3종의 공간적 관계를 인식하게 된다. 그렇다고 해서 공간은 하나의 실제 사물에 의존하는 것은 아니다. 공간은 공간대로의 독립된 실재일 것이다.

또 한 가지의 정신적 현실을 규정하는 것이 시간이라고 했는데, 꿈이나 공기나 말 같은 것을 경험 혹은 감각하게 될 때, 그것은 시간적 척도로 규정짓는 수밖에 없을 것이다. 그러나 이 두 가지 현실은 하나의 진리를 갖고 있다. 즉 '현실'은 물질적 현실이든 정신적 현실이든 각각 스스로 그 자신의 가치와 목적이 있다는 것이다. 그러나 현실 자체의 가치와 목적은 현실 그 자체의 가치 목적 때문에 실재하기는 하나, 또 그것은 모든 만물로 하여금 가치 규정을 지어주는 데 또 하나의 진리를 갖고 있다.

가령 똥은 구린내 나고 보기 싫다*고 하는 똥 자체의 가치에 대한 목적이 있을 것이지만, 그 똥을 비료로 야채나 혹은 논밭에 있는 보리나 벼 같은 작물에 주면 그 똥의 영향으로 그 가치는 다소 달라질 것이다. 또 그 곡물들은 그 자체의 가치와 목적이 있을 것이지만, 인간이 먹음으로써 인간의 식생활이 계속될 것이고 생명도 유지될 것이다. 그러므로 인간은 현실로 하여금 하나의 가치 규정으로서 말할 수 있는 공간의 객관적 실재라고도 할 수 있다. 이런 말은 헤겔의 철학에 의하면 성립도 안 되는 말이지만, 정확한 과학적 판단에 의하면 인간이 공간적 실재임을 긍정하지 않을 수 없다.

그렇다고 해서 마르크스나 엥겔스나 포이에르바하와 같이 인간을 유물사적 대상물로서는 보려고 하지 않는 동시에 헤겔이나 오이겐 등과 같이 실재를 의식적으로 인정하지 않으려는 '모든 현실은 이성에 의해서, 이성 가운데 그 존재와 존립이 인정될 수 있다'고 하는 관념론적 현실 해석을 할 수도 없다. 이 문제는 오랜 세월을 통해서 허다한 학설이 나오고 많은 이론 투쟁을 계속해왔으나, 그러나 나의 단순한 의견으로서는 이런 말은 할 수 있다고 생각한다. 인간을 물질적 현실로 볼 때에는 한 조각의 물질로 존재할 것이지만, 정신적 현실로 볼 때에는 확실한 인간일 것이다.

하지만 물질적 현실이라는 측면에서 본 인간과 공간의 객관적 실

| * 원문에는 '보기에 치사하다'라고 표현되어 있다.

재—인간—라는 말과는 그 의미가 다르다. 왜냐하면 인간을 물질적 현실로 보려는 것은 그 자체가 목적적인 관념론이 되는 것이지만, 공간 속에서 인식하려는 것은 그 자체가 건전한 인식으로 인간을 파악하게 되는 까닭에 전자와 후자는 다르다고 할 수 있다. 여기에 '현실'이라는 문제에 대한 핵심이 있다고 생각한다.

그런데 현실이라고 하면, 물질적 현실과 정신적 현실을 혼동하여 분별을 못하는 사람이 있는가 하면, 순전히 물질적 현실이라는 측면만을 현실이라고 보는 사람도 많다. 더욱이 좌익문인들은 대부분이 그러한 경향이다. 그들은 빵과 옷, 집, 기타 일체의 물체만이 현실의 전부라고 보고 있다. 그러므로 그것들을 토대로 하지 않고서는 도저히 참다운 문학이 될 수 없다는 것이다. 여기에 '인민에 복무'하는 문학이 생기고 계급문학, 당의 문학 등이 생기는 것이다.

물론 문학이 인간의 배경이고 생활 무대인 사회와 현실이라는 재료를 예술 형식으로 표현하려는 것만은 사실이다. 그러나 현실은 어디까지나 현실이지 결코 문학은 아니다. 문학의 재료는 대부분 우리 인간 사회의 현실이다. 그러나 그것이 예술의 형상으로 문학으로 나타날 때는 그것은 벌써 현실이 아니다. 여하한 필치로 '사과'이며, 영원히 썩지 않는 '사과'일 것이다. 문학이 된 이상, 거기에 묘사된 현실은 현실이면서도 현실이 아닌, 별개의 세계를 형성해 있는 것이다. 이것을 어떤 사람은 '심상의 세계'라고 한다. 그러나 "문학은 현실을 초월해서 존립할 수 없다"는 말은, 현실 자체를 문학 차원으로도 연장시키고 반영시킨다는 말인데, 한 번 문학에 묘사된 현실은 하나의 현실이면서 현실이 아닌 심상의 세계라 할 수 있다. 심상의 세계는 같은 현실을 묘사하였을지 모르지만, 나타난 문학적 현실은 각자가 다른 세계관을 갖고 나타나는 것이다.

그러므로 문학이 현실을 그대로 묘사하는 데만 치중한다면, 문학은 묘사라는 기교 외에는 필요한 것이 없을 것이다. 여기에 문학의 기교주의가 생기는 것이다. 또한 묘사에만 치중하지 않고, 현실을 시류적으로 사색하고 이것을 문학작품에 나타내려고 하면서 문학의 공리주의가 생기는 것이다. 이것을 현실주의 문학이라고 하여도 좋다. 즉 전자의 기교주의 문학은 현실을 무엇 때문에 묘사하느냐 하는 것에서 문제가 되는 것이 아니라, 어떻게 묘사하느냐에서 문제가 되는 것이다. 다시 말하면 창작의 묘사 기술이 첫 번째 문제가 될 것이고, 세계관의 문제 즉 문학적 묘사의 이유가 되는 윤리적인 문제는 두 번째의 문제가 될 것이다.

물론 창작 방법에 있어서 묘사의 기교 문제는 중요하다. 그러나 그러한 창작의 기교 문제는 필연적으로 대상인 현실의 운동 즉 그것의 추급追及과 결합되지 않으면 안 될 것이다. 거기에서 현실의 운동에서 어느 것이 가장 본질적인 것인가 하는 문제를 가장 먼저 추급의 목적에 두지 않으면 안 된다. 그때의 문제는 인식과 기교만으로 한정되는 것이 아니다. 그것은 문학에의 전인생적인 태도가 결정짓는 것이라고 할 수 있다. 여기에 세계관 문제가 주도적 요소가 되는 것이다. 그리고 여기까지 이르러 보면 기교주의 문학, 현실주의 문학, 인간주의 문학의 분별이 확연히 나타난다. 기교주의 문학은 묘사의 기교에만 치중하고, 현실주의 문학은 기교도 기교려니와 기교보다 현실에 충실한 현실 제일주의이다. 정치적 현실이 '갑'파에 우세하면 '갑'파에 가담하고, '을'파가 우세하게 되면 '을'파에 가담하여, 그때의 정치적 현실이 요구하는 소설과 평론을 쓸 것이고, 또 징용을 가게 하는 것이 국책상의 현실이라면, 그들은 또 징용을 종용하는 소설과 논문을 쓸 것이다. 여기에서 현실주의 문학의 노예성을 지적하지 않을 수 없다.

백철 씨는 이것을 거듭 강변하기 위해서 「신윤리의 개척과 신인간의 창조」(《백민》, 제40호)라는 제하의 글에서 다음과 같이 말하고 있다.

금일의 문학자는 현실적으로 가능한 최대한도 내에서, 또한 전체의 방향과 견주어서 원칙적으로 괴리가 되지 않는 정도에서 문학 과제를 찾아내는 것이 문학의 전진을 가능하게 하는 방법론이 될 것이다

여기에 덧붙여 "과도기의 이 혼란한 현실은 사실대로 건국 과정의 현실이다"라고 하였다. 현실주의 문학의 노예성을 잘 보여주는 이와 같은 백철 씨의 문학관에 대해서는 부족한 글이지만 필자의 「허망과 아부」(《평화일보》, 1948년 3월 25일부터 게재)와 「제3문학관의 정체」(《해동공론》, 1948년 4월호)에서 충분히 말했기 때문에 여기에서는 더하지 않는다.

그는 현실에 충실하기 위하여 '건국 과정'도 들고 나오고, '유물론적 변증법'도 들고 나오는 것이다. 그러므로 그는 1942년 신년호의 《국민문학》에서도 문학평론인지, 정치평론인지, 경제평론인지, 신도 장려문인지 정체모를 「舊さと新しさ」*라는 평론을 썼다. 이 논문의 부제는 '전시하의 문예시평'이라고 해놓고 있다. 진실한 문학가이고 몇 십 년이나 조선 글로 글을 썼다면, 아무리 총부리가 가슴 앞에 닿는다고 할지라도 이런 거짓말 같은 소리는 나오지 않았을 것이다. 여기에 남이 상상할 수 없는 백 씨의 독특한 현실에 충실한 문학관이 있는 것이다.

또 '건국 과정의 현실'을 운운하면서 '매국단선단정예술인공동성명서賣國單選單政藝術人共同聲明書'에 52인 중 한 사람으로 서명한 것은, '남북협력'이 가능하고 성공하리라고 믿었기 때문일 것이다(이것은 신문에나 잡

| * 한글로는 「옛것과 새것」으로 해석될 수 있겠다.

지에 게재된 것이니까 잘못된 자료를 활용했다고는 못 할 것이다). 그는 '임긍재라는 청년'이라고 자존적 언사를 붙여 나에게 화살을 던짐으로써, 자기의 문단 '연륜' 혹은 '관록'을 자랑하려고 하고 있으나, 그것은 자기 자신의 천박성을 폭로하는 결과일 뿐이며, 현실주의 문학자라는 비판을 피해보려는 고식적 태도밖에는 못 될 것이다. 그런 용어를 씀으로써 위대한 문학자가 된다면, 나는 얼마든지 '백철이라는 청년'이라고 쓸 것이다. 그러나 나는 그런 용어를 쓸 취미도 흥미도 없다. 그것은 문학과 아무런 관련이 없는 일이기 때문이다.

이상으로 기교주의 문학과 현실주의 문학의 비문학성을 지적하고, 현실주의 문학의 제일인자인 백철 씨의 문학관을 간단히 말했다.

마지막으로 남는 문제는 인간주의 문학의 우위성이 무엇이냐는 것이다. 인간주의 문학은 문학을 기교로 보지도 않으며, 현실의 노예가 되려는 것도 아니다. 그러므로 인간주의 문학은 무엇보다 문학을 통해서 인간을 논리적, 도덕적 주체가 되게 하고, 참다운 세계관(참다운 사상성을 말함)을 갖게 하는 것이 그 첫 번째 의의이고, 기교와 기타는 두 번째, 세 번째 의의인 것을 말하는 것이다.

이러한 의미에서 박영준 씨의 「생활의 파편」이나, 계용묵 씨의 「이불」이나, 설정식 씨의 「척사제조자」 등의 작품에서 일관하는 것은 확실히 윤리적, 도덕적 주체로서의 인간성 탐구가 아니었다. 그 반대로 박영준 씨의 「생활의 파편」이나, 계용묵 씨의 「이불」이나, 허준 씨의 「평대저울」 같은 작품들은 이러한 윤리적, 도덕적 측면을 전부 사상한 육체적, 본능적 ××로서의 인간성을 탐구하려고 하였다. 이들에게 있어서 '휴머니즘' 사상은 문학에 있어서는 육체의 '리얼리즘'밖에는 되지 못하였다고 할 수 있다.

물론 이러한 것은 문학의 세계에서만 유행하는 것이 아니다. 세상의 모든 존재는 인간에 의존하며, 모든 존재는 인간 정신의 자체적 구조에 적합하다고 한 마르쿠제, 쉘러나 하이데거의 인간학적 사상이 인간의 육체 속에 진실한 실재를 확증하려고 한 데도 있는 것이다. 즉 그들은 인간은 주체적인 한정자로서 역사적, 사회적 일반인을 한정할 수 있다고 생각하였다. 그런고로 인간이 주체자로서 그곳에 참가하지 않으면 사회도, 역사도 성립되지 않는다고 하였다. 그러므로 '영원의 현재'를 초월한 역사적인 것이 존재하고 있다. 역사적 현실에 사는 인간들이 없었을 때에도 세계는 있었고, 인간도 존재하였고, 김유신 장군도, 헤겔도, 소크라테스도, 클레오파트라도 존재했던 것이다. 그들의 모순은 인간을 사회적, 역사적 한정으로부터 해방시켜 인간을 육체적 존재로서 확증하려는 데 있었다. 환언하면 윤리적, 도덕적, 사상적 측면 모두를 두 번째 문제로 생각하고, 육체적, 본능적 존재로서의 인간성을 탐구하려는 데 있었던 것이다.

이것은 순수한 인간주의 문학의 사상적 지반은 될 수 없다. 오히려 인간주의 문학은 그 반대이다. 인간으로부터 윤리적, 도덕적, 사상적 주체로서 인간성을 탐구하려는 데 있는 것이다. 여기에 인간주의 문학의 우위성을 지적할 수 있다. 그러므로 '건국 과정의 현실'이라고 해서 신윤리가 제창되고 '황민화운동의 현실'이라 해서 신윤리가 제창된다면, 문학은 언제나 정치의 도구가 되며 아울러는 현실의 노예가 되고 말 것이다. 이러한 점에서 백철 씨가 주장한 신인간의 창조가 문학으로서 형상된다면, 조선 사람은 정치적 현실에 끌려 일본인도 되었다가, 소련인도 되었다가, 미국인도 될 것이 아닌가. 이런 신윤리문학과 신인간 창조의 문학을 제창하는 백 씨의 평론이야말로 과연 위대하다 아니할 수 없다.

—《백민》, 1948년 7월호

정치주의 문학의 비문학성

나는 공산문학을 정치주의 문학이라고 칭했다. 왜냐하면 정치주의 문학은 일정한 정치적 목적의식 아래 하나의 문학적 방편을 통하여 행하여지는 까닭이다. 만약 공산주의적 정치 이념을 떠난다면 그들은 창작 활동을 하지 못할 것이다. 공산주의 이념(마르크스주의)이라는 것은 전 역사의 과정이 유물로 이루어졌다는 유물주의 사상을 말하는 것이다. 유물주의 사상이라는 것은 '모든 역사의 가치 규정을 생산 가치에 의하여 결정짓는 것이고, 그 생산 가치는 인간이 갖고 있는 노동 가치에 따라서 좌우되는 것이다'라는 말이다. 노동 가치는 임금의 척도로 규정지을 것이 아니라, 노동이라는 인간의 노력—육체적, 정신적—에 의하여 그 자체가 규정되는 것이라는 말이다. 그러므로 '현재의 사회제도가 노동계급을 착취하고 균등배분의 경제 제도가 아닌 관계로, 계급투쟁만이 유물주의 사회를 이룩하는 유일한 수단이다'라고 한다.

그러나 마르크스는 인간의 노력을 신성시하면서 반대로 인간을 물질로밖에 보지 않는 결과를 보이고 말았다. 인간 생활을 공평하게 영위하기 위하여 유물론을 주장하였으나, 결과로 보면 인간은 물질을 위하여 일정한 공식 아래 살아나가는 것밖에 안 되는 것이다. 인간사에 있어서 '자본주의 대 노동자', '지주 대 농민' 등의 계급사회가 왜 형성되었는가? 그 근본적인 원인은 생필품인 빵과 의복과 기타 물질에 의한 것이기 때문에, 그것들을 불공평하게 배분함으로 인하여 계급사회가 형성되었다고 하였다. 그러한 계급사회를 개조하려면 먼저 계급투쟁으로부터 시작하여야 된다는 것이 그들의 이론이다. 그래서 그들은 주객이 전도된 이론 때문에, 살기 위하여 물질이 존재하고 혹은 생산되는 것이 아니라 물질이 존재하고 이를 생산하기 위하여 사람이 살아가는 것이라고 말하였다.

'반튜링론'*이 그것을 여실히 증명하고 남음이 있다. 즉 인간이 공평한 사회제도를 만들기 위하여, 인간 본위가 아니고 물질 본위의 사회제도를 두지 않으면 안 된다는 것이다. 이것이 유물주의사상의 간단한 이론인데, 오늘날 정치주의 문학은 이것을 계몽하고 혹은 선전하고 때로는 널리 퍼트리기** 위하여 있는 것이다. 그러므로 정치주의 문학은 이러한 계몽과 선전과 선동 이외에는 다른 가치가 없는 것이다. 그리고 그 계몽과 선전과 선동의 창작 방법은 제멋대로 문학하는 사람 각자의 자유의사에 의하여 되는 것이 아니고, 일정한 공식과 원칙 아래에서 이루어지지 않으면 반동분자라는 레테르를 붙여가지고 그 그룹에서 축출당하고 마는 것이다. 그 공식과 원칙이라는 것이 공산주의이다. 여기에 문학정신이 있을 리 만무할 것이고, 인간의 이성과 감정, 인정과 눈물, 사랑과 실연이 있을 리 만무할 것이다. 오직 있는 것은 당의 지령하에 쓰인 정치적 강령이 아니면 그 강령의 영역 내에서 말할 수 있는 자본주와 노동자, 지

---

* 원문에서는 '反튜링그論'이라고 표현하고 있다. 이는 영국의 수학자이자 논리학자 앨런 튜링Alan Mathison Turing을 지칭하는 것으로 보인다. 튜링이 인간의 사고와 거의 유사한 사고를 하는 기계(컴퓨터)가 가능하다고 믿었던 선구적인 인물이었고, 이 글이 발표된 당시와 튜링의 활동 시기가 겹치기 때문이다.
** 원문에서는 '편동煽動'이라고 표현하고 있다.

주와 농민, 지배와 피지배자 등의 알력과 반목과 질시와 투쟁만이 있을 것이다.

작중에 나오는 인물은 천편일률적으로 공식적인 인조인간으로, 인간성을 무시한 매섭고 냉철한 인물들이다. 조국도, 민족도, 가족도 없는 냉혈적인 인물들뿐이다. 공산사회를 만들기 위한 하나의 용감한 노동자는, 이른바 영웅적 투쟁이라는 공산주의적 이념 아래, 공장을 파괴하고, 자본주를 살해하고, 반동분자들을 숙청하고, 거기에 다시 부활할 기색이 보이면 그들의 가족과 가산까지도 살해하고 방화해버리는, 이러한 인간으로서는 하지 못할 짓을 하게 하는 인물이다. 이러한 인물을 그리지 않으면 안회남 씨의 「폭풍의 역사」나 「농민의 비애」에 나오는 인물들과 같이, 지주에게 반항하고 그 지주와 결탁하였다고 하는, 반동분자를 숙청한다는 것으로 모든 문학적 활동을 하였다고 믿는 것이 그들 정치주의 문학자들이다. 공산주의 사회제도를 만드는 유일한 이상은 계급이 없는 사회일 것이고, 민족과 국가와 가족이 없는 사회를 만들자는 것이다. 민족과 국가와 가족은 자본주의 발전에 있어 하나의 역사적 유산의 형태이기 때문에, 그것을 없애지 않고서는 도저히 공산주의사회는 이루지 못한다는 것이 공산주의의 궁극의 이념이고 이상일 것이다. 그러므로 공산주의 중독자들은 국가를 팔고 민족을 팔고 가족까지도 멸살시키는 때가 있는 것이다. 이것을 계몽하고 선전하고 선동하는 것이 정치주의 문학의 유일한 목적이고 문학적 가치라고 할 수 있을 것이다.

그러나 정치주의 문학이 가진바, 그 문학적 가치가 계급투쟁을 하는, 또는 할 수 있게 만드는 데 계몽과 선전과 선동을 글로써 한다면, 자본주의사회가 없어지고 계급이 없어진다면, 그와 아울러 문학도 없어져야만 된다고 말할 수 있다. 정치주의 문학은 인간의 문제가 아니고 정신의 문제가 아니기 때문에 그러한 결론이 나올 수 있는 것이다. 오직 정치적인 의미에서 노동자와 자본가의 분열, 민족의 분열, 인간 대 인간의 투쟁만이 그들의 유일한 목적이고 가치이기 때문에, 그 투쟁하려는 대상인 자본주의사회가 없어지면 그 문학의 목적과 가치도 있을 수 없을 것이다.

그러나 문학은 정치주의 문학과 같이 자본주의사회를 없앤다거나, 그렇지 않으면 계급투쟁을 한다는 그것만을 갖고 전체적 가치로 삼지 않기 때문에, 영원히 인간과 더불어 문학은 문학대로 남아 있을 것이다. 폭력 정치가 나타난다고 하여도 문학은 문학대로 있을 것이고, 공산 정치가 없어진다고 해도 문학은 문학대로 인간과 더불어 있을 것이다. 왜냐하면 문학은 인생의 축도이기 때문에, 인생의 전부가 계급투쟁에만 있다면 계급 없는 사회가 이루어질 때에는 문학의 생명이 없어질 것이지만, 인생은 계급투쟁만이 전부가 아니라 희망이 있고, 이상이 있고, 인정이 있고, 사랑이 있고, 눈물과 의리와 동정과 감상과 그밖에 변화무쌍한 심리를 갖고 있고, 양심과 도덕과 모든 논리와 윤리를 갖고 있느니만치, 문학은 인간과 더불어 사랑에 실패하면 번뇌도 하고, 발악도 할 것이고, 좋은 경치를 보면 아름답다고 감탄도 할 것이고, 사랑하는 아들과 딸이 죽으면 눈물도 흘릴 것이고, 아름다운 꽃을 보면 꺾고 싶은 충동을 느낄 것이고, 진리에 회의를 품게 되면 상아탑 속에서 연찬을 게을리하지 않을 것이고, 그밖에 인간이 할 수 있는 것은 다 할 수 있는 것이다. 이것들을 부정하고 인간을 물질로 대체하여, 공식에 어그러지면 반동이니 반역이니 하여 계급투쟁만을 유일무이한 문학적 지표로 삼는 정치주의 문학의 정체가, 여기에서 바로 비문학성을 내포하고 있는 것이다. 결국 정치주의 문학이라는 것은 정치와 문학이라는 형식만이 다를 뿐이지, 그 지표와 목적과 가치에 있어서는 공산 정치의 본질과 하나도 다를 것이 없을 것이다. 공산 정치가 계급투쟁을 위하여 정치적인 모든 활동을 한다고 하면, 정치주의 문학도 하나 다를 것 없이 그 정치를 따라 계급투쟁을 위하여 계몽하고, 선전하고, 선동할 것이다. 여기에는 정치성이 있을 따름이지 문학성은 없다고 단정하고 싶다.

문학은 언제나 자연에서는 미를 찾게 되고, 인간에서는 선을 찾고, 그리고 선과 미를 찾은 궁극에 가서는 진을 찾으려고 한다. 그러나 정치에는 이것을 감식하고 감상할 사이도 없이 목전의 화려함과 승리를 위하여, 때로는 잔인도 하고 파괴도 하고 학살도 하여야만 될 때가 많다. 그러므로 정치주의 문학이 가진바 그 정치의 모든 추악성을 내포하고 있으므로, 목적 달성을 위하여서는 때로는 애비를 죽이는 때도 있고, 아내를 팔아 스파이로 보내는 때도 있고, 젖 먹는 유아까지도 석유불에 던져 태워 죽이는 때도 있고, 수천 명이 먹을 쌀더미까지도 거리낄 것 없이 방화하는 때도 있는 것이다. 이것이 정치주의 문학의 정체이자 비문학성이라고 지적할 수 있는 것이다.

—《백민》, 1950년 3월호

전시하의 한국 문학자의 책무

　40여 년의 한국 문단을 걸어오는 지명된 한낱 평론가로서보다, 나는 40여 년의 우리 문단을 통독하여 오는, 아니 통독하여 보는 일각의 진솔한 독자의 자리에 입각하여서, 우리 민족이 미증유의 극심한 한탄에 처하여 있고, 또 이 속에서 성장하여 나아가는 이른바 한국 문단의 형성 분자, 즉 한국 문학자에게 몇 가지 든 나의 다른 바람과 단상을 엮어봄으로써 편집자가 준 명제에 응수하고자 한다.

　원래 전시하라고 해서 또는 치열한 전투가 목전에서 전개되고 있다고 해서, 이원론적이고 목적문학적인 문학이 탄생하고 존재해야만 하는 것은 아니다. 그러나 그렇다고 해서 전투가 오늘날과 같이 거족적으로 바로 민족의 발밑에서 수행되고 있는, 그래서 그야말로 전투가 민족 전체의 현실같이 되어 있음에도 불구하고, 문학이 현실과는 아주 동떨어진 거리에서 마치 어느 때인가 한 번 낳아버린 한낱 생명체인양—시대의 고난하는 양상 또는 현실과는 하등 무관하게 스스로 성장할 수도, 존립할 수도, 탄생할 수도 또한 없는 일이다. 그런 의미에서 우리 문단 40여

년간과 특히 피어린 전란 발발 이후 1년 7개월간에 걸쳐 발표된 작품 등을 총체적으로 읽어 내릴 때, 모름지기 아직도 가혹한 현실이 작품 속에 엄연히—그리고 정확히 생리화되지 않았다는 것을 알 수 있다. 간혹 단편적으로 유사한 것을 편편이 발견한다 하더라도, 이 역시 작품을 만들기 위한 작가의 뿌리 깊지 못한 정신의 영향이 안이한 왜곡과 감정의 소묘를 그려내 보인 것이었다. 따라서 그 작풍이 일찍이 '빅토르 위고' 이전의 시대를 초극치 못한 채 사건 중심이거나 가공에 치우쳐 작가의 뇌리에서 충분히 정화 내지 소화되지 못하고 원고쓰기*에 바빠 손끝으로 배설한 감을 풍족하게 풍겨주었다.

뿐만 아니라 작가가 다름에도 불구하고 대체로 공통적인 소재와 작풍으로 언어의 부드러운 나열과 유희를 일삼아 문단에 등단하기까지의 관문이었던 당선 혹은 추천을 얻기까지 닦아 올린 무난한 문장의 기교로서 독자의 안목을 끌어 독자의 노력 낭비를 꾀하는 천편일률적인 작문과 같은 허다한 작품이 제1차 대전 때 프랑스에서 발생하였던 저항문학에 준하여 제법 전란문학, 혹은 전쟁문학처럼 오늘의 전란 현실이—그러나 어디까지나 피상적으로 작품화되었다. 이 역시 매문매명의 여독이 징그럽게 작품을 흐려주는 감이 있었고 또한 그 외의 대부분은 아직도 산골짜기에서 말과 해와 사슴을 부르는 자리에서 피난만은 대구, 부산으로 한 것이 엿보였고, 나머지는 '양아주머님'들의 교양부 역할을 면치 못할 정도의 통속 영역을 벗어나지 못한 채 매음굴을 배회하고 있는 듯한 감을 주는 것들이었다.

나는 여기에 있어서 문학의 순수와 대중과 통속을 구분하려는 것이 아니다. 그러나 그래도 아직까지의 조류에 있어 대범하게 세 가지 이상

| * 원문에서는 '매고賣高'라고 표현하고 있다.

의 형태로 문학 경향이 흘러나가는 것을 볼 수 있으며, 이것이 반드시 순수 대중 통속 등의 규격 아래 그러한 이름으로 불리어지는 것은 아니면서도 어딘가 유사하게, 그리고 사이비하게 제법 되어나아가는 것을 느끼지 않을 수 없다.

물론 여기에는 우리의 문단이 아직도 천박한 연륜과 왜곡된 질곡 속에서 발아하여 한 번도 활발하게 꽃피어보지 못하고, 희대의 모진 서리와 설상가상으로 해방 후의 극심한 혼란 속에 성장하여 나온 탓도 있었지마는, 그렇다고 우리의 문단이 한 번도 피어보지 못하는 꽃봉오리인 채 혹은 무과수인 채 언제까지나 사이비한 호흡만을 계속할 수는 없을 것이며, 또한 보다 많은 수난의 길을 걸어온 심지와 반면의 자랑도 문단의 결실을 얻을 때만이 만방에 선양되고 오직 예술로서 빛나는 겨레가 될 것이 아닌가?

이토록 우리 문단 40여 년간과 가깝게는 전란 발발 이후 1년 7개월간은 저속하고 사이비한 호흡 속에 독자로 하여금 실망과 초조한 감을 자아내는 느낌을 주는 것이 허다하였는데, 반면에 작품의 질과 양과는 달리 작가─즉 문학자들의 고뇌하는 근면과 긴장한 침묵이 작품의 모퉁이, 모퉁이를 틈타 엿보이는 것은 실로 반갑지 않을 수 없는 사실이었다.

전후 ×× 일본의 모든 작가들이 맥이 풀린 마음으로 작품을 싱겁게 하였다면, 우리의 문단인들은 확실히 역경에 처하여 있으면서도 전란 이후 1년 7개월간을 통해 털끝까지 긴장하여 그 붓끝은 종래의 결함과 온갖 편의성을 배타하고─또 작가 자신의 무××한 소재의 취급까지도 채워주는 상 싶었다.

비록 사색과 수법 또는 그 생리가 완전이 옛 모습을 탈피는 못하였다고 하더라도 한 줄기 비약하려는 긴장성과 기세는 보여주었고, 이나마도

낙오하였을 때는 붓과 신분증을 갈아야 했다.

그렇다. 한국의 문학자들은 벌써 서재에서 먹을 갈아 붓끝에 먹을 발라가며 글을 쓰는 안일한 풍속은 박탈당한 지 오래다.

이 나라에서 삶을 향유한 문학자들은 이미 서재를 약탈당한 채 연막 속에 있으며 잉크 먹물이 아니라 손끝을 물어뜯어 '피'— '핏물'로 글을 쓰고 있는 긴장 이상의 긴장이 손끝의 핏방울과 같이 떨어져 있는 것이 보였다.

아, 내가 읽어 내리는 작품들 속에 이나마도 발견할 수 없었던들…….

나는 이상에서 문단 40여 년, 특히 가짜와 진짜가 뒤섞인 전란 이후 1년 7개월간에 발표된 작품들을 총체적으로 읽어 내리고 난 독자의 독후 감을 가장 추상적 그리고 부분적으로 우러니는 편편단상을 종합해봄 으로써 총평이 아닌 잡화상을 벌여놓아보았다. 그러나 여기서 다시 말할 수 있는 것은 한국의 모든 작가, 시인, 즉 모든 문학자들이 포염 앞에— 또 그 속에서 한량없이 긴장되어 있으면서도 사색과 감정과 필치가 현실 을—즉 시간을 따르지 못하고 있으며, 40여 년이라는 질곡과 왜곡 속에 서 성장하여온 문단의 당선제, 혹은 추천제라는 풍속이 각자의 독특미를 감퇴 내지 단일화시키는 폐단을 남겨주어, 비근한 예로는 문단을 가로질 러 지난해 봄철에 발간된 《사병문고》(몇 호인가 기억하지 못함)에 10여 명 작가가 동원되어 10여 편 단편작품이 게재되었는데, 작가의 성명 세 글 자를 도외시하고 작품만을 읽어 내리면 단일 작가의 단편집 같은 감을 주는 것이 있었다. 따라서 종적으로 멀리 춘원의 「무정」으로부터 오늘날 김동리 씨의 「귀환장정」 또는 황순원 씨의 「기러기」에 이르기까지 별반 의 진전과 작가의 독특한 취미, 개성, 혹은 특이한 면을 제의하여주는 것 같은 것을 확연하게—또는 두드러지게 보여주는 것이 거의 없다시피,

혹은 나의 권위 없는 편견인지는 모르지만 문단은 이렇다 할 획기적인 작품을 게시하지 않고 있다는 사실이다.

그리고 그나마도 문단 전반의 큰 흐름에 휩쓸리지 못한 몇몇 시인과 작가들, 어느 한때의 현실의 질곡 속에서 도피하려는 나머지 시인들은 한때 문단의 농아였던 언어와 표현의 기교자 정지용 씨의 감각의 옷을 날씬하게 빌려 입고 산과 들로 내달았는가 하면, 또 다른 몇몇 작가들은 펜과 원고지 등속을 들고 유람촌을 찾아들어 아직까지 하등의 후회와 부끄러움도 없이 빌려 입은 옷에 고은 때를 묻히고 있는 형편이다. 문단은 아직도 자발적인 정리와 지난날의 청산이 되지 못하고 있다는 것이다. 그러므로 전후 모든 우방에서는 새로운 것이 싹트고 움터 나왔는데, 우리의 문단은 여전히 지난날에 쌓아 올린 변두리를 맴돌고 다른 곳에서 일어나는 소리에는 귀를 기울일 겨를이 없어 보이는 것이다. 그러나 언젠가는 자지러지게 놀랄 것이고 또 놀라지 않고서는 견디지 못할 것이다.

나는 여기서 모든 한국의 문학자들에게 권면하고 싶고 또 애원한다. 아니 내 자신에게 하는 말이 되어도 좋다. 하여튼 이 땅의 모든 문학자들이 다 같이 언제인가 저쪽 피안에서 몰려들어온 사조와 지식에서 쌓인 개념을 쏟아 치우고 좀더 솔직하게, 그리고 몸소 심각하게 사병들과 함께 포염 속에 뛰어들 수는 없을 것인가! 그렇지 않고서야 종군을 한답시고 전선의 장교 CP쯤에서 들고 오는 이야기…… 이런 것쯤을 가지고서 어디 몸소 경험하는 문학이 될 수 있을 것일까……. 내가 외람된 소리를 하는 것인지는 모르지마는, 시인이나 작가 즉 문학자가 작품 취재라는 입버릇이나 정신쯤은 버려주어도 좋을 것이라고 믿는다. 아니 리루게*가

| * 라이너 마리아 릴케Rainer Maria Rilke를 지칭하는 것이 아닐까 한다.

들으면 기절할 소리가 아닌가? 사실 그렇다. 몸소 체험하고 경험하는 것이 문학이―그리고 예술이― 되는 것이 아닌가.

문학자들이 진실로 펜 끝을 총탄으로 바꾸어 들 때만이 전쟁문학, 혹은 전투문학이 형성될 것이요, 그렇지 않고서는 사이비한, 이미 볼 수 있었던 사병문고 등에 수록되었던 작품 이상을 생산하여 나가기에는 용이한 일이 아닐 것이며, 또한 항상 급진하는 시간에 뒤떨어져 인간 일생일대의 피의 수록(문학)이, 한가한 때에 사랑방 등에서 읽히는 오락이라는 천시를 면치 못할 것이다.

그렇다고 한국의 모든 문학자들이 모두 전쟁으로 문학을 이끌어 들어오라는 말은 아니다. 그것보다는 보다 착실한 체험과 경험으로, 더욱이 민족이 체험하고 있는 고난의 현실 앞에 보다 철저하게 현실을 파악히고 깊피히어, 고닌 숙에 민존히고 있는 민족 '인긴'긔 끠권으 괘기힐 수 있는―중차대한 책무를 느끼고, 포탄의 세례로 모든 막연한 것을 청산하고 무엇이 인간을 괴로운 염화 속에 이끌어 넣었는가 하는 극단의 고뇌와 대립되어 있는 새로운 '무엇'을 모색하여내는 것이 전시하에 빠져 있는 한국 문학자들의 책무가 아닌가 말이다.

―《전선문학》, 1952년 4월호

회의와 모색의 계제階梯
—한국 문학계의 현황과 장래

　최근 잡지의 수가 많아진 탓인지는 모르나 작품의 생산도 확실히 많아졌다고 할 수 있다. 그 작품들을 읽을 필요가 있어서 대부분 읽어보았는데, 거기에서 느낀 것은 작가 자신이 애써서 '어떤 세계'를 그려보려고 고투한 흔적을 엿볼 수는 있었으나, 그러나 그 '어떤 세계'의 주조적인 형상을 그렸다고 하기에는 아직도 모색과 방불과 유사적인 세계에서 방황하고 있다고 할 수밖에 없다. 더욱이 낡아 보이는 것은 그 '어떤 세계'에의 모색조차도 하지 못하고, 작가가 독자를 이끌려는 작품의 감흥성이 없을 뿐더러, 작가가 독자에게 끌려가려는 ××와 통속성을 가지고 작품의 저조성을 노골적으로 나타내고 있는 점인데, 이러한 데에는 연민과 실색을 하지 않을 수 없다.

　이 점에 대해서 나는 몇몇 작가에게 직접 지적하여 말한 바도 있었지만, 그 저조한 통속성이 도를 넘어 야비에 가까우리만치 작가가 의식적인 작품 행동으로 나올 때에는 한마디의 경고를 하지 않을 수 없었다. 그것은 소설에서만 그런 것이 아니라 시와 희곡에서도 마찬가지라고 아니할 수 없다. 즉 어떤 시인의 말을 빌려 말한다면, 한국에서는 시를 읽는 사람보다도 시를 쓰는 사람이 많다는 것인데, 이것은 오늘날 한국의 시단을 ×설하거나 경원해서 하는 말이 아니라, 시집은 무수히 출간되고 또 신문, 잡지 등에서도 많은 시가 발표되는데, 그중에서 시다운 시를 찾아보기에는 매우 힘이 든다는 의미에서 그렇게 말하지 않았는가 생각한다.

사실 6·25 동란 이후 우리 문단의 독무대를 차지한 듯이 기성, 신인할 것 없이 많은 시를 발표하였고, 또 그와 아울러 많은 무명의 시인들이 시집을 많이 냈다. 그들 중에는 진지하게 문학을 하려고 하여 자기 생명의 연장으로 여기고 시작이나 창작을 하는 사람도 있겠지만, 그 대부분은 김춘수 시인이 그의 저서 『시문학입문』에서도 지적한 바와 같이, '소설보다는 시가 쉬울 것 같고 원고지 한두 장의 노력이면 되는 것이니까' 하는 따위의 안이한 문학관으로 시작을 하는 사람이 많다. 이러한 불성신한 문학관은 가지고 시나 소설이나 희곡 등을 창작하려고 하기 때문에 결국 그 작품이 역작이 될 수도 없을 뿐더러, 애당초부터가 안이하고 불성실한 문학관으로서 문학을 하려는 까닭에 거기에서 높은 호흡을 가질 수 있는 문학적 가치를 지닌 작품을 창작하지 못하는 것은 당연한 일일 것이다.

이와 같은 견해를 가지고 오늘의 한국 문학계를 관망해볼 때, 기성 문인들은 그들대로, 신인들은 신인대로의 안이한 문학관으로 모두(극소수의 일부를 제외한) 불성실하게 문학을 하려는 까닭에, 오늘의 한국 문학계가 저조와 모색과 침체 상태에서 한발도 전진하지 못하고 있는 것이 아닌가 생각된다. 물론 여기에는 한국 작가만이 가지고 있는 객관적인 악조건이 있는 것도 인정한다. 첫째로 생활이 안정되지 못하기 때문이요, 둘째로는 지면의 제한이요, 셋째로는 공부할 여유와 사색할 마음의 준비가 피난 생활로 인하여 없다는 탓일 것이다. 원고 한 장을 쓰려고 하여도 다방 한켠 구석이나 또 아이들이 들볶고 떠드는 데서 써야만 하고,

또한 그 원고가 아침 끼니를 대주는 화폐 대신이 될진대, 거기서 어떻게 참다운 인생을 노래하는 시가 나올 것이며 생산될 것인가 하는 문제이다. 그러나 마음만은 그렇지 않아, 오늘의 한국 문학계는 기성 문인이든 신인이든 가릴 것 없이 지면에서나 좌담에서나 무슨 입버릇처럼 '문화의 위기'를 말하여 '불안의 의식'이니, '위기의 극복'이니 하고 있는 것이다. 그러나 그러한 의식을 내용으로 한 본격적인 문학작품—시든, 소설이든, 희곡이든 할 것 없이—은 거의 없다고 해도 과언이 아닐 정도이다.

그러면 오늘의 한국 문학인들이 세계적 조류인 문화의 위기를 의식하면서도 의식하지 않는 것 같이 하여야만 되고, 동란으로 인하여 많은 위험을 경험하고, 죽음 한발 앞에서 위기를 극복하여 공포와 살상과 질식 속에서 피난 생활을 실제로 당해온 까닭에 당연히 가져야만 할 불안 의식이 면역적인 만성이 되어 통증이 느껴지지 못하느냐 하면 그렇지도 않을 것이라고 생각한다. 우리는 확실히 불안한 현실에서 살고 있는 것만은 시인한다. 그것은 전쟁이 가져온 현실이나 혹은 경제적, 정치적, 사회적 현실 등 그 어느 것의 현실에서도 불안의 의식을 느낄 수 있는 것이다. 이 불안의 의식에서 문화의 위기를 의식하지 않을 수 없으며, 이것을 극복하지 않으면 안 된다고도 생각한다.

박연희 씨는 이러한 오늘의 불안 의식을 자각하면서 인간의 존재적 가치와 관련하여 「이령」(《대중공론》, 신년호)이라는 작품에서 이런 말을 하였다. 즉 '정치라는 괴물 앞에서는 창세 이래의 교리를 가졌다는 종교마저도 치를 발발 떨며 자체를 회의하고 있는 것이 오늘이 아닌가'라고 말하면서 현실에 대하여 가장 ××적일 수 있는 창백한 '인텔리겐치아' 권일이라는 주인공으로 하여금 '그러한 생각에 미치게 하여 버럭 몸서리를 치며 두려움을 먹은 눈으로 국면을 응시하게 하였다'고 하였으며, 그러한 까닭에 종교마저도 치를 발발 떨며 회의하는 까닭에 인간이 '이성이 앞서지 않는 일과 본능에만 추종해야 한다는 비판'을 연출하고 있다고 하였다. 물론 이 「이령」이라는 작품이 오늘의 위기를 말하는 우리 문학계를 대표할 수 있는 작품이라고는 할 수 없을 뿐더러 문학적 가치에 있어서도 게오르규의 「25시」에 비할 바 못되며, 또 작품 구성에 있어서도 많은 불만과 다소의 의문점을 품을 수도 있는 작품이라 할지라도, 현실을 대략하게 피상적으로나마 파고 들어가려고 한 점에 있어서는 「25시」와 공통된 점을 발견할 수가 있는 것이다. 즉 이 두 작품은 오늘의 세계, 하나는 세계적이며 하나는 한국적인 현실적, 정치적, 사회적인 위기를 말하는 데 있어서, 상상만 하여도 몸서리가 쳐지고 가혹하리만치 무섭고도 명확하게 밝혀놓았다는 점에서 현대적인 절망의 일부를 상징하는 작품이라고 할 수 있는 것이다.

그러나 「25시」는 오늘의 절망에 대해서 구체적인 형상화를 하였다고 할 수 있으나 「이령」은 「25시」에 비하면 아무것도 형상화하지 못한 작품이라고 할 수 있다. 즉 「25시」에는 '트라이안'으로 하여금 "개인으로서 완전한 인간은 벌써 이 사회에서는 존재하지 않는다"라고 말하게 하고, "자네만 하더라도 독일에서 ××된 한 사람에 지나지 않는다. 이것이 서구 지배사회가 양식화될 수 있는 특질 중의 극한이다. 누구를 유배하거나 죽일 경우에도 이 사회는 산 무엇으로서가 아니라, 하나의 관념을 체포하거나 죽이거나 하는 것이다"라고 말하면서 "내가 알기에는 인간을 법칙이나 기술의 기준*, 그것도 기계 같은 우수한 기준에 종속시키는 것은 인간을 몰살시키는 것과 같은 것이다. ……서구는 기계와 같은 사회를 만들었다. 이 세계 속에서 살 기계의 법칙에 적응하게끔 인간을 강요하고 있다. 인간이 기계와 동화하는 데까지 도달한다면 벌써 그때는 이

| * 원문에는 '기술준도技術準度'라고 표현되어 있다.

지상에 인간이 없어지는 때이다"라고 하였다. 이 구체적 형상화를 「25시」는 뚜렷이 하고 있다. 즉 '요한 모리츠'가 행정적인 기계주의로 말미암아 한 헌병대의 사무적 과오로 죄 없이 13년 동안이라는 긴 세월을 철창생활을 하지 않으면 안 되게 되는 것과, 신부 코루가*가 종교인이라고 해서 소련군의 점령으로 인민재판을 받아 사형에 처해지는 것은, '관념'과 '법칙과 기술의 기준'에 의하여, '인간을 몰살'시키는 즉, '개인으로서 완전한 인간은 이 사회에 존재하지 않는다'는 것을 형상화하였다고 할 수 있다. 이에 비하여 「이령」은 '인간 사회에 이러한 기계(정박해 있는 이름 모를 군대)가 완강히 발동되는 한 전쟁은 계속될 것이며, 인간의 존재란 더 희박해 갈 것'이라고 하면서, 그에 대한 가장 구체적인 형상은 이 작품에서 발견하기가 어려운 데가 많다. 결국 이 작품을 엄밀하게 따진다면 피상적인 모색, 희박한 절망 의식에서 출발한 지극히 합리적인 인간상을 그렸다고 하는 수밖에 없다.

그러나 이 합리적인 인간상을 형상화하는 것이 한국에서는 가장 올바르게 현실을 파악하였다고 할 수 있다. 왜냐하면 '정치라는 괴물 앞에서는 창세 이래의 교리를 가졌다는 종교마저도 치를 발발 떨며 자체를 회의'하고 있기 때문이요, '이성이 앞서지 않는 일에 본능에만 추종해야 한다는 비극'이 있는 까닭이다. 즉 이것을 구체적으로 수행한다면 박 씨에게는 종교적 신앙이 하나의 진리를 넘어서 요지부동의 철학이론에 입각한 철칙이 내포하고 있는 것이라고 생각해왔는데, 그것마저 정치라는 괴물 앞에서는 꼼짝 못하고 치를 발발 떨며 회의하고 있는 것이므로, 하물며 인간이야말로 정치라는 괴물 앞에서 회의할 여지도 없이 이성(자유)이 앞서지 않는 일에 본능(공포에 대한 생의 욕구라고 해도 좋다)에만 추

| * 원문에는 '목사牧師 고르가'라 표기되어 있다.

종하는 것은 당연한 이치라는 것이다. 그래서 그 본능이 가장 안전하다고 추종하여 간 곳이 권일로 하여금 '회색주의자'라고 불쑥 입속으로 말하게 하였던 것이다. 즉 오늘과 같은 현실 속에서 인간 아닌 인간의 관념을 체포하는 이 마당에, 생의 욕구(본능)로서 가장 바람 없고 안전한 지대로 여겨지는 것은 회색주의라는 괴물밖에는 없을 것이다. 이 비극의 적색주의는 때에 따라 ××성이 없는 까닭에 시대의 천대를 받는 미약한 존재일 뿐더러, 본능을 추구하여 생의 욕구를 위주로 여기기 때문에, 때에 따라 이율배반적 성격을 띠어, 세스토프의 『비극의 철학』에서 말한 '자기의 생명을 구하기 위하여 손쉽게 연인의 생명을 뺏는 인간'이 될 가능성이 충분하다.

우리가 회색주의를 혐오하고* 그러한 인간 존재를 증오하는 것도 너무나 안전지대만 노리는 데 있다고 할 수 있다. 그러나 오늘과 같은 한국의 현실에서, 국토가 양단되고 공산주의와 민주주의가 엄연히 '이데올로기적' 쟁×적 승리를 위하여 싸우고 있으며, 정치적 현실로는 여·야당이 각축전을 전개하고 있는 이 마당에, 그 현실에 대하여 회의하기는커녕 생의 욕구로서 회색주의의 안전지대를 찾고 있는 것이 오늘의 창백한 '인텔리겐치아'의 가는 길이라고 할 수 있다.

이러한 관점으로 생각해볼 때, 「25시」가 죄 없는 몇 사람에 대한 형벌을 통해서 히틀러의 '나치즘'에 대한 독재정치의 죄악을 폭로하고, 소련의 공식주의적 공산주의를 비난하고, 아울러 미국의 민주주의를 비판하기 위하여 쓰였다고 해석하는 것이 전혀 정당한 것이 아니라고 한다면, 「이녕」 역시 옛 문화사를 둘러싸고 여·야당이 정×쟁×전을 하는 비도덕적 정치를 비판하거나 비난하기 위하여 쓰였다고 해석할 수는 없

| * 원문에는 '사갈시蛇蝎視'라는 생소한 표현이 사용되고 있다.

는 것이다. 이 두 작품들은 여러 가지 현실적인 죄과와 정치적인 수단과 방법의 본질적인 그 원인이 도대체 무엇인가를 추적함으로써, 우리가 오늘에 처해 있는 현대적 고통과 절망과 불안의 기계를 ××보는 데 있는 것이 아닌가 생각할 수 있다. 즉 「25시」의 '요한 모리츠'나 '신부 코루가' 등이 기계와 같은 사회를 만든 인간의 가치나 개인의 존재 의의를 인식하기보다 집단적이고 전체적인 기계(또는 행정) 만능주의에 치중하고 있는 서구사회의 하나의 만성적 제물이라고 한다면, 「이녕」의 권일과 같은 회색주의자는 고뇌하는 오늘의 현실 속에서 생의 욕구만을 추구하여 회색지대를 찾는 '고뇌의 세대'라고 생각할 수 있다. 그렇다고 해서 「이녕」이 그러한 현실을 깊이 파고 들어가 어떤 주조적인 세계를 형상화하였느냐 하면 그렇지 못하다고 하는 수밖에 없다. '테마'에 비하여 구성이 안이성을 너무 내포한 것을 간과할 수는 없다.

하여튼 이 작품들은 앙드레 지드나 폴 발레리처럼 관념적인 형태로서가 아니라, 현실적으로 강한 정치적인 형태를 통해서 현대의 불안 의식과 위기와 절망의 근원을 밝혀보려고 노력한 작품이라고 할 수 있을 것이다. 그리고 이 두 작품은 어떤 의미에서 철학적인 면을 발견할 수 있다. 즉 일본의 다니카와 데쓰조*의 「철학으로서의 문학의 일 문제」라는 논문 가운데는 '문학은 현실 인식의 한 형태로 볼 때, 그것은 일종의 철학'이라고 하는 것과 같이 '문학은 현실보다 사실의 가능성을 그리고 또 사실보다 진실을 표현하려는 점으로 보아 단지 사실을 그대로 기록하는 역사보다도 이미 철학적'이라고 할 수 있다. 다시 말하면 「25시」 같은 작품은 그러한 의미에서 철학적이라고 할 수 있다. 즉 '현실 인식의 한 형태'로서 인간이 기계와 같이 만든 서구사회의 절망과 위기 속에서 어떠

| * 谷川徹三, 일본의 문학평론가.

한 위치에 놓여 있으며 평가받고 있는가를 여실히, 그 근본적인 것을 밝히려고 한 작품이 「25시」라고 할 수 있다. 그러나 이 작품들은 단순히 절망과 위기의식에서 헤어나지 못하는, '절망의 인간'을 그리려고만 한 것은 아니라고 생각한다. 절망과 위기의식을 말하면서 어떠한 계시로서 새로운 인간상을 창조하려는 데 그 철학적 내지 문학적 가치가 있는 것이다. 단지 절망과 위기의식을 그대로 표현하고 형상화하는 데에만 그친다면 문학의 창조적 의의는 하등의 가치가 없다고 할 수 있다.

오늘의 작품 경향을 평하는 대부분의 평자들의 비평 동향을 분석하여보면, 대략 두 갈래로 나눌 수 있다. 첫째로 오늘의 절망을 절망 그대로 보려는 비관론적 비평이고, 둘째로는 절망 속에서 새로운 인간상을 창조 내지 반증적 암시를 주는 낭만적 비평을 하는 경향이 있다. 사실 인간의 존재가 전체적, 학문적인 메커니즘의 원칙 아래 개인의 존재 가치를 발견하지 못하고, 기계나 관념의 노예화가 되어가는 절망을 그대로 방관하고 한숨만을 쉬고 비관만으로 일삼는다면, 문학의 본질인 창조적 의의는 필요 없을 것이다. 여기에서 나는 절망을 절망 그대로 표현하고 형상화하려는 문학작품보다, 새로운 인간상을 창조하고 절망과 불안의 반증적 암시를 주는 건설적인 문학작품이 앞으로 우리 문학계에 많이 생산되어야 한다고 생각한다.

정치적 현실이 우리 개인의 존재를 부인하려고 하면 문학은 당연히 그에 대해서 절망만을 할 것이 아니라, 절망에서 솟아나는 창조적 인간상을 새로이 건설하는 의욕이 있어야 하고, 또 인간을 몰살하려는 기계주의적 현실을 제거하는 의욕이 왕성하여야 할 것이다. 벌써 이에 대해서 샤르트르가 말하기를, 오늘의 정치적 현실은 '메커니즘'으로 흘러가는 경향을 지적하여 소련만이 모든 기계주의와 공식주의에서 벗어나 있다고 말하면서, 평화대회에 참석한 모든 문화인에게 "여러분은 종족만이

다르다 뿐이지 참다운 인간임에는 틀림없다"라고 했던 것을 생각해볼 때, 그 역시 기계주의적 정치 현실에 대하여 얼마나 저항하고 있는가를 알 수 있다. 이러한 의미에서 여기서 내가 말하고 싶은 것은 '르네상스' 이후의 인간의 존재와 특성을 존중해온 '휴머니즘'으로 하여금, 오늘의 불안과 절망 속에서 인간을 구원하는 새로운 창조적 인간상을 형상화하는 데 장래 한국 문학의 세계사적 의의가 있다고 할 수 있는 것이다.

우리의 눈앞에는 얼마든지 문학적 소재가 있다. 이 많은 문학적 소재로 어떻게 새로운 '모럴'과 '인간형'을 창조하느냐 하는 데 오늘의 우리의 문학적 과제가 있을 뿐만 아니라, 앞으로의 문학적 과제도 될 것이라고 생각한다. 여기에 있어서 다음 기회에 논하고자 하는 신인간주의 문학이 반드시 논의될 것은 물론, 또 '신인간상'을 창조하는 데 우리 문학의 장래를 논할 수 있으리라고 생각한다. 이것은 불안과 절망에서 벗어나는 새로운 인간형이 되어야만 할 것이다.

—《문화세계》, 1953년 창간호

신인간주의 문학의 이론과 사적 배경
—한국적 생리의 확립을 위한

　내가 본지 창간호에 「회의와 모색의 계제」라는 제목 아래 한국 문학의 현황과 장래를 논하는 가운데, 그 결론으로서 말하기를 "우리의 눈앞에는 얼마든지 문학적 소재(전쟁으로 말미암아 직접 경험한 모든 소재)가 있다고 할 수 있다. 이 많은 문학적 소재로 어떻게 새로운 '모럴'과 '인간형'을 창조하느냐 하는 데 오늘의 우리의 문학적 과제가 있을 뿐만 아니라, 앞으로의 문학적 과제도 될 것이라고 생각한다. 여기에 있어서 다음 기회에 논하고자 하는 신인간주의 문학이 반드시 논의될 것"이라고 하였다. 이것이 인연이 되어 이 신인간주의 문학론을 여기서 논하게 되었는데, 이 신인간주의 문학론을 본격적으로 논하기 전에 나는 왜 이 신인간주의 문학을 제창하지 않으면 안 되는지 근원적인 이론과 사적인 배경을 여기서 밝혀보려고 한다. 즉 그것은 어디까지나 인간을 중심으로 한 인간의 문제이다.

　시몬즈J. A. Symonds는 『이태리문예부흥사』에서 "문예부흥의 대업은 '세계의 발견'과 '인간의 발견'에 있다"라고 하고, 또 뒤이어 다음과 같이 말한다.

문예부흥사는 예술이나, 과학이나, 문학의 역사는 아니다. 또 국민의 역사도 아니다. 그것은 유럽 민족 가운데 계시된 인간 정신의 자각적 자유에 도달한 역사이다.

또한 그는 "문예부흥이라는 말의 참다운 의미는 자유의 새로운 재생"이라고도 말했다. 이와 같은 논증들을 참고삼아 생각해볼 때, 문예부흥기의 사상은 인간주의Humanism라고 할 수 있고, 또 그 이전까지의 많은 학자 및 종교인들이 '신의 지식'만을 존중하게 여기는 것에 대해 새로운 '인간의 기록'을 귀중하게 여기자는 데 그 세계사적 의의가 있었던 것이라고 할 수 있다. 다시 말하면 '르네상스' 이전 중세 암흑시대는 인류의 문명사적 견지에서 볼 때, 기독교의 권위로 인해 모든 진리와 사물은 그 앞에 무릎을 꿇고 복종하여 아무리 진리를 탐구하기 위한 학문일지라도 학문 그 자체를 위한 연구가 못 되었으며, 또 아름다움에 있어서도 아름다움을 위하여 애호하고 찾는 것이 못 되고 단지 신을 위하여 혹은 교회와 신학만을 위하여 모든 것이 탐구되고 애호되었던 것이다. 그러면서 거기에는 중세적인 금욕과 위선적인 성직자와 교풍이 난잡하게 범람하고 횡포되어 있었던 것이다. 이에 반기를 든 것이 즉 '르네상스'인 것이다.

르네상스는 페이터*가 지적한 바와 같이 단순한 고대 문화의 부활만이 아니라 이 부활을 하나의 성소, 하나의 소양, 하나의 징조로서 착종한 문화 운동의 전체를 가리키는 것으로서, 지적, 상상적 사물을 그것(사물)

---

* Walter Pater, 1839~1894. 영국인 에세이스트, 문학비평가. 그는 '전복적인 세계관'을 가지고 역사의 중심을 개인으로 끌어오고 있는데, 그가 강조하고 있는 것은 절대성에서 해방된 개인들이 세계를 자신만의 눈으로 바라볼 수 있게 되어야 하며, 당시까지 강요되어왔던 권위들을 해체하고 재해석할 기회를 얻어야 한다는 것이었다. 그는 이 기회를 '미학'이라는 용어로 포괄하여 설명하고 있다. 오스카 와일드의 문학이 페이터의 세계관과 관련되어 있다고 알려져 있다.

자체를 위하여 생각하고 사랑하는 마음, 인생을 가장 자유롭게 또는 가장 적당한 방법으로 생각하려는 것이라고 할 수 있다. 다시 말하면 '르네상스'는 '인간 정신의 자각적 자유를 찾으려는 인간의 발견'이라고 할 수 있다.

'르네상스'가 인간 정신의 자각적 자유를 찾으려는 창조 및 문화의 전체적인 운동이었다고 할 수 있다면, 그 근본적인 사상적 기초는 다시 말할 필요도 없이 '휴머니즘'(인간주의, 혹은 인문주의, 인본주의)일 것이다. 그러면 휴머니즘의 핵심적 기초가 되는 것은 무엇인가. 그것은 인간성Humanity의 개념이며 또는 인간의 자연이라고 할 수 있다. 즉 인간적인 것, 인간의 자연에 속하는 일체의 것을 의미하는 것이다. 그러므로 휴머니즘은 인간의 자연을 억제하는 것 또한 왜곡하는 것에 대하여 인간성 옹호에 있는 것이며, 또 인간성의 해방과 인간성의 옹호를 위하여, 인간의 자연적인 것에 속하는 일체의 억압 즉 성향에 구속되거나 또는 주위 환경의 세계에 속박되어서는 안 되는 것이다.

이러한 의미에서 생각하면 여기서 문제가 되는 것은 무엇이냐 하면 첫째, 인간이란 어떠한 것이며, 둘째, 인간성 해방의 대상이 되는 인간적인 것은 무엇이며, 셋째 인간성을 억압하는 것은 무엇인가 하는 문제 등이다.

그러면 첫째 '인간'이란 무엇인가 하는 문제에 대하여 논하고자 한다. 이 문제는 진화론적 인간학의 문제로서 그것은 인간 기원에 관한 다윈이나 생 지라르 또는 라마르크 등의 진화론부터 따져나가지 않으면 안 될 것이나, 여기에서 그것들을 광범위하게 논의할 수는 없다. 그러므로 여기서는 그러한 진화론적, 다윈식의 해결로 '인간' 자체를 해부하는 것을 생략하고 '인간의 지위'에 대한 인간의 본질을 설명하는 분야의 권위자인 막스 쉘러*의 말을 인용하고자 한다.

인간이란 정의에 대하여 어떻게 생각하는가 하고 교양 있는 유럽 사람에게 물어본다면 서로 전혀 결합할 수 없는 세 종류의 사상 환경이 그의 머릿속을 긴장시킬 것이다. 첫째는 '아담'과 '이브'의 창조, 천국과 타락 등 유대적, 기독교적 사상, 둘째는 고대 그리스식의 사상일 것이다. 고대 그리스식의 사상에서는 비로소 처음으로 인간의 자의식이 특수한 개념이라 생각하게 될 뿐더러 더욱이 사람의 사람다움은 '이성' 사상을 표현하는 언어 실제상의 지智 · 조리條理 · 마음 등등을 소유하고 있는 것이 사람의 자의식으로 하여금 한층 더 구체적으로 실증하고 있는 것이다. '로고스'는 여기서 만물의 무엇인가를 파악하는 능력과 같은 것을 의미한다. 이 설은 인간이 관여하고 더욱이 만물 중 단지 인간만이 관여한다는 초인적 '이성'이 만물의 기초에 내재하고 있다는 견해와 밀접하게 결부되어 있다. 제3의 사상은 오랫동안 전통이 되어 있었던 근대 자연과학 및 발생심리학이며, 그것은 인간이 지구 진화에 의한 세계 변화의 결과로서, 동물계에 있어서 그 선행 형태와 다른 점의 본질이 이미 인간 이하의 자연계에도 스스로 출현하고 있는 '에너지' 및 능력의 혼합적 특질에만 존재한다는 생각이다.

이상과 같은 세 종류의 사상은 각각 서로 통일되지 못하고 있다. 이리하여 실제에 있어서의 우리들은 서로의 밀접한 관계가 없다고 할 수 있는 하나의 자연과학적 인간학과 하나의 철학적 인간학 또는 하나의 신화적 인간학 등을 소유하고 있는 셈이다.

---

* M. Scheler, 1874~1928. 20세기의 철학적 인간학의 시조始祖로서 지속적이고도 큰 영향을 주고 있는 사람이다. 그의 철학적 인간학의 기본 사상을 잘 보여주는 책은 1928년 사망 몇 주 전에 쓴 소책자 『우주 안의 인간의 위치Die Stellung des Menschen im Kosmos』인데, 비록 이 책은 100페이지에도 못 미치는 작은 책자이지만, 그의 유일한 철학적 인간학의 저서로서 현대의 철학적 인간학을 탄생시켰고, 그 이후에 큰 영향력을 발휘한 기념비적 명저가 되었다.

이와 같은 막스 쉘러의 말에 근거하여 생각해보더라도, 우리들은 인간에 관한 하나의 통일된 이념을 가지고 있지 않은 것만은 부인할 수 없는 사실이다. 그러므로 인간만큼 다양하게 규정되는 존재는 없을 것이다. 즉 인간은 때에 따라 '도구를 가질 수 있는 동물'로 규정되고 혹은 '뇌를 가진 동물', '말할 수 있는 동물', '사회적인 동물', '포유 및 척추 동물' 등등으로 규정되고 있는 것이다. 이렇게 여러 각도로 규정지을 수 있는 인간 개념을 생각해볼 때, 인간은 직립보행, 척추의 개선, 몸의 균형, 두뇌의 강력한 발달, 직립보행의 결과인 기관 개선 등의 행동 내지 기능을 보유할 수 있는 것이다. 하지만 이것만으로는 도저히 인간의 구체적인 설명이라고는 할 수 없다. 즉 이렇게 단순한 설명으로 인간을 규정할 수 있다면, 특수 과학으로 본질적인 인간 연구는 할 필요가 없다고 생각한다. 하여튼 '인간이란 어떠한 것인가'라는 규정에 대하여 일정하지 않다는 것은 허다한 철학자 및 인간학자들의 논리적 근거로서 충분히 알 수 있는 일이다. 즉 인간의 정의는 그 허다한 철학자 및 인간학자들이 말하는 각각의 정의와도 같이 외양의 정의 또한 동물과 다른 모든 정의를 가지고 있다고 할 수 있다.

이렇게 인간에 대한 정의가 다양하기 때문에 인간성 해방을 요구하는 대상인 '인간적인 것'도 여기서 간단하게 논할 수 없다. 즉 인간의 자연성에 속하는 일체의 인간성이라는 범주는 깊고 넓다고 할 수 있다. 그것은 신과 자연과 동물계에 이르기까지 유기적, 혹은 무의식적으로 관련되어 있는 까닭이다. 즉 인간이 자각의 주체, 사고의 주체, 행동의 주체, 반성의 주체, 반항할 수 있는 주체, 고뇌의 주체라고 할 수 있다면, 그것에 속하는 일체의 관계성은 모두 인간성 또는 인간적인 것이라고 할 수 있는 것이다. 그러므로 이러한 의미에서 테렌티우스Terentius*는 "나는 인간이다. 인간적인 것의 어떤 것 하나라도 나와 관련 없는 것은 없다고 생각한다"라고 하였는데, 이것은 인간주의자의 가장 적절한 모토이고 표현이라고 생각한다. 이것을 기반으로 말한다면 인간주의자Humanist는 모든 인간적인 것, 따라서 니체의 말을 인용해서 말한다면 '인간적인 너무나 인간적인' 것, 즉 인간의 약한 점이나 추악한 점을 모든 행동 면에서 나타내고 있다고 할지라도 인간적인 까닭에 우리는 그것을 더욱 사랑할 것을 아는 인간이 되지 않으면 안 된다. 바꾸어 말하면, 인간성 또는 인간적이라는 것은 그것이 인간의 본질에 관한 것이기 때문에 현실적인 행동에 있어서 약한 것, 강한 것, 악한 것, 선한 것, 추한 것, 아름다운 것, 진실한 것, 위선적인 것 등도 있을 것이다. 그러한 까닭에 '휴머니티'라는 말은 인간의 현실만을 가지고 그 의의를 논하는 것이 아니라, 나아가서 인간의 이상까지도 의미하는 것이라고 할 수 있다. 그런 점에서 인간성이라는 말은 인간의 자연성, 현실성을 의미하는 동시에 인간의 당위성, 이상을 의미하는 것이라고 할 수 있다.

인간성이라는 것이 이렇게 이중적인 의미를 지니는 까닭에 인간이 자연을 억압하고 왜곡하는 모든 부자유에 대해서 인간성 옹호를 주장하고 인간성 해방을 요청하는 것도, 인간적 현실을 타개하고 보다 인간적인 이상을 희구하는 데서 당연히 있을 수 있는 일이라고 생각한다.

그렇다면 인간성을 억압하는 것은 무엇을 말하는 것인가. 여기에서는 대체로 두 가지를 생각할 수 있다. 즉 인간 자체의 내적인 면(정신적)과 외적인 면(주위 환경의 세계)이 그것이다. 데카르트는 "나는 생각한다. 그러므로 내가 있다"라고 하였는데, 그 반대로 "내가 있음으로 나는 생각할 수 있다"라고 할 수 있다면—그것을 논리적 궤변만으로 생각한다

---

* 기원전 2세기에 활동한 로마 극작가이다. 카르타고 출생인 그는 노예 신분으로 로마에 왔지만, 그의 재능을 알아본 주인에 의해서 자유의 몸이 되었다. 그는 그리스 고전을 각색하되, 매우 파격적인 방식을 사용했던 것으로 알려져 있다.

면 어쩔 수 없는 일이겠지만—인간을 중심으로 생각해볼 때에는 인간의 정신과 행동을 구별해서 생각해볼 수도 있다. 그리고 여기에 인간과 동물 사이의 근본적인 차이를 발견할 수 있다. 인간은 정신을 가지고 있기 때문에 감수성 충동, 연합적 기억, 지능적 판단, 선택의 자유 능력 등을 생각할 수 있으나, 동물은 그것을 생각할 수가 없다. 물론 쾰러w. Kohler 나 라마르크 학파의 진화론자들은 동물도 지능이 있으므로 궁극적인 의미에서 인간과 동물의 상원성相遠性은 없다고 하지만, 그러나 라이프니츠 가 지적한 바에 의하면 동물은 자의식을 가지고 있지 않다고 하였다. 막 스 쉘러는 다음과 같이 지적한 바 있다.

> 동물은 자의식을 소유하지 못하고 그런 까닭에 스스로 지배하지 못하 고, 스스로 의식할 줄 모른다.

이와 같은 동물에 비하여 본원적인 성향을 지향하는 대상 능력과 대 상 가능성 및 정신 집중 또는 자의식 등은 인간만이 가지고 있는 유일한 분할 구조라고 하는 수밖에 없다. 이렇게 따져보면 동물은 '자기'를 스스 로 지배하지 못하고 또는 자의식을 소유하지 못한 까닭에 선택 능력이나 지능과 판단력이 없을 것은 물론 인간과 같은 성향의 구속에 대한 저항 의식도 없을 것이다. 그러나 인간에게는 그것들이 있다. 그러한 까닭에 여기에서 인간성 옹호와 인간성 해방을 주장하고 요구하게 되는 것이다. 그리고 이것은 반드시 인간을 중심으로 한 인간성에 속하는 인간성 옹호 나 인간성 해방을 요구하는 것이 되지 않으면 안 되며, 또 그것은 인간의 내적인 면과 외적인 면이 혼연일치하는 입장에서 인간으로서 강력하게 추진되지 않으면 안 된다.

이상과 같은 의미에서 '휴머니즘'의 사상적 기초는 인간성 옹호에 있는 것이고, 인간성 옹호의 대상이 되는 것은 인간의 자연을 억압하거나 왜곡하는 것에 있다면, 이 인간의 자연을 억압하거나 왜곡하는 구체적인 기초 내용은 앞에서도 말한 바 있는 인간의 내적인 면과 외적인 면을 들어 말할 수 있는 것이다. 이러한 개념은 시간적인 역사 과정을 통하여 형성되는 개념이라고 할 수 있다. 즉 한 개념이 시대적 구분을 통해 그 시대의 중심 개념으로 보편성을 띠게 되고, 또한 한 사상이 형성되는 데에 있어서 거기에는 반드시 역사적 사정이 있는 것이다. 그러므로 인간성 옹호를 주장하고 인간성 해방을 요구하는 데 사상적으로 그것을 기초 내용으로 삼고 있는 '휴머니즘'도 역사의 일정한 시기에 출현하였고 일정한 역사적 조건에 적응하여 발전된 것이다.

인간주의— '휴머니즘'은 원래가 고전적 고대의 개념과 밀접한 연관성을 가지고 있는 것이며, 그러한 까닭에 '휴머니티'의 개념도 원래가 하나의 고대적인 개념이다. 이러한 의미의 고대적 개념을 결부시켜 '르네상스'와 '휴머니즘'을 논한 학자로 페이터를 들 수 있다. 물론 페이터가 지적한 것은 '르네상스'가 '휴머니즘'의 고전적 개념을 전적으로 결부시킨 것은 아니나, 인간주의를 핵심적인 운동 목표로 한 '르네상스'는 근대 정신의 발흥인 동시에 그리스 생활문화의 복고라고 하였던 것이다. 이에 대해서 고대 그리스문화를 연찬한 리처드 조프Richard Jobb는 아래와 같이 말하였다.

인간주의는 무엇보다도 고대 그리스의 생활문화 가운데에서 그 궁극적인 기원을 알 수 있다. 그러나 그 생활문화의 모범적인 태도는 고대 그리스인 자신들에 의해서 찬양되고, 규정·성립된 것이 아니라 로마에서, 그것도 더욱이 키케로 시대의 로마에서 그리스적인 교양에 대한 로마 시민들의 욕구가 광범위하게 나타났을 때 성립된 것이다. 그러므로 키케로는 '휴머니티' 개념의 진정한 창시자라고 할 수 있을 것이다. 이 시대의 키케로에게 휴머니티는 로마 시민의 생활 이상으로서, 그리스의 생활문화를 의미한다. 이 그리스의 생활문화는 그리스인 자신으로서는 반발의 대상이 되지 않았다. 그리스인은 그리스적인 인간으로 살았던 것이다. 자신들의 일상이 그리스적인 인간의 정신적이고, 수준 높은 생활과 거리가 멀다고 느낀 로마인이 처음으로 그리스적인 인간을 인간의 이상으로 생각하여 그때로부터 피안의 대상으로 여기게 되었다. '휴머니티'란 교양이 얕은 것을 인식한 로마인이 그리스인들로부터 발견한 교양 있는 인간성의 총체를 의미하는 것이다. 이 총체는 키케로에 의하여 체계화되고 또 그 구체적 요소로 분해되었던 것이다.

이상과 같은 설명을 통해서 우리는 한 사상, 한 개념이 형성되는 과정은 역사상의 일정한 시기와 또한 역사적 조건에 적응하는 과정이라는 점을 알 수 있다. 그러므로 인간주의는 그리스의 생활문화를 동경한 나머지 중세 암흑시대의 신본주의를 억누르고, 르네상스를 역사적 조건으로 참다운 인간을 발견하는 데 승리한 사상이라고 할 수 있다. '신의 지식'만이 유일한 진리이고, 교회의 교풍만이 유일한 규범이고, 신부만이 위풍당당한 특권계급을 형성하여 권세를 가졌던 신본주의의 암흑시대가 얼마나 인간의 개성과 자유를 무시하고 인간적 가치를 신부와 시민 사이에 구별하였는가를 빅토르 위고의 『노트르담의 꼽추』나 아벨라르Abelard*의 소설을 읽어보면 알 수 있다. 그리고 단테의 『신곡』이나 『신생』을 읽어보더라도 인간의 새로운 가치를 발견하려고 노력한 흔적을 역력히 알

---

* 원문에는 '아베라르트'라고 표기되어 있음. 임긍재가 언급하고 있는 '아벨라르'는 중세 프랑스의 철학자이자 신학자인 아벨라르와 그의 여제자 엘로이즈Eloise 간의 사랑을 말한다. 널리 알려져 있는 이 두 사람 간의 사랑 이야기가 성직자와 여제자의 사랑이었다는 점에서 인용된 것이다.

수 있다. 그러나 그렇게 신본주의를 제압하고 승리한 인간주의가 현대에 와서 어떠한 길을 걷고 있는가. 프랑스 작가 발레리의 『정신의 위기』를 일독하면 서구의 정신적 몰락을 말하면서 인간 본연의 모습을 억압하는 모든 정치적, 사회적, 경제적 불안을 말하고 있다. 그러면서 유럽의 정신을 형성한 세 요소를 다음과 같이 말했다.

그리스인의 이성으로서 기본이 된 기하학의 정신과 로마제국에 부강을 가져다준 법치 정신과 유태인이 창성한 기독교 정신을 들 수 있다.

그러나 그러한 정신들이 2천 년에 가까운 기간 동안 만들어낸 익숙한 현대 서구 문화가 두 번에 걸친 세계대전 후 수천만의 생명을 포화 속의 재로 만들어버렸다는 사실을 실증적으로 열거해볼 때 도저히 인간을 구원하는 정신이라고는 할 수가 없었을 뿐더러, 그를 계기로 해서 정신의 위기를 부르짖게 되었다. 즉 폴 발레리가 지적한 바와 같이 서양 정신의 특성으로서 그리스의 기하학적 정신과 로마의 법치 정신 그리고 유태인의 기독교 정신을 일컬어 말했는데, 최초의 기하학적 정신이라는 것은 추상력을 의미한다고 볼 수 있으며 로마의 법치 정신이라는 것은 실행력을 말하는 것이라고 할 수 있다면, 이 두 정신을 종합하여 상징한 것이 십자가, 즉 기독교적 정신이라고 할 수 있는 것이다.

그런데 우리가 여기서 생각한 것은 왜 기독교 정신 자체가 어떻게 하여 그 강대한 로마제국의 권력과 결합하여 유럽 전체를 지배하였는가 하는 의문이다. 여기에는 기독교 정신이 가지고 있는 '사랑'이라는 종교의 힘이 작용했던 것은 틀림이 없겠지만, 그밖에 기독교 정신 속에 내포되어 있는 일종의 합리주의적 세계관이 유럽인에게 적합하였기 때문에 서구는 물론 아시아에서도 많은 억압을 받았을 뿐더러, 서구 문화는 전부가 기독교라고 극단의 평까지 하지 않았는가 생각한다. 그러나 그러한 기독교 정신도 단순히 신과 인간과의 단절을 주장하는 기독교적 세계만을 형성하려는 신중심주의를 거부하고 루터나 칼뱅 이후 인간중심주의의 문화적 기독교 정신을 포함하였던 까닭에 그러한 문화를 이루지 않았는가 생각한다.

그러나 그러한 기독교 정신도 오늘의 집단주의 정치주의적 공식주의 앞에서는 무력한 관념밖에 되지 못하여 지금은 막다른 골목에 와 있다. 그러한 까닭에 야스퍼스는 "현대에서 신은 존재하면서도 존재하지 않은 지 오래다"라고 하였다. 이것은 신의 존재를 부정하려는 것이 아니라 인간을 중심으로 신의 존재 가치와 존재 의의가 상실되었다는 뜻이다. 아니 신의 존재 가치만이 아니다. 인간의 존재 가치도 현대와 같이 과학이 고도로 발달되고 정치가 하나의 커다란 집단적 메커니즘 속에서 헤어나지 못하고, 인간이 경제적·사회적 주위 환경의 세계에서 어쩔 수 없이 억눌려 살아가고 있는 한 희박한 것은 말할 나위도 없다. 그러므로 이 모든 것을 제거하고 인간의 가치를 찾으려고 인간성 옹호와 인간성 해방을 강력히 요청하는 것은 당연한 이치일 것이다.

이러한 의미에서 르네상스에 의하여 제창되고 형성된 휴머니즘이, 다시 말해서 휴머니즘의 사상적 기초라고 할 수 있는 인간성이 신중심주의의 모든 것에 승리한 인간성의 해방이었다면, 오늘의 신인간주의라는 것은 인간의 개성 존중과 자유 의지, 또한 인간의 이상마저 공식주의적, 공리주의적하고, 정치주의적, 기계주의적, 목적주의적, 전체주의적 등등의 행정집단적인 무시무시하고 어마어마한 이름 아래 말살하려는 것에 대한 반항으로서 인간성 옹호를 주장하려는 것이 그 기초적인 내용일 것이다. 이를 내용으로 한 새로운 모럴과 새로운 인간형을 창조하려는 것이 신인간주의의 문학이라고 할 수 있다고 생각한다.

'네오—휴머니즘'이라는 사상은 이미 미국의 배빗이라는 철학자가 제창하였다. 그것은 루소의 자연주의적 인간관과 낭만주의를 배척하고, 전통의 권위와 고전정신을 형성하는 절도와 절제를 강조한 것이었다. 그러나 내가 보기에 그것은 본질적으로 특별히 새로운 사상이 내포되었다고는 볼 수 없다. 미국과 같은 나라에서는 기계문명이 극도로 발달되고 대부분의 국민이 생활의 안정과 그에 따르는 경제적, 사회적, 또는 정치적 불안을 느끼지 않는 까닭에 정신적 타성에서 오는 정신 향락의 포만으로 인하여 회고적, 환상적, 종교적인 고전 정신을 새로운 의미에서 찾으려고 하고 있는 것이다. 이러한 환경적 역사조건 밑에 배빗의 신인간주의 문학론이라는 것은 그러한 정신 향락의 포만으로부터 오는 회고적인 고전주의적 인간형을 말하는 것이 아니다. 그것은 정치, 경제, 사회 더욱이 전쟁으로 인해서 모든 질서가 정상 상태가 아닌 이 마당의 불안과 절망 속에서 인간의 가치가 상실된 지 오래고, 기계적인 사회 법칙과 질서 속에서 그에 순응하게끔 인간을 강요하는 오늘의 전체주의적이고 집단적인 행정 기술 만능주의에서 인간성의 무방비성을 경고하는 새로운 '모럴'과 새로운 인간형을 창조하려고 하는 데 있는 것이다.

이러한 견지에서 평가해볼 때 샤르트르의 「더럽힌 손」이나 카프카의 「유형지」, 게오르규의 「25시」, 노먼 메일러의 「나자와 사자」 등이 신인간주의 문학에 속하는 문학작품이라고 할 수 있다. 우리 문단에서는 최태응 씨의 「전후파」를 비롯하여, 김송 씨의 「탁류 속에서」, 「사랑의 분란」, 「신호탄」 등과 박연희 씨의 「이녕」, 곽하신 씨의 「여비」, 염상섭 씨의 「홍염」, 안수길 씨의 「제비」, 「제3인간형」, 전봉건 씨의 「45야드」, 「철조망」, 김수영 씨의 「부탁」, 공중인 씨의 「최후의 무지개」, 박태진 씨의 「그러한 때」, 설정식 씨의 「정신의 노래」, 조병화 씨의 「주점 에트란제」, 유치환 씨의 「행복」, 박영준 씨의 「전주곡」, 「변노파」, 김동리 씨의 「귀향장정」,

이무영 씨의 「암야행로」, 최인욱 씨의 「저류」, 주요섭 씨의 「길」, 황순원 씨의 「목숨」 등이 새로운 '모럴'과 새로운 인간형을 창조하려고 모색한 작품이라고 할 수 있다. 그러나 이 작품들도 신인간주의적인 문학작품으로 간주하기에는 너무나 미숙한 데가 많다.

—《문화세계》, 1953년 8월호

문학과 정치의식

'문학과 정치의식'이란 제목을 놓고 나는 며칠을 두고 생각을 해보았다. 문학과 정치의식을 구별해서 논할 것이냐, 그렇지 않으면 문학에 있어서의 정치의식을 말할 것이냐 또한 작가는 정치의식을 가져야 옳은가. 혹은 정치의식을 가진 문학자는 정치라는 문학적 소재를 어떻게 요리할 수 있는가 하는 모든 문제점을 생각하지 않을 수 없었다.

지금 여기서는 그 모든 문제들을 각각 각도를 달리하여 별개로 독립된 제목으로 구분지어 논하려는 것은 아니다. 그 모든 문제점을 포함해서 문학적 범주 내에서 정치의식을 논해볼까 한다. 물론 문학적 범주 내라고 해서 인간의 현실을 무시하거나 부정하여 현실도피 내지 신비적이고 이상적인 초현실주의적 입장에서 모든 것을 논하려는 것은 결코 아니다. 어디까지나 문학은 인간 생활의 표현인 까닭에 문학이 현실의 반영이라는 점을 부정할 수는 없다. 물론 형식적으로나마 현실을 초월하고 부정하려고 시도한 문학도 있었지만, 그러나 그 초현실주의적 작품에도 역시 초현실인 현실은 그대로 있었다. 관념만의 초현실로 끗치고 말았을 따름이다. 그러므로 문학은 현실의 반영이라는 것이 진리를 가진 정의라고 아니할 수 없다.

문학이 인간 생활의 표현이라고 한다면, 문학의 내용이 될 수 있는 그 인간 생활은 항상 어느 시대를 막론하고 고정되어 있는 것일까? 아니다, 인간 생활은 고정해 있는 것이 아니라 끊임없이 유동하는 것이라고 할 수 있다. 역사의 흐름과 아울러 시대의 변천에 따라 인간 생활은 늘 유동하고 있는 것이며 그 긴장과 이완에 차이가 있는 것이다. 그에 따라 사상과 감정, 도덕 내지 논리, 상상 등의 모든 구성요소가 다를 뿐만 아니라 그 균형의 양상까지도 다르다고 아니할 수 없다.

폴 발레리가 서구 정신의 몰락을 말한 「정신의 위기La Crise de L'esprit」라는 평론이 있다. 거기에는 "우리들은 일찍이 사라진 여러 세계 그 인민의 전부, 그 기계의 모든 것과 더불어 해저 깊이 침몰한 수많은 제국의 이야기를 들은 적이 있다—그 신들과 그 법률 그 아카데미와 그 이론 및 응용과학과 같이 그 문법, 그 사전, 그 고전주의자 · 낭만주의자와 상징주의자 그 비평가 및 그 비평가의 비평가. 또한 악수 없는 여러 세기에 걸쳐 해저 깊숙이 침몰해버리고 말았습니다"라는 표현이 있다. 그 첫머리에 논하면서 우리가 알 수 있는 근대 유럽 정신을 형성한 세 가지 요소로서 고대 그리스의 이성을 북돋아준 기하학 정신과 로마제국을 강대하게 한 법치 정신과 유태인이 창성한 기독교 정신 등을 들었다. 이와 같은 발레리의 말을 빌지 않더라도 찬연하게 번영했던 2천 년의 서구 문화는 지금 다시 막다른 골목에 이르러 정신의 위기와 절망을 부르짖게 되었는데, 이것이 즉 인간 생활이 유동하고 있다는 데에서 오는 균열 양상의 변천을 상징하는 것이라고 할 수 있는 것이다.

인간 생활은 시대의 변화에 따라 유동되는 것이며, 그에 의한 인간의 사상, 윤리, 감정, 상상 등도 판이하게 달라지는 것일 뿐만 아니라, 인간 생활을 표현하려는 문학자(작가)의 정신도 또한 그 긴장과 이완에 따라 변화되어 문학작품의 소재로서의 현실 생활에 대한 태도와 그를 구성하는 창작 기법도 달라질 것은 두말할 나위도 없을 것이다.

이런 의미에서 문학은 시대상의 성격을 보여주는 축도라고 할 수 있으며, 이런 한도 내에서 문학은 또한 시대의 상징이라고도 할 수 있는 것이다. 만약 이것이 문학에의 올바른 해석이 아니라고 가정한다면, 문학사적으로 문학상의 모든 이념과 주장이 필요 없었을 것이라고 생각할 수 있다. 그러나 내가 알 수 있는 한도 내에서는 그 시대, 그 시대에 따라 문학사조는 달라져 자연주의가 어떤 시대에 있어서는 풍미한 적도 있었지만 반자연주의, 낭만주의, 신낭만주의, 고전주의, 상징주의, 일체주의, 미래주의, 큐비즘, 다다이즘, 이미지즘, 쉬르레알리즘, 전통주의, 표현주의, 원시주의, 신감각주의 등의 문학적 사조가 그 시대, 그 시대에 따라 왕성했다가 쇠퇴하였던 것 또한 문학사적인 사실이다.

물론 인간 생활이 시대의 변천에 따라 유동한다고 해서 반드시 문학사조가 그에 따라 전적으로 변화를 가져온다고는 단정할 수 없을 것이다. 왜냐하면 개괄적으로 논할 때 세계적으로, 보편적으로 일관된 문학사조는 그 시대에 있어서 많은 작품을 통하여 볼 수 있다고도 하겠지만, 한편으로 이것을 달리 생각해볼 때 어떠한 문학사조의 주의와 주장은 시간을 초월하여 그 시대뿐만 아니라 몇 세기가 변천된다고 하더라도 그대로 고수하는 예가 간혹 있는 것이다. 오늘의 문학사조가 반자연주의적 경향에 있다고 할지라도 한편으로는 자연주의문학을 그대로 고집하고 있는 작가도 있다. 여기에는 민족성의 차이, 국가적인 환경으로부터 오는 영향 등으로 각 작가가 가지고 있는 문학정신과 문학적 사조는 때에 따라 시대를 초월해서 시대의 변천과는 아무런 연관성도 없는 초현실적 문학사조를 그대로 주장하는 작가도 있는 것이다.

시대와 아무런 연관성도 없는 문학사조를 그대로 고집한다고 해서 반드시 시대에 뒤떨어진 작가라고는 할 수 없다. 문학이 시대의 상징이고 시대의 성격을 결정하는 축도라고 하더라도, 한 번 작품화된 이상에야 그 작품은 시대를 초월해서 시대상만은 다를지라도 그 시대상을 그리려는 문학정신은 영원성을 가지고 있다고 할 수 있다. 그런 의미에서 새로운 문학과 낡은 문학을 그리 간단하게 구별할 수는 없을 것이라고 단정하고 싶다.

가령 어떤 의미에서 같은 병적인 심리묘사를 하였다고 볼 수 있는 도스토예프스키와 현대의 알베르 카뮈를 말할 수 있다. 도스토예프스키는 라스콜니코프로 하여금 전당포의 노파를 죽이게 하는 심적 동기가 자기가 훌륭한 법률가가 된다면 모든 인류를 구할 수 있는 힘을 가질 수 있을 텐데, 훌륭한 사람이 되자니 돈이 없고, 그러므로 인류를 구원하는 데 하등의 도움이 될 수 없는 무가치한 인간인 노파쯤은 죽여도 무방하다는 이유로 살인을 하고 만다. 이에 비해 카뮈는 태양빛이 너무 강해서 길거리를 거니는 사람을 총으로 쏘아버리고 말았다고 한다. 정상적인 인간의 태도로 볼 때 둘 다 병적인 심리 작용이라고 할 수 있다.

물론 도스토예프스키와 카뮈는 그 문학사조에 있어 판이한 차이와 문학관을 가지고 있다. 그러나 병적인 심리를 묘사하려는 점은 동일하다 (위에서 지적한 것과 같은 점으로 보아). 하지만 병적인 심리묘사라고 할지라도 그 내용은 동일하지 않다. 하나는 이상성을 내포했는데 반하여 또 다른 하나는 태양이라는 존재 때문에 자기도 의식치 않는 사이에 총을 발사했다는 것이다. 여기서 우리는 작가의 개성에 의한 특질을 엿볼 수가 있고, 시대에 따라 감정과 사고방식이 변화되는 것을 알 수가 있는 것이다. 또한 작가의 개성의 특질이 문학의 영원성을 가지게 하는 원인이 된다고도 생각할 수 있다.

그런데 내가 여기서 말하려는 것은 작가의 개성을 논한다고 해서 그것이 현실을 부정하거나 초월해서 있을 수 없다는 것이다. 도스토예프스키는 『죄와 벌』의 주인공으로 하여금 자신의 지적 능력을 과신하게 만들어 이상사회의 지도자가 될 수 있다는 망상을 갖게 하여, 이상사회를 형성하는 데 하등의 존재적 가치가 없는 돈만 아는 수전노와 같은 노파를 죽여도 무방하다고 생각하여 살인을 하였는데, 막상 노파를 죽이고 보니 손은 떨리고 살인자라는 인간으로서의 양심적 가책을 자기 스스로 받게 되어 마침내는 자신의 죄를 고백하고 마는 것이다. 또한 카뮈는 그와는 달리 태양빛이 너무 강한 까닭에 자기도 모르는 사이에 총을 발사해 살인을 하고 보니, 그때야 처음으로 살인을 했다는 범죄 의식을 가지게 되는 것인데, 이 두 가지를 놓고 볼 때 두 작가는 국적이 다르고 시대적 위치도 다르며 그러함으로써 문학정신까지도 다르다고 하겠지만, 그러나 병적인 심리가 죄를 범한 후에 의식하여 인간 본연의 자태로 '고민하는 그 인간상'만은 시대를 초월해 묘사되어 있다는 것을 알 수가 있다. 도스토예프스키의 『죄와 벌』이나 카뮈의 『이방인』은 두 작가가 가진 각자의 개성에 의하여 창작되었기 때문에 작품 구성의 소재 내용은 시대의 거리만큼 사회적 현실이 다를 것이며, 주인공의 인간상과 인간형은 다르다고 할지라도, 그러나 묘사 결과의 인간상이나 인간형보다 묘사하려는 작가의 문학정신—다시 말하면 인간형을 그리려는 문학정신—은 시대를 초월해서 영원성을 가지고 있다고 할 수 있다.

　　작가의 개성적 특질은 작품 중의 인물의 인간상을 각 작가의 개성에 의하여 독창적인 인간상을 창조하는 동시에 한편으로는 객관적 타당성을 가진 보편적인 인간상을 창조하는 것도 되는 것이다. 라스콜니코프는 도스토예프스키의 독창적인 인간상을 창조하고 있는 동시에 인간 본연의 자태로 돌아가 양심의 가책으로 고민하고, 사랑을 고백하고, 자기의 죄를 자수하는 등 누구나가 다 가질 수 있는 보편적인 인간형을 마찬가지로 가지고 있었다. 노파를 죽인 후 태연할 줄 알았던 라스콜니코프도 인간이었기 때문에 고민하고 자기의 범죄에 대한 양심의 가책을 자기도 모르는 사이에 느끼지 않을 수 없었다.

이런 의미에서 생각해볼 때 작가의 개성적 특질은 문학의 영원성을 가지게 하는 동시에 보편성을 가지고 있다고도 할 수 있다. 즉 훌륭한 작품일수록 이 두 가지가 뚜렷하게 나타나 있다. 위에서 논한 바와 같은 것을 설명하기 위하여 잠깐 여기서 현대문학사의 장에서 문학사조의 역사적 과정을 해럴드 니컬슨Harold Nicolson의 「The New Spirit in Literature」* 속에서 몇 구절 인용하여 소개하고자 한다.

> 자연과학주의를 근원으로 한 19세기 말의 자연주의문학이 극단의 객관주의를 취하였던 것에 반하여 세기말로부터 20세기 초반에 이르는 동안 문학사조로서 각국을 풍미하였던 것은 이른바 신낭만파의 문예였다. 그래서 극단의 객관주의로부터 주관주의로 전향하게 되었다는 것은 여기서 재론할 필요가 없다.

이러한 극단의 주관주의적 문예사조가 신낭만파로부터 시작하여 결국에는 주로 인간의 심리를 관찰하고 해부하는 이른바 심리소설까지 대두되고, 그것이 결국에 가서는 베르나르Jean-Jacques Bernard로 대표되는 프랑스의 침묵파까지 등장하게 되었다. 이렇게 극단에서 극단으로 주관주의 문학사조가 막다른 골목에 이르렀을 때, 다른 한편으로는 자아의 근저를 현실 환경과 민족성, 역사성 위에서 탐구하여 문학적 소재로 구성

| * 원문에는 영어 제목만 표기되어 있는데, 군이 번역하자면 「새로운 문예사조」정도로 해석될 수 있겠다.

하려는 노력도 있었다. 그래서 오늘에 이르러서 문학은 현실의 반영일 뿐, 현실을 도피한다거나 부정한다거나 초월해서는 작가의 관념 희롱인 신비주의 및 유미적 문학밖에 되지 못한다. 문학은 반복해서 말하지만 인간 생활의 현실성을 떠나서는 문학으로서 존재 가치와 그 의의를 높이 평가받을 수 없을 것이라고 생각한다.

그러면 오늘의 문학적 내용을 형성하는 인간 생활의 현실이란 것은 무엇을 말하는 것인가. 인간 생활의 현실에는 여러 가지가 있다. 경제적 현실도 있을 것이고 사회적 현실, 정치적 현실, 심지어는 꿈의 현실까지도 말할 수 있을 것이다. 이러한 현실 중에서도 우리 앞에 가장 중요하게 검은 그림자처럼 다가와 있는 것은 정치적 현실이다. 프랑스의 샤르트르는 '현대는 정치적 계절'이라고까지 말하였다. 그래서 샤르트르는 말하기를 '창조적인 작가는 사회적 참여Engagement—민주적 참여라고도 한다—를 도피할 수는 없다'고 하였다.

물론 프랑스문학에서 사회적 비판이나 정치적 비판은 제2차 대전 후에 처음으로 시작된 것이 아니다. 그것은 적어도 17세기까지 거슬러 올라가지 않으면 안 된다. 그래서 18세기에 이르러서는 프랑스문학은 사회적 비판과 정치적 개혁에 봉사하는 임무를 수행했다고 해도 과언은 아니다. 또 1789년의 혁명과 1830년, 1848년의 혁명에도 프랑스문학은 역력한 흔적을 남기고 있다. 가령 19세기의 프랑스의 문호 '스탕달' 같은 작가는 「파르마의 수도원La Chartreuse De Parme」이라는 작품에서 편협한 폭군 에르네스트 4세를 중심으로 젊은 파브리스 후작, 그의 숙모 산세베리나 공작부인, 공화당 수령 파타, 감옥대장 라시의 딸 클레리아 등의 인물을 등장시켜 사랑의 갈등과 연결하여 신분상승 욕구, 군주의 폭정들을 여실히 비판하고 있다. 프랑스문학에서 이러한 문학작품의 영향을 받아 정치적 의식을 가지고 문학작품을 창작한 것은 비단 스탕달뿐만 아니라 샤토

브리앙Chateaubriand이나 클로델Claudel, 위고, 아나톨 프랑스Anatole France 등의 작가와 시인들도 있는 것이다. 더욱이 프랑스에서는 정치가가 소설을 쓰거나 또는 작가가 정치적 서적을 저술한다고 해서 '여기'로 일반의 오해를 받지 않는다고 한다. 그리고 프랑스에서는 문학작품을 읽지 않고서는 프랑스의 정치, 사회를 이해할 수 없는 것은 물론 하물며 인간을 알기 위하여서는 문학작품을 통하지 않고서는 도저히 불가능한 것이다. 즉 프랑스에서는 모든 국민적 '이데올로기'가 문학적으로 형성되고 채색된다고 한다. 이러한 프랑스문학의 전통은 1944년의 레지스탕스운동의 선봉이 되었으며, 오늘날에는 문학의 '앙가주망'을 부르짖게 되었다.

이것은 프랑스문학자들이 모든 고뇌를 인식해가면서 시대를 의식하고, 역사를 의식하면서 모든 정치적 현실에 대하여 적극적은 아니었다고 하더라도 방관자는 아니었다는 것을 증명하고 남음이 있다. 즉 그들은 시대를 의식하고 정치적 현실에 대하여 수동적이 아니라 능동적이었다는 것을 알 수가 있다.

유태인이 창성한 기독교 정신이 2천 년 가까운 서구의 역사 속에서 난숙하고 찬란한 문화를 번영하게 하였는데, 제2차 세계대전으로 인해서 5천만 인류의 생명을 상실하게 되자 인류의 사회적 죄악을 구한다는 기독교 정신은 막다른 골목에 부딪치게 되었다. 그래서 야스퍼스는 '신의 존재는 벌써 상실한 지 오래이다'라고 하였다.

제1차 세계대전까지 유럽은 여러 국가의 협동체 형성, 즉 유럽의 통일이라는 것은 자명한 것이라고 생각하고 있었다. 그러나 이와 같은 유럽의 황금시대라고 할 수 있는 시대에 이미 표면에는 평화와는 근본적으로 상반되는 그 무엇이 깃들어 있었다. 이에 대하여 몇 사람의 사상가들은 이 수상한 유럽의 상황에 대한 위기의식을 말하기도 했다. 키에르케

고르가 그렇고 니체가 그러하다. 키에르케고르와 니체는 인간 존재의 본질적인 모습을 예언한 사람들이었다. 기독교 세계는 이미 가상의 세계에 지나지 않는다고 키에르케고르는 절규하였다. 신은 죽고 '니힐리즘'이 탄생한다고 니체는 다시 절규하였다. 유럽의 통일이란 당시에 벌써 지식인의 교양에서 생겨난 무력한 사람들의 하잘것없는 하나의 구호에 지나지 않았다고 하였다. 그래서 발레리가 말하는 것처럼 '유럽의 햄릿은 수백만의 망령을 응시하고 있다'는 것이다. 그러나 현대 유럽은 과거의 모든 망령을 잃어버리고 있다. 발레리의 말을 빌리면 "망령들이여! 오늘의 세계는 너희들을 필요로 하지 않고 있다"는 것이다. 과거의 망령을 복고한다는 것은 오히려 무서운 현상을 보는 것과 같다고 할 것이다. 이에 대하여 발레리는 다음과 같이 말한다.

가장 아름다운 것과 가장 오랜 것이 가장 무서운 힘을 가지고 있으며, 가장 질서정연한 것이 우연히도 멸망한다는 것을 우리는 배웠다. 사상과 상식과 감정의 세계에 있어서 법외의 현상, 역설의 당돌한 현실화, 명확한 증명에 의한 무참한 배반을 우리는 목격하였다.

이것은 2천 년 동안이나 유럽의 정신세계를 지배하고 군림하고 있었던 기독교 정신의 망령적 존재성을 시인하는 것이다. 하여튼 유럽에서는 기독교 정신은 제2차 세계대전으로 인하여 무력의 아름다운 망령으로 변한 지 오래다. 그것은 햄릿이 수백만의 망령을 향하여 엘시노아의 광대한 묘지 위에서 잠꼬대하는 소리밖에 되지 않는다. 오늘의 모든 인민들은 그런 아름다운 망령의 잠꼬대에는 귀를 기울이지 않을 것이다. 이런 점으로 보아 '신은 죽은 지 오래다'라는 것이다. 그것보다 2차 대전 이후, 휴머니즘이라든가 문명, 교회, 과학 등 모든 위대한 것들이 정치

앞에서는 '공리조차 찾지 못하고 발발 떨고 있는 현상'이다. 그러므로 우리는 하나의 정치 현실에 대해서는 피안의 화재를 보듯 방관할 수는 없다고 생각한다.

아이크 대통령 당선으로 인한 대아시아 정책과 세계평화를 생각하지 않을 수 없으며 스탈린의 죽음으로 인하여 공산도배들의 분열을 연상하지 않을 수 없으며, 그밖에 5·20 총선거, 정치파동, 제네바회의, 인도차이나문제, 휴전협정, 아·처회담, 미영불 3상회담, 한일회담, 아시아민족대표자회의, 국무총리시정연설 등 국내외를 막론하고 시시각각으로 ×動을 가져오는 모든 정치적 현실에 대하여 우리들은 관심을 가지지 않을 수 없다. 이것은 우리들의 생명과 직접적인 관련성을 가지고 있기 때문이다. 그런 점으로 생각할 때 김송 씨의 「저항하는 자세」라든가 김성한 씨의 「자유인」, 장용학 씨의 「인간종언」, 안수길 씨의 「제3인간형」, 김광주 씨의 「석방인」, 박연희 씨의 「이녕」, 「청색회관」, 「무기와 인간」 등의 창작은 새로운 각도에서 주목할 수 있는 작품이라고 할 수 있다.

이 나라의 순수문학을 지향하는 군상들은 현실을 도피하고 신비주의적 예술지상주의를 고집하고 현실과는 초연한 태도로 창작을 하고 있으나, 그들이 회고의 망령을 언제까지나 어루만지고 있을는지 반성의 여지가 충분이 있다고 생각할 수 있다.

작가가 정치의식을 가져야만 창작을 할 수 있다는 것은 결코 아니다. 작가가 정치적 현실을 몰라도 창작은 할 수 있다. 제임스 조이스James Joyce의 작품 『율리시스Ulysses』 같은 것은 전혀 그런 현실이 없어도 훌륭한 문학이라고 한다. 그러나 어디까지나 인간 생활의 표현인 까닭에 현실에 초연해서 문학작품을 창작한다면 그것은 자기만족을 위한 개념 희롱밖에 되지 못한다고 생각한다. 이것은 시나, 소설, 희곡 등에 있어서도 마찬가지다. 우리가 정치적 현실에 관심을 가지고 있는 것은 우리 스스로가 정치에 참여하려는 것이 아니고, 정치적 현실이 우리 인간에게 어떤 결과를 가져오게 하는가 하는 데 문학과 정치의식의 관련성이 있고, 작가 자신의 의식적인 관심의 초점이 된다고 생각한다. 나는 신인간주의적 문학을 논하는 마당에서 다음과 같이 말하였다.

> 신인간주의 문학론이라는 것은 그러한 정신 향락의 포만으로부터 오는 회고적인 고전주의적 인간형을 말하는 것이 아니다. 그것은 정치, 경제, 사회 더욱이 전쟁으로 인해서 모든 질서가 정상 상태가 아닌 이 마당의 불안과 절망 속에서 인간의 가치가 상실된 지 오래고, 기계적인 사회 법칙과 질서 속에서 그에 순응하게끔 인간을 강요하는 오늘의 전체주의적이고 집단적인 행정 기술 만능주의에서 인간성의 무방비성을 경고하는 새로운 '모럴'과 새로운 인간형을 창조하려고 하는 데 있는 것이다.

만약 이 나라의 순수파 작가들이 오늘에 있어서 우리들에게 가차 없이 닥쳐오는 모든 현실을 그대로 초월할 수만 있다면 그것은 문학 이상의 현상일 것이다. 그러나 그들은 우리 앞에 클로즈업되어 있는 모든 현실을 초월하거나 도피할 수는 없을 것이다. 만일 그런 작가가 있다면 그는 생활 안정에 따르는 경제적, 사회적, 정치적 불안을 느끼지 않는 까닭에 정신적 타성에서 오는 정신 향락의 포만으로 인하여 회고적, 환상적, 신비적, 유미주의적, 망령의 잠꼬대와도 같이 관념의 희롱을 일삼는 것에 지나지 않는다고 생각한다.

모름지기 우리는 현실을 직시할 수 있는 관찰력을 가져야 한다. 그래서 우리의 문학정신 및 본질까지 흔들리게 하는 정치에 대하여 세심한 관찰력을 가지고 임하지 않으면 안 된다고 생각한다. 정치란 벌써 우리의 생활이 되고 말았다. 정치의 움직임이 우리의 생활 전체를 지배할 때도 있는 것이다. 현대인으로서 이것은 누구나가 다 느낄 것이다. 대외정책이 우수하여 외국으로부터의 도입물자를 끊임없이 원조받게 된다면 우리들은 그로 인하여 잘살 수 있게 될 것이다. 여기에도 정치가 있는 것이다. 정치와 우리 인간과의 관련성을 이루 열거할 수 없기 때문에 여기서는 생략하기로 한다. 그러나 정치가 우리 인간 생활과 불가분의 관계에 있다는 것은, 로빈슨 크루소가 아닌 이상 누구나 다 시인할 것이다. 이것을 의식적으로 모르는 체하려는 것이 이른바 순수파 문학자들이다.

그들은 언제까지 '자연의 발견'을 계속하고 있을 것인가. 달과 사슴과 종달새의 울음 대신에 제트기의 폭음과 함께 지상에서 구경 2백 미리의 원자포가 천지를 진동하듯 울고 있는 것이다. 아니 그들의 피난 생활은 하등의 고통도 받지 않고 과연 신선놀음이었을까? 나는 구태여 정치의식을 가지고 작품을 창작하라고 작가에게 권하고 싶지는 않다. 그러나 작가가 현실을 몰라서는 안 되는 것이며, 그 현실 중 우리 인간의 기본 권리까지 짓밟을 수도 있는 것이 정치다. 그 일례로서 공산국가들은 위정자가 권력을 가지고서 자기 정책을 반대하거나 복종하지 않으면 압박을 가하고 혹은 투옥 내지 외국으로 추방하는 것이다. 그래서 자기의 정치적 의지를 협조하는 문예만이 횡행할 수 있으며 그를 보호하는 것이다. 이것은 정치주의적 목적성 아래 제작되는 공식주의적 문학이라고 할 수 있다.

우리는 이러한 메커니즘을 배격하는 의미에서 정치의식을 가져야 하고 가지도록 노력하여야 할 것이다. 여기에서 비로소 정치의 카테고리 안에서 농락되지 않고 속박되지 않는 참다운 자유의 인간형을 창조할 수 있을 것이다.

—《현대공론》, 1954년 8월호

자유와 반자유의 예술

—시사평론인의 문학적 무지를 박함

제목은 '자유와 반자유의 예술'이라고 하였으나, 여기서 내가 말하려고 하는 것은 예술 부문 중에서 문학—즉 '자유와 반자유의 문학'이다. 그런데 왜 글 제목에 '예술'이라는 말을 사용했느냐 하면, 그것은 박기준 씨의 평론이 '예술인'을 제목으로 내걸고 한국 예술인은 반드시 민주적 참여를 해야 된다는 것을 편견과 아집으로 역설하였기 때문에, 그 모순성을 몇 가지 지적하려면 박 씨가 사용한 '예술'을 때에 따라 그대로 나 자신이 사용하기 위하여 편의상 '예술'이라는 제목을 붙인 것이다.

그런데 여기서 내가 먼저 몇 가지 말해두지 않으면 안 될 것은 지금까지 박 씨의 경력이다. 나는 그가 과거에 시사평론이나 하고 외국잡지나 번역하는 줄만 알았는데, 이번 《자유예술》 창간호에는 크게 비약하여 예술 내지 문학까지 평을 하게 되었으니, 그 재능에는 그의 학구열은 차치하고서도 우선 궁금하지 않을 수 없다. 물론 박기준 씨의 재능은 만천하가 아는 바처럼 음악도 전문적이며 또한 미술도 하고, 심지어는 배우 노릇도 직업배우 이상이다.

그의 재능이 이렇게 각 부문에 전문적일진대 예술평론인들 못할 것 없고 문학평론인들 못할 바 아니지만, 그러나 이번에《자유예술》에 실은 「한국 예술인의 민주적 참여」라는 글은 재능의 소치인지는 모르나 정치 논문인지, 민주주의 해설인지 또는 세계연방운동을 주장하는 글인지 분간하기 어려운 평론이라고 할 수밖에 없다. 그 글에는 비평 정신의 창의성이 결핍되었을 뿐만 아니라, 번역과 시사평론을 썼던 탓에 거기서 얻은 잉여 지식을 요령부득의 문구로 덮어놓고 이런 문학 저런 문학이 나쁘다는 비평밖에는 안 되었다. 그러므로 그 글은 처음부터가 반박 대상의 평론이 될 수 없다고는 생각하였지만, 이것이 한국 문학의 권위를 잠식하여 싹트는 다음 세대의 문학도들에게 영향되는 바 크다면 그대로 묵과할 수는 없는 노릇이다.

그는 "우선 문학의 경우를 들더라도 일부 혁신의 작가를 제외하면 지금으로부터 2, 30년 이전의 회고 취미를 방황하고 있는 것이 아닌가 한다"라고 말하였다. 또 그는 다음과 같이 말하기도 하였다.

우리 문단에서 한때 군림한 바 있는 문제의 순수문학의 원천을 따져 보면, 그 자체가 조금도 건설적인 순수성에서 온 것이 아님을 알 수 있다. 일제의 구차스러운 혜택으로 그들은 일본말을 배울 수 있었고, 일본어로 쓴 자기네들의 연대에 나타난 일본의 번안물과 같은 소설을 유일한 재료로 문학 수련 지침으로 삼았다. 그러므로 우리 문단인으로 하여금 현실 갈등의 결정적 모순을 벗어나게 하면서 스스로 홀로 떨어지고 안전한 껍질 속으로 숨어들어가는 것이다.

그런데 한 번 이런 개성 ×××된 현실 상황은 해방조국의 8 · 15를 맞이한 뒤에도 좀처럼 탈피할 줄 몰랐다. 우리의 현실은 문학의 대담한 사회적 참여를 요구하였음에도 불구하고 순수문학의 ××를 묵수하는 데 급급한 일부 작가들은 여전히 민족과 인류의 생생류×하는 산 역사로부터 두 눈을 가린 채 있다.

그는 "우리의 현실은 문학의 대담한 사회적 참여를 요구하였음에도…… 있다"고 하였는데, 그러면 문학의 그 대담한 사회적 참여는 무엇을 말하는 것인지 구체적인 것을 제시하지 않는 이상, 그리고 그냥 '자유와 진리의 터전을 수호하기 위해서'라고만 말하면 막연하기 짝이 없을뿐더러, 한 가지 상기되는 것은 한때 조선문학가동맹 소속 작가들, 특히 김천, 임화, 김기림 등이—순수문학을 비난하며 '인민에 복무하는 문학'을 한다고 하였다는 것이다.

그러면 문맹계에서 '인민에 복무한다는 문학'과 '사회적 참여를 요구한다는 문학'과 무엇이 다르냐. 문학은 어디까지나 문학이며 정치나 경제의 부속물이 아니며, 어떤 목적의 공리성을 띤 선전 도구가 아닌 이상인민에 복무한다거나 사회적 참여를 한다는 것 등이 성립되지 않는다. 왜냐하면 '인민에 복무'한다거나 '사회적 참여를 요구'한다는 것은 그 자체가 어떤 목적의식을 내포한 까닭에 문학 자체의 순수성을 망각하게 된다. 즉 어떤 목적의식을 내포한 목적 문학을 하게 된다면 거기에는 오로지 공산주의 치하에서 생산되는 유물변증법적 방법에 의한 인간과 눈물없는 인조인간의 형상이 있을 뿐이고, 일제강점기의 어용 문학만이 군국주의를 국민에게 강요하는 문학만이 팽배할 것이다.

물론 박 씨는 "오늘의 사회적 참여를 말하는 것은 프랑스에서 연구되었던 '앙가주망'을 말하는 것이다"라고 할 것이다. 또 그는 이렇게도 말할 것이다. "공산주의국가 소련은 자유를 말살하려는 나라요, 프랑스는 고도의 문화가 발달된 자유주의 국가인데, 자유주의 국가 프랑스에서 연구한 '앙가주망'을 왜 그렇게 해석하려고 하는가"라고. 그러나 박 씨는 "오늘의 예술에는 그 어느 시대의 문학이나 희곡 등에 비해서 가장 강렬한 목적의식이 ××되어야 한다"라고 하였다. 박 씨 자신은 어떤 의미에서 '강렬한 목적의식'을 말하였는지는 모르나, 목적의식의 문학이라고 하면 '인민에 복무'한다거나 '사회적 참여'를 요구한다는 목적의식 때문에 문학으로서의 순수성은 없어져버리고 마는 것이다. 문학은 문학 자체가 현실의 반영이며 인생의 축도이다. 그러므로 어떤 목적의식이든 현실과 인생의 반영을 인식하고 있는 문학을 넘어설 수는 없다. 이것을 뛰어넘을 때에는 문학이 아닌 목적 선전물이 되고 마는 것이다. 설사 백보를 양보하여 문학이 사회적 참여의 요구에 응하여 정치성을 주입한 정치소설이나 혹은 사회성을 띤 사회소설을 창작한다고 하자. 그러면 예술 부문 중 하나인 미술이나 음악이나 무용이나 조각과 같은 것은 어떤 형태로서 그 사회적 참여를 실현할 수 있을 것인가.

여기에 우스운 일은, 해방 후 김××이라는 무용가가 좌익적인 무용을 하겠다고 38선 이남에서 이북으로 뛰어넘는 흉내를 되풀이하였는데, 이것이 그들의 슬로건인 '인민에 복무'하는 무용이라고 하면 정말 우스운 노릇이다. 이런 것이 무용 예술이라고 하면 구태여 무용인만이 할 수 있는 노릇이 아니고 누구든지 할 수 있는 노릇이라고 할 수 있으며, 또 오랜 시간을 들여 연습과 연구를 할 의미가 없을 것이다. 예술이라고 하면 인간에게 있어서 깊은 감동을 주는 동시에 감명을 느끼게 하는 것이 있어야 한다고 생각한다. 즉 무용은 율동미의 감동을 관객에게 주어서 예술적 가치를 발견하는 것이다. 가령 「백조의 죽음」을 들어 말하더라도, 어여쁜 백조가 야수 같은 포수에게 잡혀 죽는 것인데, 여기에 있어서 연극과 달리 우리는 아름다운 백조의 춤을 감명 깊게 보고 있는 것이다. 연극은 표현과 '세리프'로 관객에게 감동을 준다고 하면, 같은 동작을 하면서 무용은 율동미로 관객에게 감동을 주는 것이다. 제아무리 좋고 훌륭한 각본과 테마를 가졌다 하더라도 연기와 율동미가 관객에 깊은 감동을 주지 못한다면, 연극의 예술적 가치나 무용의 예술적 가치는 발견하지 못할 것이다.

이렇게 생각해볼 때 박 씨의 '예술의 강렬한 목적의식'은 무엇을 의미하는지 알 수가 없다. 결국 그는 예술에 대한 깊은 이해가 없을 뿐더러 예술에 관해서는 무지에 가까운 일개 ×××밖에 될 수 없다고 생각하지 않을 수 없다. 그렇지 않다면 예술을 어떤 정치도구화하기 위하여 농락하고 있다고 할 수밖에 없다. 예술을 어떤 정치적 도구로나 선전물로 이용하기 위해서는 어떤 강렬한 목적의식을 주입시킬 필요가 있는 것이다.

그 강렬한 목적의식을 주입시키기 위하여 어떤 공인된 형식이 필요하며 공식이 있어야 한다. 그런데 형식과 공식이 필요한 곳에는 인간의 자유로운 판단과 비판이 있을 수 없다. 그러므로 이러한 반자유적 형식과 공식을 비판하기 위하여, 우리는 유물론적 변증법에 의한 창작 형식으로 생산된 작품을 경계하는 것이다. 그런데 박 씨는 논리의 자가당착으로 한편으로는 형식을 강요하는 예술의 사회적 참여를 요구하면서 한편으로는 '자유'를 찾고 있다. 박 씨의 주장은 형식과 공식을 목적의식으로 표현하여 예술을 사회적으로 참여시킨다고 하면서, 이율배반의 언어를 농하여 자유로운 예술을 절규하고 있으니, 이것이야말로 지식의 모순이 아닐 수 없는 것이다.

이것이 박 씨의 영예를 위하여 잠꼬대가 되기를 나는 바란다. 만약 박 씨 자신이 잠꼬대라는 것을 시인하지 못하겠다면, 그것은 허울 좋게 앞에서는 '자유예술'을 내걸면서 뒤로는 '반자유의 예술'을 주장하는 것밖에 아무것도 아니다. 왜냐하면 그의 평론만 그러한 것이 아니라 그의 행동까지 그러하기 때문이다. 그의 행동이야말로 주관성 없는 행동이며 ×××××××××을 ×××는 것 같이 보이면서, 실제적으로는 그와 반대 방면으로 행동하고 있는 것이다. 즉 박기준 씨같이 권력 앞에서 꼼짝 못하는 자는 우리 문화계에서는 없을 것이다.

이러한 아부 정신에 철저한 그가 주장한 사회적 참여라는 것은 여기서 그 하나하나를 지적하지 않더라도 충분히 예술을 어떤 정치적 도구로 이용하려는 것은 명약관화한 노릇이다. 박 씨가 예술에 대하여 이해가 없을 뿐만 아니라 예술가로서의 하등의 경력이 없는데도 불구하고 예술 단체라고 자처하고 있는 '자유예술인연합'의 집무국 차장의 자리에 앉아 있다는 사실과, 그 자리를 이용하여 여러 가지로 활동하고 있는 것을 볼 때, 더욱 그런 감이 들지 않을 수 없다. 번역가도 예술인이라고 하면 또 말은 달라질 것이다.

그러나 예술의 종류가 다양·다각화할지라도, 외국 잡지나 번역할 줄 알고 시사평론이나 몇 번 발표했다고 해서, 갑자기 예술인이 될 수 없는 것은 예술을 모르는 사람이라 할지라도 알 것이다. 이러한 비예술인이 예술인 행세를 하게 되는 것도 박 씨가 평론 「한국 예술인의 민주적 참여」를 발표하였기 때문일 것이다. 참으로 삼척동자가 웃을 노릇이다.

이러한 비예술인—즉 문학이 무엇인지도 모르는 인간이 순수문학이 어떠니 참여문학이 어떠니 하는 것은 참말로 소가 웃을 노릇이다. 박 씨는 '이런 습성의 노예가 된 현실×××'들은 해방조국의 8·15를 맞이한 뒤에도 안전한 껍질을 탈피하지 않았다고 하였다. 그래서 게오르규의 「25시」의 예를 들어 다음과 같이 말하고 있다.

이 작품의 주인공이 어떻게 해서 모든 세기의 시련을 거쳐 참다운 인간의 행복과 자유를 찾는가를 구절구절의 방황 가운데 비약적으로 제시하고 있다.

박 씨는 문학작품을 정치논문을 해석하듯이 구절구절에 나타난 문구만을 보는지, 그 작품 전체에 흐르고 있는 문학적 가치는 한마디도 하지 않고 있다. 이런 식으로 문학을 이해하려니까 문학도 정치의 일부분으로 알게 되고, '국제적인 교섭과 상호 협력'을 꾀하는 선전에 이용하려 들게 되는 것이다. 그러나 문학은 국제적인 교섭과는 하등에 관계가 없는 것이다. 국제적 무대에서 활약하는 외교관의 입장에서 볼 때 문학작품을 훌륭한 국민성의 증거로 자랑하기 위하여 국제적인 교섭과 상호 협력을 꾀하는 데 선전도구로 이용할는지는 모르나, 그러한 문학 관념을 가진 사람은 하나도 없을 것이다. 그러므로 문학은 어디까지나 문학이라는 것을 다시 한 번 말하여둔다.

그리고 여기서 한마디 하지 않으면 안 될 것은 순수문학에 대한 것이다. 박 씨는 "해방조국의 8·15를 맞이한 뒤에도 순수의 안전한 껍질을 탈피하지를 못하였다"고 하지만 무엇을 가지고 그런 말을 할 수 있는가. 순수문학이라고 하면 김동리 씨가 말한 바와 같이 인간의 문학인 것이다. 그러나 박 씨의 순수문학에 대한 생각은 일본의 어용문학을 말하고 있는 것이다. 그리하여 순수문학은 일제가 남기고 간 잔재라고 말하고 있다. 이것이야말로 책 속에 갇힌 말이라고 아니할 수 없다. 순수문학이라고 하면 일제강점기 시국에 대해 두 눈을 가린 작품을 말하는 것이 아니라, 해방 후 공식주의에 의한 정치주의 문학을 주창한 것이 즉 순수문학이다.

물론 과거 우리 문단의 몇몇 시인들은 현실의 어려움 속에서 도피하려고, 한때 우리 문단의 총아였던 표현의 기교자 정지용 씨의 감각의 옷을 날씬하게 빌려 입고, 산과 들로 다니면서 꾀꼬리의 울음소리에나 귀를 기울이고 달과 바람을 보고 영탄하려는 시인들이 없었던 것은 아니다. 그러나 그것은 극소수이고 대부분의 시인들은 현실을 똑바로 바라보려고 하며 현실과 싸워, 그 싸움 가운데서 얻은 감동을 영원한 형상으로서 표현하려고 한다. 사람들이 우리 문단이 소극적이었다고 하니까, 자기도 평론가로 행세하기 위하여 덮어놓고 순수문학이 나쁘다고 하면 그것만으로 논리가 성립되는 것은 아니다. 남의 논리를 왜곡해서 일부러 비약하려는 것은 하나의 해설에 지나지 못하다. 순수문학이 무엇인지도 모르고 순수문학의 정의를 왜곡해서 해석하는 것은 무지가 아니면 불만에 불과한 것이다.

가령 백보를 양보해서 그의 말대로 오늘의 순수문학이 현실도피의 문학이라고 하자. 그러면 순수문학을 가장 많이 발표한 김동리 씨의 「혈거부족」과 같은 작품과 문학의 대담한 사회적 참여를 하였다고 자처하는 《자유예술》 창간호에 게재한 작품들과 비교해서 무엇을 가지고 현실도피니 아니니 하는 것을 분별할 수 있을 것인가.

박기준 씨 주장의 논기는 왜곡일 뿐더러 자유예술은 운위하면서 실제로는 반자유예술을 지향하고 있는 것을, 이상에서 지적한 바와 같이 나는 생각하지 않을 수 없다.

—《문예》, 1953년 2월호

제2부 작품·작가론

제3문학관의 정체

—백철론

1

　제3문학관이 하나의 문학관으로 성립될는지 안 될는지는 일반 독자들의 판단력에 맡기기로 하고, 백철 씨의 문학관이 제3노선을 밟음으로서 제3문학관을 확립하려는 노력만은 사실로 인정하지 않을 수 없다. 그것은 《새한민보》나 《개벽》이나 《대조》 등등에서 좌익의 '조선문학가동맹'과 우익의 '조선문필가협회'를 동시에 해체하라고 하여놓고, "별로 단체의 문학적 정책에 구속받지 않고 자유스럽게 활동하려는 작가층(무소속작가), 가령 계용묵, 정비석, 최정희, 장덕조, 임옥인, 손소희 씨 등의 문학관을 보면……"하고 그들은 좌도 우도 아닌 제3노선(중간노선)을 밟는 제3노선의 작가로서 일반 독자에게 인상을 주려고 하였다.

　그러나 그것은 백 씨 자신이 고독하여 자기의 노선을 밟게 하는 작가들을 하나라도 더 많이 만들기 위하야 허망한 야심에서 우러나는 제3문학관의 정체라 아니할 수 없다. 그러므로 제3문학관은 문학관으로서 도저히 성립될 수 없는 것일 것이다. 만약 그 문학관이 성립될 수 있다고 하면 그것은 기만과 허위에서 나온 문학관일 것이다. 왜냐하면 기만과 허위는 심리적으로 진심도 그 반대도 아닌 제3의 심리적 형태이기 때문이다. 그러므로 기만과 허위는 그 시간적 효과로 보아 지극히 짧은 생명을 갖고 있지만 그 당장에 사람들을 만족시키는 데는 유일한 수단일 것이다. 흥행적 '저널리스트'들이 늘 이 수단을 취하는 것은 그 의도가 나변에 있는 것인지 여기서 굳이 설명하지 않아도 현명한 독자들은 판단하기 쉬울 것이다. 이러한 의미에서 백철 씨의 제3문학관이 성립된다고 하면 그것은 기만과 허위에서 오는 문학관이고, 그것이 지향하는 목표는 흥행에 성공한 저널리스트라고밖에 볼 수 없다. 그러므로 백철 씨의 비평문학은 진과 위, 선과 악, 미와 추, 성과 속에서 일관되었다. 그러므로 백철 씨의 문학, 시나 평론은 언제나 독자 편에서 따라온 것이 아니라, 백 씨 자신이 독자에게 따라가려고 애썼던 것이다. 그리하여 백 씨는 독자들을 따라가기 위하여 주장도, 내용도 없는 것을 언제나 새로운 문학론인 듯이 「새 양식의 창조」(《경향신문》, 1947년 10월 19일 게재)를 논하는가 하면, 「악 적발의 문학」(《중앙신문》, 1948년 1월 1일 게재)을 말하고 「객관주의 문학」(《백민》, 제7집)을 주창하는가 하면 「신논리문학」(《백민》, 제13집)을 제창하는 것이다.

그러나 그 평론들은 하나도 새로운 주장과 세계관이 없을 뿐만 아니라 문학정신과는 거리가 멀어진 곳에서 '프로문학'이니 '인민문학'이니 '정치주의 문학'이니 '국민 문학'이니 '객관주의 문학'이니 '자연주의 문학', '민족문학'이니 하는 '개념문학' 이전의 '모색문학'에서 방황하고 아부하여왔다. 평론문학이 하나의 문학으로서 성립될 수 있다면 독자적인 개성과 창조성을 갖춘 완료적 성격의 미로 나타나야 될 것인데, 백철 씨의 평론은 시류에 아부하고 진리를 고식하며 속된 것을 '저널리즘'화하는 데서 그 가치가 더욱 빛났던 것이다. 그의 비평 생리가 저속과 고식, 기만과 허위, 전형적인 '저널리즘'에서 오는 것이므로 근본적인 문학 정신을 운위'하려고는 하지 않을 뿐만 아니라, 문학의 근본 문제인 인간성에 대하여서도 철학적인 구명을 하지 못하였다고밖에 볼 수 없다.

　나는 아직껏 백 씨가 문학의 근본 문제를 논한 평론을 읽어본 적이 없다. 이것은 백 씨에 대한 나의 주목이 게으른 데서 오는 태만심일 것인가. 백철 씨의 명예를 위하여 그것이 나의 태만심이 되었으면 좋겠지만, 그러나 백철 씨는 '조선의 유일한 대평론가'인지라 그가 발표하는 평론은 문학하려는 나로서 읽지 않으면 안 된다고 할 수 있다. 그러나 그 전부가 시류적인 평론에 그치고 말았다. 물론 평론이 시류적이든 아니든 자기의 주관만은 확연히 나타나야 되지 않을 것인가. 여기에 평론의 문학적 가치가 창조성을 망각하고 작품 해설에만 시종한다면 평론이라는 문학은 없는 것만 같지 못할 것이다. 왜냐하면 소설은 평론보다 상세하게 기록된 문학인 까닭이다. 어떤 평론가는 월평을 하되 근본적인 문학정신을 구명하지 않고 기계적인 작품 해설에 그쳐 스케일이 크다느니 작다느니 하고 그만 그것으로써 평을 하겠다고 든다. 또 그렇지 않으면 냉정한 비판정신을 잠시 동안 선반 위에 올려놓고 원고를 파는데 외교적 제스처로 작품평을 쓰는 평론가도 있다. 평론의 사명이 이쯤 되면 비평정신도 부패한 것으로 간주하지 않을 수 없다. 즉 평론문학이 영업화하고 만다는 것이다. 백철 씨의 평론 역시 그러하다.

2

　그러면 백철 씨가 걸어온 문학적 과정은 어떠한 것이었던가. 백철론을 논하기 전에 백철 씨의 과거의 문학적 행적을 분석하지 않고서는 그

| * 일러 말하다.

정확한 판단을 내릴 수가 없는 것이다. 왜냐하면 그의 과거는 그의 현재를 말할 수 있는 문학적 근거와 문학적 지반이기 때문이다. 그러므로 백 씨의 문학적 과거는 현재의 그의 문학과 문학정신을 말할 수 있는 좋은 자료가 되는 것이다. 그러면 그의 문학적 과거를 어떻게 나눌 수 있을 것인가. 나는 3단계로 분류하여 이를 논하려고 한다.

첫 단계는 다음과 같다. 백 씨가 지향하려고 한 문학은 프롤레타리아 문학이었다. 그러므로 백철 씨는 1932년 《신건설》이라는 프로 문학잡지에 시의 총평을 하되, 40편에 가까운 시 전부가 프로시를 표방하면서도 철저한 유물변증법적 창작 방법에 의하지 않았기 때문에 진정한 프로시가 되지 않았다고 하였다. 그러나 그것에 대한 구체적인 견해는 없었다. 그 후 김남천 씨도 그런 문구를 썼다. 하지만 그들이 언제나 유물변증법적 창작 방법을 들고 나오면서 그것에 대한 구체적인 평론과 근본적인 해석을 구명하지 못하는 것은, 유물변증법적 창작 방법이라는 구호만을 들었을 뿐 근본적인 해석을 못하는 까닭이다. 그러므로 거기에 대한 그의 평론은 무식과 고식에서 오는 유행과 홍행에 민감한 시류 평론가의 상대적 해설*밖에 안 될 것이다. 그러한 해설은 그의 문학적 생명에 있어서 그리 긴 생명을 갖지 못하게 할 뿐만 아니라 문학적 가치에 있어서도 모방과 허위로 구성된 까닭에 참된 가치를 찾아볼 수 없게 될 것이다. 원래 프로문학이 획일주의 문학이므로 그 프롤레타리아라는 공식 판에 맞지 않으면 안 되게 되므로, 때에 따라 창조성이 없는 모방의 시나 정치선전 형식인 평론이 필요할 것이겠지만, 그러나 그 시대의 프로문학들은 너무나 일본의 나프 작가들을 그대로 모방하는 점이 많았다. 백철 씨 역시 그 일인자였다. 그것은 당시 백철 씨의 평론을 보면 알 수 있는 사실

| * 원문에서는 '소위所爲'라는 표현을 쓰고 있다.

이다.

둘째 단계에 이르러 백 씨의 문학적 지향은 왜정의 탄압이 심하게 되므로 그 계절에 응하여 수시로 변하는 문학관은 잠시 동안 낭만주의 문학인지 모더니즘 문학인지 정체모를 문학론을 들고 나왔다가 그것 역시 유행이 지나가게 되면서 국민문학을 들고 나왔다. 여기에서도 그의 시류적인 문학관은 철저한 친일파도 아니며, 미온적인 태도로 몇몇 사람의 글을 인용하여 몇 마디 써보았다가 일정의 탄압이 심하게 됨에 따라 결국은 그의 허위적인 비평의 생리는 서양문화의 몰락성을 강조하는 동시에 국민문학의 당면문제인 황도정신의 표방, 대동아신질서이념의 파악, 일본적인 교양 등을 말함으로써 일정 당국의 환심을 사려고 추파를 던졌던 것이다.

그러나 이것은 다른 친일문학가와 같이 이념이나 일본주의 사상에 현혹되어 진심에서 우러나온 당면의 조건을 말하는 문학적 문제 제기는 아니었다. 여기에는 백 씨에게 언제나 잠재하고 있는 허위성이 맹랑하게도 대두되어, 그것이 공명심과 권력에 아부하여 마음에 없는 사기와도 같은 언사를 진리인 듯이 제창한 그의 상투적 수단과 방법이 있는 까닭이다.

거기에는 두 가지 목적이 있을 것이다. 그 하나는 공명심에서 오는 전형적인 저널리스트(물론 본인은 진정한 평론가라고 자칭할 것이나)가 되려고 하는 것이고, 그 저널리스트가 됨으로써 고식과 기만을 기술적으로 교활하게 응용하여 위대한 평론가라는 것을 위장하려는 것이고, 그럼으로써 독서계의 관심을 독점하려는 허망한 허영심에서 오는 목적이다. 그 둘째는 권력에 아부하여 시세가 불리하게 되면 임기응변 수단으로 또 다른 권력에 알맞게 새로운 문학론을 제창하려는 것일 것이다. 그러므로 대세에 따라 수시로 대응하는 수단만이 그가 제창하는 제3문학관의 생명일 것이다. 그것이 더욱 노골적으로 나타난 것이 그의 셋째 단계에 이르러서다.

백철 씨의 문학적 3단계는 그의 문단 내에서의 연륜으로 보아 해방 후의 그의 문학적 위치를 말하는 것이다. 백 씨의 문학은 과거의 실패한 경험과 아울러 자기가 걸어온 문학 과정의 회고를 통해서 진솔한 문학을 하려고 하였으나 그 염원은 그의 문학적 생리로 인하여 포기할 수밖에 없었다. 그리고 '허위와 아부'인 제3문학관이라는 길을 밟지 않으면 안 되었다. 순수문학을 하려고 하니 문맹계열의 김태준 씨 같은 분이 「연안행」이라는 망명기에서 백 씨가 북경에서 친일행동을 한 것을 지적하는 것이 두려워서 못하겠고, 그렇다고 해서 '당의 문학'을 하자니 먼저 자격 심사에 낙제될 것이 염려되어 못하겠고, 만약 자격 심사에 합격된다고 하더라도 일시적으로 이용당하는 것이 아닐까, 또 청문협에서 친일파라는 말이 나오지 않을까 하여 한동안 그는 심리적 고민으로 딜레마에 빠졌었을 것이다.

그는 거기서 비로소 자기의 문학적 과오를 반성하였을 것이다. 그 반성의 결과는 침묵으로 돌아가는 것이어야 했는데, 그의 문학 생리에는 기만과 허위성이 사무쳐 있어서 침묵은 그의 공명심이 허락하지 않았을 것이다. 그러나 막상 붓을 들고 보니 '잃어버린 것은 예술이고 남은 것은 이데올로기'라서, 정확한 문학평론을 하자니 과거에 공부한 것이 이데올로기 문학론이고, 실력 부족으로 순수문학평론도 할 수 없고, 그렇다고 정치주의 문학은 과거에 범한 과오로 인하여 철면피처럼 뛰어나와 투쟁도 못하겠고. 해서 결국 합리적으로 타산하여 만들어낸 것이 사기와 허위인 제3문학관이었던 것이다. 그러므로 백 씨는 언제나 양 문학 단체를 동시에 공격하고 동시에 해체하라고 하며, 동시에 옹호하려고도 하였다. 한쪽만을 공격하고 해체하라고 하면 자기의 과거가 폭로될 것이 두려워서 그러한 교활한 제3노선의 문학을 들고 나왔던 것이다.

남성과 여성은 있으되 중성은 없는 것과 마찬가지로, 사상에도 좌익사상과 우익사상은 있되 중간 사상은 없을 것이고, 문학에 있어서도 순수문학과 비순수문학(당의 문학)은 있되 제3문학은 없을 것이다. 그러므로 제언하거니와 제3문학관이 성립될 수 있다면 그것은 심리적으로 진심도 아니고 진심이 아닌 것도 아닌 사기나 허위인 제3의 심리적 형태로부터 오는 문학관일 것이다.

3

제3문학관의 정신적 근원이 되는 '제3의 심리적 형태'인 사기와 허위는 기만으로부터 나오는 것이 아니다. 진리와 선의 가면을 쓰고 나오는 것이다. 사기와 허위의 본질이 일시적으로는 진리인 듯하지만 결과는 그와 반대로 기만이 되는 까닭에, 일시적으로 독자에게 진리의 감흥을 주기 위해서는 제3문학관의 평론가 백철 씨로서는 그러한 수단을 취하는 것만이 유일한 방법이고 그의 문학적 생명 유지에 유일한 마술적 용어일 것이다.

그러므로 백 씨는 언제나 윤리 문제를 끌고나와 진리니, 진실성이니, 성실성이니, 진선미니 하는 것이다. 그것은 예를 들면 '그러나 난세일수록 현실로 나아가서 악을 적발하고 선을 주장하는 문학외길(《중앙신문》, 1948년 1월 1일 게재)'을 운운하였고 '진리의 정신이라든가 진실성이라든가 성실성이라든가……(《민성》, 4권 2호)' 하며 「문학과 윤리」라는 제하에 문학정신을 단적으로 설명하려고 하였고, '문학에 있어서 진실, 민족적 문제의 의미, 건국과 문학 논리의 문제……(《대한민보》, 제1권 1호)' 운운으로 여기서도 윤리라는 문학과 진실이라는 문자를 썼으며, '또한 현행의 모든 부정과 불합리에 대하여 그……(《백민》, 제13집)' 운운하면서 또다시 윤리성을 논하려고 하였다. 그리고 '태반의 문학자가 한곳에 회합하여 새로운 논리를 중심으로 선의의 협의를 할 수가 있을 것이다(《백민》, 제7집)'라고 하고 여기에서도 윤리와 선의라는 문자가 제기되었다.

이상의 예를 보더라도 백 씨가 얼마나 '진리와 선'을 부르짖고 나올는지 알 수 있다. 이제 와서 '윤리 문제'와 '진리와 선'의 게재는 백씨가 숭상하는 것이 되고 말았고, 공식화되고 말았다. 그러나 그 숭상화된 '윤리'와 '진리(《대조》, 2권 3호)'로 혹은 '건국을 위한 당면과제(《백민》 제13집)'로 '객관주의 문학(《백민》, 제7집)'으로…….

(미완성)

—《해동공론》, 1948년 4월호

민족문학 제창 후의 작품 경향
─김동리, 안회남, 계용묵, 박영준 씨 등의 작품을 기준으로

1

8·15 이후 조선의 신문학운동은 문학 지향에 있어서 '순수문학'과 '경향문학'을 가릴 것 없이 외연상으로는 다 같이 '민족문학 수립'을 제창하고 있다. 그러나 그렇다고 하더라도 문학운동을 구체적으로 실천하는 데에 있어서는 대략 두 가지 방향 내지 방법으로 구별할 수 있는데, 그것은 작가의 소속 단체가 둘로 나누어진 것과 아울러 작품 경향을 보더라도 사실이다. 즉 '조선청년문학가협회'의 소속 작가들은 순수문학을 지향함으로써 문학정신, 민족정신, 인간정신을 옹호하려고 하고, '조선문학가동맹'의 소속 작가들은 이데올로기 문학을 지향함으로써 정치주의, 단일주의, 계급투쟁을 전개하였던 것이다. 다시 말하면, 전자가 문학정신을 말하면 후자는 정치성과 이데올로기를 말하고, 민족정신을 운운하면 독재주의적이고 획일적인 인민의식을 운운하고, 인간정신을 논하면 유물사관과 계급투쟁을 논하는 것이다. 그러므로 양자의 외연상의 지표는 다 같이 민족문학 수립을 제창하고 있지만, 작품 활동의 구체적 결과는 각각 다르게 '민족문학'과 '사이비 민족문학'(계급문학)으로 나타난 것이다. 이를 김동리 씨의 분석을 빌려서 말한다면, '인간의 문학'과 '당

의 문학'이라고 할 수 있다.

　그러나 민족문학의 논리적인 개념 규정은 만인각설萬人各說로 얼마든지 말할 수 있을 것이고, 또 논리상 개념 규정만으로 민족문학이 나오는 것도 아니다. 요컨대 그 논리상의 개념 규정이 실제적 작품 활동에 있어서 얼마만 한 결과를 나타내느냐가 문제다. 그러므로 이론상의 민족문학 개념 규정은 꽃을 심는 하나의 방법론은 될지언정 꽃을 직접 심는다는 것과 아름답게 피게 하는 데까지는 미치지 못할 것이다. 이러한 의미에서 이헌구 씨가 '민족문학'을 논하고, 김동리 씨가 '인간의 문학'을 논하고, 백철 씨가 '신윤리의 문학'을 논하고, 임화 씨가 '당의 문학'을 논하고, 김남천 씨가 '계급문학'을 논하고, 김동석 씨가 '인민을 추종하는 문학'을 논한다고 하더라도, 그것은 작가에게 암시는 줄 수 있을지는 몰라도 창작 구성의 초점과 기교와 가치에는 크게 영향을 주지 못할 것이다. 창작 후라면 그것을 말할 수 있을 것이다. 그러므로 여기서는 민족문학의 개념 문제를 논리적으로 따지려는 것이 아니라, 그 개념을 규정하기 이전에 그 개념의 대상으로 나타난 네 편의 작품을 도마 위에 올려놓고, 과연 몇몇 평론가들이 설왕설래하는 '민족문학' 개념 규정에 얼마만큼 '힌트'가 맺어지는가 안 맺어지는가를 논해보려고 하는 것이다.

　물론 여기에 평하려는 김동리 씨의 「역마」, 안회남 씨의 「폭풍의 역사」, 계용묵의 「바람은 그냥 불고」, 박영준 씨의 「생활의 파편」 등 네 편은 해방 후 민족문학을 제창한 후 가장 대표적인 작품이라고는 할 수 없을 것이고, 이상의 작품들을 작가 자신이 또한 대표작이라고 하지도 않을 것이다. 그러므로 이 네 편 외에도 훌륭한 작품이 많을 것이나, 내가 이 네 편을 여기에 뽑아놓은 것에는 몇 가지 이유가 있다.

　첫째, 이상의 네 편은 내가 전부 읽은 작품인 까닭이요, 둘째, 내가 읽은 작품 중 다소 우수한 작품이라고 생각한 까닭이요, 셋째, 소속 단체의 구별로 보아 현역 작가 중 나의 접안接眼에서 오는 인식 부족일지는 모르나 대표적인 작가로 간주할 수 있는 까닭이요, 넷째. 백철 씨의 분류 방식에 의하면 '좌(계급문학)', '우(순수문학)', '중(그 중간적 위치의 문학)'으로 나눌 것인데 여기에서는 좀 더 단체와 사상의 색채를 세밀하게 구별하는 의미에서 편의상 4색으로 분류해보았다. 물론 정확한 분류는 아닐 것이다. 정확한 분류는 아니더라도 이것을 분류해보면(이하 약 16자를 식별 불가)*, 문맹 계열의 정통적 대표작가로서 안회남 씨, 문협 계열의 중간적 대표작가로서 계용묵 씨, 문맹 계열의 중간적 대표작가로서 박영준 씨로 나누어보았다. 백철 씨는 계용묵 씨를 무소속 작가라고 하였지만, 계씨는 문협의 중집위원으로 명칭에도 올려 있고, 박영준 씨는 문맹의 중집간사이다. 소속으로 보아서는 둘로 나눌 수 있지만, 계 씨와 박 씨 두 사람의 문학 활동으로 보아 김동리 씨나 안회남 씨와는 좀 다른 데가 있다. 그러한 의미에서 편의상 4색으로 분류한 것이다.

2

첫째, 안회남 씨의 「폭풍의 역사」를 놓고 평을 해보기로 하자. 이 작품에 대해서 임화 씨는 '무엇보다 자꾸만 전진하는 형의예술적 구조의 결정結晶의 노작'이라고 하였고, 백철 씨도 '안 씨의 작품 계열에서 중요한 위치에 서는 작품이다'라고 하였다. 그러나 이 작품의 창작 원인이 작가 자신이 말하는 바와 같이 "「폭풍의 역사」는 인민항쟁을 주제로 하는 소설이 하나 꼭 필요하다고 현덕 씨가 말씀하기에 부랴부랴 써본 것입니

---

* 이 부분은 김동리가 당대의 이른바 순수문학 진영의 대표적인 작가라는 점을 밝히고 있는 부분이다. 다행히도 글 전체의 의미를 이해하는 데에는 거의 영향을 주지 않는 구절이다.

다"라고 한 것을 보아, 당(남로당) 의식과 정치적 목적에 본적을 둔 것은 사실이다. 그러므로 이 작품은 오랜 세월에 걸쳐 일어난 여러 항쟁 사건을 하나의 정치이념으로 정리해본 하나의 '시작試作'이다. 그러므로 이 작품은 작가의 창작의도가 무엇인지, 또 그 공리성이 무엇인가에 대해서는 여기서 상세히 말하지 않아도 작가 자신이 말한 것과 임화 씨의 작품에 관한 서간 내용을 보아 확실히 당 의식에 의한 '당의 문학'이라 아니할 수 없다. 또 문학적 가치로 보아 구성의 조화가 조리 없이 혼돈되어 있으며 테마의 깊이가 없다. 백철 씨는 다음과 같이 말했다.

> 28년 전 3·1운동 당시에 총에 맞아 죽으면서 '나는 조선백성이다'라고 부르짖은 '포달'이란 농민의 혁명의 피가 붉은 실과 같이 28년을 뻗었고, 그래서 이번 3·1항쟁에서 그 아들 '돌쇠'가 총에 맞아 죽으면서 '아버지!'라고 부르짖었다는 것(내용)은, 이 작품의 구성과 윤리적 진실성이 확연히 독자에게 제시되지 못하는 한, 소설로서의 문학적 가치를 인정받을 수 없을 것이다.*

3·1운동은 대의명분이 조선독립이라는 데 있었다. 그러므로 포달이가 28년 전에 조선 민족이 아닌 왜놈 순사에게 총에 맞아 죽은 것은 조선독립을 위해서 죽은 것이고, 조선독립은 조선 민족과 조선 민족의 절대다수를 차지하고 있는 조선 농민의 행복과 복리를 찾아오는 것이라고 믿었기 때문이다. 그렇게 믿었던 것은 포달이와 조선 농민뿐만이 아니었다. 조선 민족 전체가 그렇게 믿고 있었다. 그러므로 지게다리를 두드리며 양산도나 하던 아무도 모르는 농민들의 입에서 실제로 독립만세 소리

| * 원문에서는 '문학 이전의 문학으로 저락低落되고 마는 것이다'라고 표현하고 있다.

가 나오게 되었으며, 요릿집에서 음식이나 나르며 심부름이나 하던 요릿집 '보이'나 거기에서 접대나 할 줄 알던 기생들까지 만세를 부르게 되었으며, 길 위의 지게꾼은 지게를 벗어버리고 인력거꾼은 인력거를 집어던지고 포목상은 자를 든 채, 의사는 가방을 하늘로 쳐들며, 간호부는 슬리퍼를 끌고, 학생들은 책보와 모자를 공중으로 치켜들고 33인의 독립정신을 표준으로 조선독립 만세를 불렀던 것이었다. 그러므로 그때의 조선인의 '순검'도 말을 잘못하면 당황하여 가만가만 은근하게 말하였던 것이고, 그들도 흥분하게 되자 조선 민족의 본능에 어찌하지 못해 민족들 속에 휩쓸려 만세를 불렀던 것이다.

그러나 3·1항쟁이라는 것은 그 대의명분이 무엇이란 말인가. '장날 쌀 시장이 열린 곳에서 곡식 거래를 금하며 무조건 관리들이 쌀을 빼앗아간 것'이 3·1항쟁의 직접 원인이라고 하였다. 그러나 곡식 매매를 금한 것은 무조건 한 것이 아니다. 그 곡식은 인민공화국이 해방 후 곧 실천하려고 한 통제 경제의 배분 제도에 의해 인민에게 ×절한 ××을 실천하기 위하여 곡물수집기간에 매매 금지한 것이고, 간×군들이 일본으로 또 대만으로 북조선으로 밀수출하는 것을 금지하기 위한 금지령이었던 것이다. 북조선에서도 현×세라는 것이 있고 공출이라는 제도가 이남보다 더 가혹하게 실시되었다는데, 안 씨는 이것을 반×노력에 경제 파괴 행위로서는 보지 않을 것이다. 이것이야말로 진정한 민주경제라 외칠 것이다. 그런고로 포달이가 죽은 것은 조선 민족을 위해서 죽은 것이고 돌쇠가 죽은 것은 소련의 주구인 '전평'이나 '민×'의 선동에 이끌려 개죽음이 된 것이다. 그리고 항쟁한 대상자가 28년 전에는 일본 놈이고 28년 후에는 조선인이었다. 전자의 항쟁은 일본세력은 패×하려든 것이고 후자의 항쟁은 소련의 적색세력을 ××시키려는 것이었다. 이러한 뚜렷한 사실을 진실인 듯이 '카무플라주'하려던 것이 '당의 문학'의 표본이 되었으며 이 소설의 진실성을 허구성으로 나타나게 한 원인이 될 것이다. 그러므로 남로당의 선전 '삐라'로서는 볼 수 있으나 문학적 가치를 운운할 수 없는 작품이다. 이것을 억지로 문학이라는 두 자를 붙이려 한다면 독재주의 계급문학—당의 문학—이라고는 할 수 있으되 결코 민족문학이라고는 할 수 없을 것이다.

그러면 이 「폭풍의 역사」에 비해서 김동리 씨의 「역마」는 어떠한 작품인가. 근본적인 사상성(철학성)은 조연현 씨가 《문학정신》의 「김동리론」에서 철저하게 설명하였으므로 여기서는 거기에 대한 것을 사족 더하지 않으나, 이 「역마」는 조연현 씨의 말과 같이 '당대무비當代無比한 문장과 완벽한 구성력'으로 이루어진 작품이라 할 수 있다. 즉 이 「역마」는 한마디로 말하면 허무의 반항 정신으로 개화된 진실의 ×화라고 할 수 있는 작품이다.

'허무의 반항 정신!' 이것을 설명하려면 그 철학성과 사상성이 깊은 관계상 지면 관계로 상세히는 구명하지 못하나, 인생 생활이란 언제나 허무 속에서 발버둥치는 것이라 할 것이다. 가령 "오빠 편히 사시오!" 하고 계연이가 성기에게 마지막 인사를 하였을 때, '염치도 놓고 엉엉 울고' 싶었을 것이고, '발끝에서 머리끝까지 그의 전신을 휩쓸어가는 듯'하였으나, 그러나 성기에게 있어서는 '이웃 주막의 놈팡이 남자 한 사람과 함께 참외를 먹었다'고 '미친 것처럼 뛰어들어 계연의 ××× ××'도록 마음속으로 열렬히 사랑하는 계연이가 영원히 헤어지려는 마지막 인사를 들었을 때 '세상은 이렇게도 허무하구나'라고 느꼈을 것이다. 사랑하는 아내로 삼으려는 행원감幸願感은 한순간 '허무'의 심연 속에서 방황하지 않으면 안 되었다. 또 그것은 옥화에게 있어서도 계연의 머리를 땋아주다가 한 개의 사마귀를 발견함으로써 자기의 혈족으로 알게 될 때, 역시 '허무'함을 느꼈을 것이다. 그러나 성기는 자기의 허무한 운명을 죽음으로써 허무에 굴복하지 않으려고 하였다. 성기가 엿판을 짊어지고 하동 쪽으로 춤을 추며 걸어갔다는 것은 일종의 허무에 대한 반항 정신이라 아니할 수 없다. 그러므로 이「역마」의 근본적인 테마가 '역마살'이라는 것이면 그것은 '허무'의 운명적인 표현이라고도 할 수 있다. '남사당'이나 '체장사'나 '술장사'나 그 전부가 화려한 금과 명×한 행복의 생활을 원치 않을 바 아닐 것이고, 알지 못하는 것도 아닐 것이다. 그러나 현실은 인간에게 절망과 불행만을 우리 앞에 가리게 하고 있다. 이 약한 ×× 을 끊어버리려다가 사람은 기진맥진하여 드디어는 허무의 심연으로 떨어지고 만다. 그러나 그 속에서도 발버둥 친다. 이것이 반항 정신일 것이다. 그러나 '당의 문학'은 '인민에 복무하라' 하고 ××적인 것과 ××적인 것, 이상적인 것은 관념적인 문학은 될지언정 '인민문학(계급문학)'은 될 수 없다고 하며, 이「역마」를 보고 초현실적이니 낭만적이니 하고 있으며 문학의 공리성을 주장하고 있으나, 그러나 슬픈 연가로서 곧 애인과 헤어질 수 있다는 것을 문학으로 생각한다면 그것은 연애성공 비결 논문이지 문학은 결코 아닐 것이다.

문학은 어느 때나 ××하고 영원히 그리워할 수 있는 생명력을 아름답게 표현하는 것이다. 「역마」는 이런 점에 부합되는 데가 매우 많다. 이러한 의미에서『파우스트』나『햄릿』이 영원한 문학이고 실제의 민족문학이라 할 수 있다면, 이「역마」역시 조선의 민족문학이라 할 수 있다.

—《예술조선》, 1948년 4월호

분장한 복건의 시인

―임화론

"하나의 유령이 유럽을 배회하고 있다"고 한 마르크스와 엥겔스의 「공산당선언」은 확실히 괴물 탄생의 선언이었다. 오늘날 인류를 고뇌하게 하는 공산주의라는 괴물은 틀림없는 괴물이며, 20세기에 등장한 이 괴물이야말로 유럽뿐만 아니라 전 세계를 배회하고 있다. 빈민과 노동자, 농민의 행복을 위한다는 이 거룩한 괴물은 가는 곳마다 민족의 분열과 인류의 영원한 투쟁을 일으키고 있다. 그래서 이 괴물의 마수는 이 땅에까지 뻗쳐 그 대리점을 설치하는 데 성공하였다.

조선에 이 괴물의 대리점을 설치하기 위해서 노력한 그 성과야말로 일조일석에 이루어진 것은 아니다. 벌써 1920년경부터 고려공산당을 통하여 갖은 모략과 기만을 통해 조선인을 매수하고 지령하여 점차로 움직이기 시작했던 것이다. 그래서 소련에서는 '크렘린'에다 잔칫상을 차려 놓고, '요동약소민족대회'니 '근동노동자대표대회'니 하고 피 끓는 청년들의 정의감을 현혹하여, 일부가 냉정한 이성적 비판력이 부족한 것을 기회삼아 그 마술과 같은 공산주의라는 괴물의 화려한 선전으로 그들을 유혹하는 데 성공하였다. 그래서 점차 크렘린의 신봉자가 많이 나타나게 되자 조선에도 그 괴물의 마수가 뻗쳐, 크렘린의 대리점인 조선공산당이 창설되었던 것이다. 그 초대 대리점 주인이 누구인지는 자세히 모르나, 일제 강점기 이른바 중일전쟁이 일어나기 전까지는 상당히 이론 투쟁을 전개해왔으나, 중일전쟁이 일어나자 공산주의자에 대한 일제의 탄압이 심하게 되어, 자라목 움츠러들듯 크렘린의 대리점 물품들은, 물론 그 특약점인 '카프K.A.P.F파'의 맹원들까지 '네거리의 방황하는 맹원'이 되고 말았다. 여기에 있어서 대담하고 용감한 맹원들은 탈퇴 성명서를 발표하고 카프를 탈퇴한 자가 많았다. 그들은 탈퇴 이유를 '사려 있는 인간을 찾자', '얻은 것은 이데올로기며 상실한 것은 예술이다'라고 하였다. 이 대담한 진리의 주장에 대하여 동감하고 공명하며 정당하다고 생각은 하면서, 임화 씨는 「낭만 정신의 현실적 구조」라는 글에서 이것을 반박하여 다음과 같이 말하고 있다.

이것은 설명과 주석을 필요로 하지 않는 누구의 눈에도 명확히 이해될 수 있는 한 개의 특별한 부정이고, 문학적으로는 18세기의 이른바 '절대 객관적 몰아의 사실주의로의 복귀라.

그러면 이데올로기를 문학으로부터 떼어버리고 예술의 고향으로 돌아가자는 것이 예술문학의 당파성을 부정하였다고 한 임화 씨는 과연 예술문학의 당파성을 끝끝내 내버리지 않았느냐 하면, 거기에는 약간의 비판이 필요하다.

임화 씨가 예술계에 등장한 것은, 서울기노*의 첫 번째 작품인 「유랑」이라는 영화의 주연배우로서였다. 자색 싱글형 양복을 입고, 창백한 얼

---

* '서울 기네마'의 약칭으로, 카프 영화인들이 설립한 '경성영화공장'을 말한다. 「유랑」은 단성사에서 개봉했다.

굴에 한 송이의 장미꽃을 들고, 슬픔 많고 가난한 애인 '네거리의 순이'를 만나는 러브신이야말로 감상적인 관객에게 어필을 하였을 것이다. 그래서 관객이 박수갈채할 무렵, 그는 수심 띤 얼굴에 비장한 음성으로 "어서 너와 나는 번개처럼 두 손을 잡고, 마음을 맡길 믿음성 있는 이 나를, 손목의 힘을 다하여 굳게굳게 잡고, 내일을 위하여 저 골목으로 들어가자"고 '세리프'를 던졌을 때, 관객의 감흥은 한순간 긴장과 비극 속에 한숨으로써 서글픈 인생고의 한 토막을 가슴 깊이 느꼈을 것이다. 그러나 보고 나니 그것은 영화였지, 실생활에 나타난 인생고는 아니었다. 관객의 머릿속에 남은 것은 분장한 주연배우의 연기밖에 없었을 것이다. 이와 같은 모습은 임화 씨의 배우로서의 연기에서뿐만 아니라 문학에 있어서도 뚜렷이 나타난다. 다시 말하면 '임화'라고 부를 때, 그 첫인상으로 머리에 떠오르는 것은 첫째는 배우였고, 둘째는 모략가라는 것밖에 없다. 그러므로 그는 문학가나 시인보다 배우나 기생아범이나, 그렇지 않으면 기회주의적 정치 브로커가 가장 적절한 직업일 것이다.

김동석 씨도 「시와 행동」이라는 임화론에서, '임화는 그의 시집 『현해탄』을 통해서 본다면 시인이면서 시인이 아니었다'라고 하였다. 그러므로 임화 씨가 예술문학의 당파성 부정 운운하는 것은, 그가 카프의 정당성을 고집하려는 데서 오는 당파성의 옹호가 아니라, 김기진 씨, 안막씨, 윤기정 씨, 김광식 씨, 송영 씨 등이 산산이 헤어지게 된 것을 절호의 기회로 삼아 자기가 카프의 책임자라는 것을 세상에 알리기 위하여 등장한, 분장한 복건의 시인이었다. 그러므로 그는 카프의 의장이라고 자칭하며 다니면서 총회 한 번 개최해본 적 없고, 중앙집행위원회 한 번 소집해본 적 없다. 그러나 왜정이 무서워 해산을 하려고 몇 번이나 집회 허가를 신청하였으나, 얼마나 믿지 못할 짓을 많이 하였든지 그만 허가 신청은 각하되고 말았다. 그러나 후에 임화는 카프를 유야무야로 그대로 두는 것이 임화 자신을 위하여 이익 되는 점이 많다는 것을 알게 되었다. 왜냐하면 카프를 그대로 둠으로써 자기가 의장이라는 명예가 있기 때문에, 그 의장이라는 매력에 이끌려 물불을 가리지 않는 젊은이들은 그가 청하는 대로 금품을 가져다주어, 공출이 심한 때에도 그의 집에는 오곡이 구색을 갖추어 다량으로 있었다 한다. 그러므로 그는 복건의 시인이 됨으로써 공명심에 만족할 것이요, 경제적으로는 풍성한 생활을 할 수 있는 일거양득의 호화로운 생활을 했던 것이다.

시인으로서 복건(여기에서는 월계관이라고 해도 좋다)을 쓰려고 임화 씨는 수단과 방법을 가리지 않았다. 어떤 때는 문학가라는 이름을 팔아 의복과 밥을 시골서 올라온 문청에게 얻어먹었으며, 배우라는 것으로서 흥행계의 일류여배우를 농락하였으며, 시인이라는 이름으로 '아! 나의 마돈나요!' 하며, 이 씨의 누이동생을 희롱하다가 헌신짝 버리듯, 가짜 비극의 통곡으로 헤어졌을 것이다. 다음은 학예사의 누구, 그 다음은 누구, 누구, 또 그다음은 지 여사의 품안에 안겨든 것이다. 이제야말로 지 여사는 임화 씨에게 있어 영원의 여자가 될 것인가, 제이의 콜론타이가 될 것인가? 그것은 정말 주목할 일이다. 이러한 의미에서 모든 여자에게 '믿지 못할 얼굴 하얀' 임화였던 것이다.

또 '믿지 못할 얼굴 하얀' 임화는 동지들 사이에도 믿지 못할 인간이었고, 문학인으로서도 믿지 못할 시인이었다. 그러나 그 믿지 못할 심리는 그에게 있어서 처세에 유일한 무기일 뿐만 아니라 문학적으로는 하나의 자양분이 되는 것이다. 그 믿지 못할 것이 무대에 등장할 때에는 화려한 분장으로 진실성을 띤 듯이 나타난다. 하지만 그 진실성은 상연 후면 비진실성이고 하나의 거짓으로 머리에 남게 된다. 이것이 임화 씨의 예술의 생명이고, 문학의 생명이고, 시의 생명이다. 임화 씨에게 이 믿지 못할 문학적 독소가 없었다면 그는 시인이 안 되었을 것이고, 못 되었을 것이고, 고민과 절망 속에 방황하며, '오! 나의 마돈나, 네거리의 순이'를 불렀을 것이다. 그래서 '얼굴 하얀 오빠'는 '얼굴 검고 씩씩한 오빠'로 표현되었을 것이고, 근로하는 여자 '네거리의 순이'는 「화륜」이라는 영화에 나오는 히로인이 아니며, 창백한 백수의 노동자 프로시인의 희롱물이 아니며, 종로 복판에서 갈팡질팡하는 믿지 못할 얼굴 하얀 오빠 임화의 용돈을 벌어주는 순이도 아니었을 것이다. 그러나 분장의 시인 임화 씨는 그의 마술적인 아름다운 변설 이상의 대사로, 근로하는 여자 '네거리의 순이'를 부여안고 '내일을 위하여 저 골목으로 들어가자'고 외치며 손목을 이끌었으나, 그 막다른 골목 저편에는 양장한 '손야'와 권총 찬 일본 헌병이 그를 기다리고 있었다.

임화도 처음에는 당황하였다. 허나 그에게 있어서 일본 헌병 따위는 문제가 아니었다. 또 그는 간교하게 동지를 배반하고 애인을 차버리고 일본 헌병을 조종하며, 조선총독부 경무국 보안과를 지시하게 되는 위대한 분장의 배우로 나타났다. 그래서 조선군사령부의 보도대원으로 부여 신궁에 근로 봉사를 하였고, 최승희가 미국에서 돌아와 공연을 하려고 하였으나 보안과장이 미국에서 조선독립공채를 팔았다는 풍문이 있음으로 공연 금지를 한다고 하였을 때, 임화는 안막을 찾아가서 '내가 교섭하면 문제없으니 그 비용을 달라'고 하였다. 그것뿐이랴. 가명으로 「별은 밤마다」라는 징용을 독려하는 내용의 각본을 써서 당시 '태양'이라는 극단에서 상연하였고, 그밖에 눈에 보이지 않는 악랄한 친일행위는 말로 셀 수 없이 많다. 이것이 검열일 것이냐. 그는 말하기를 후에 이것쯤이야, 투쟁하기 위한 것이라고 하면 그만일 것이라고 하였을 것이다. 그것이 임화 씨의 '적절한 변설'—박용철 씨의 말에 의하면—의 유물변증법적 이론일 것이다.

임화의 이론이 그렇다면 다른 동지들의 이론도 그러해야 마땅할 것인데, 해방 후의 임화 씨는 그렇지도 않다. 임화 씨는 자기만이 절조를 지킨 듯이 한효 씨에게 중언부언하여 비판했다고 한다. 한효 씨가 1946년 《우리문학》에 「문학자의 자기반성」이라는 평론을 임화에 대하여 썼을 것이고, 그의 「민족운동의 비판」이라는 소책자에서는 '조선문화건설중앙협의회'에 대한 냉철한 붓날로 출발의 불순을 지적하였다. 이기영, 한설야, 한효, 안막, 김사량, 박영호, 송영 등이 북조선으로 간 것도 하나의 이유가 있었던 것이다. 그러므로 임화 씨는 북조선의 민주혁명을 찬양하면서도 못 가는 고충, 그 이유는 그가 복건 입은 시인 행세를 하려는 데 있었고, 분장한 배우로서 공산주의라는 괴물의 괴뢰극의 주연배우이기 때문에 못 가는 것이고, 크렘린의 대리점의 특약점 부속―조선문학가동맹―의 주인인 관계로 못갈 뿐만 아니라, 정통 카프파를 북조선으로 쫓아버린 관계로 못 가는 것이다. 임화의 고향 북조선을 못 가는 임화는 '내일을 위해' 어디로 갈 것인가. 또 새로운 분대로 눈과 입술에 칠해, 새로운 분장으로서 무엇을 주연할지 각급하기 짝이 없다.

임화 씨는 시인 아닌 시인이며, 정객이 아닌 정객이며, 시인 아닌, 평론가 아닌, 정치가 아닌, 분장한 위대한 배우였고, 복건을 쓰려고 노력하는 모략의 괴뢰극 주연이었다. 그러므로 그의 시는 하나의 '세리프'로서 민족을 혼란하게 하며, 분열하게 한다.

>노름꾼과 강도를
>잡든 손이
>위대한 혁명가의
>소매를 쥐려는
>욕된 하늘에
>무슨 깃발이

날리고 있느냐

동포여!
일제히
깃발을 내리자

라고 하였지만 그는 확실히 세리프이지 시는 아니었다. 시가 시로서
시가 되려면 부자연스럽지 않게 진심으로 가슴에서 우러나와야 한다. 붓
끝으로써 쓰는 시가 아니다. 독사 같이 혀끝으로 날름거리는 시도 시가
아니다. 그러므로 욕된 하늘 아래 살고 있는 임화는 무슨 깃발이 날렸으
면 좋겠는가.

아아 깃발 타는 깃발
열 수물 또 더 많이 나부끼고
인민의 깃발
붉은 깃발은……

이렇게 붉은 깃발이 날리는 것을 좋아할 것이다. 그러나 그것은 민족
을 팔아먹고 반역하는 것밖에 안 된다. 그러나 임화에게는 붉은 군대의
'발자욱' 소리밖에 안 들릴 것이다.

붉은 군대 붉은 영웅……
말을 타고 전차를 타고……
아아 피의 젖은 우리의 국토……
함경도 평안도로 들어오는가……

그대들이 가져오는 것은 우리의 영토인가

그대들이 들고 오는 것은 우리의 깃발인가

그대들이 부르고 오는 것은 우리의 노래인가

(이상은 소련방 붉은기, 혁명가를 의미함)

우리는 어느 것이 그대들의 것인지

어느 것이 우리의 것인지 알 수가 없다.

라고 보기 좋은 연기로 세리프를 읽었으나 그것은 자멸의 세리프였고, 매국의 세리프였다. 그러나 이제는 그 괴물의 괴뢰극의 막은 닫혔다. 아니 민중의 함성으로 인하여 중도에 막을 닫았다. 그러나 모든 연극 비용을 대주는 소련이 있는 한, 그의 공산주의라는 괴물의 괴뢰극은 또다시 다음날 공연할 것을 우리는 미리부터 예상할 수 있다.

그러나 임화의 세리프 기록집 『현해탄』이나 『찬가』나 『회상시집』으로 '나폴레옹이 칼을 가지고 정복하리라 한 발자크의 꿈과 같이, 또는 「자본론」의 저자 칼 마르크스가 과학과 행동을 가지고 성취한 일을 나는 펜을 가지고 정복하리라'라고 한 제2의 발자크가 고리키라고 생각한다면, 그 꿈과 같이 조선에서의 그 꿈은 성취하였다고 보는가? 아니다. 꿈은커녕 세리프로서도 그들의 발 근처에도 못 가본 공산주의자 아닌 공산주의자이며, 시인 아닌 시인이다.

이렇게 보니 가짜 복건을 입은 이 위대한 분장의 시인은, 공산주의자 아닌, 정치가 브로커 아닌, 시인 아닌, 제3의 발자크 아닌 시인이었으니, 임화는 공산주의라는 괴물과 모략과 지령, 분대와 복건, 분장과 제스처, 프롤레타리아의 시를 버리고 또 무엇을 프로그램에 넣어 연출할 것인가? 그렇지 않으면 '싸나트리엄'으로 폐를 고쳐라, 갈 것인가. 영원히 '네거리의 순이'를 부르며 북조선도 소련도 못가는, '남조선 욕된 하늘'

아래에서 '조선문학가동맹'의 의장이라는 복건 쓴 시인으로, 분장한 보헤미안으로 나타날 것인가. '내일을 위하여' 어디로 갈 것인가. 정말 주목되는 일이다.

—《백민》, 1948년 5월호

* 여러 문헌을 확인했으나 무엇을 뜻하는 단어인지 알 수 없어 원문 표기대로 살렸다.

본격문학의 인간성과 시류문학의 목적성
—1948년도 창작계 총평

금년 한 해 동안 생산된 작품 총수는 약 120여 편에 가까웠다. 예년에 비하면 양으로 보아 시, 희곡, 소설, 평론 등 네 부문의 문학 활동 중에서 소설문학이 가장 왕성했다고 할 수 있다.

내가 읽은 것은, 주로 《백민》지를 위시하여 《민성》, 《신천지》, 《신세대》, 《문학》, 《개벽》, 《예술평론》, 《해동공론》, 《대조》 또는 《평화일보》, 《서울신문》 등에 실린 120여 편의 창작 중 66편의 작품들이었다. 이 많은 소설을 읽고 나서 무엇보다 내가 절실하게 느끼는 것은 지극히 상식적이고 초보적인 것이면서 문학 이전의 문제이지만, 문학은 무엇 때문에, 누구를 위해서, 왜 하느냐에 대한 의문이었다. 이 새삼스러운 의문이 느껴지는 그 원인과 이유는, 내가 애써 읽은 66편의 창작 중 문학정신과는 거리가 너무나 멀리 떨어진 작품들이 많았기 때문이다. 66편의 작품들이 무엇 때문에 썼으며, 누구를 위하여 쓴 것인지, 왜 써야만 했었는지에 대한 의문에서, 나는 몇 갈래로 작품 경향을 분류하지 않을 수 없었다.

첫째, 정치와 선전을 목적으로 하는 정치주의 목적의식의 문학을 분류할 수가 있으며, 둘째, 잡지사나 신문사의 편집부나 문화부의 원고 청탁에 쪼들려서 문인이라는 직업적인 의식에서 대서방의 대서인과 같이 깊게 생각하지 않고 쓰는 직업으로서의 문학을 분류할 수 있으며, 셋째로 단순히 활자화 제일주의로, 작품이 잘되고 못된 것은 고사하고 잡지나 신문에 활자화만 되면 그만이라고 여기는 발표의식의 문학을 분류할 수 있으며, 넷째로 문학을—더욱이 소설을 쓰는 그것이— 자기 '삶'의 형성이라고 여기는 또는 진실하게 생각하는, 인간주의적 문학 정신을 영원히 유지시키려는 본격문학의 지향을 분류할 수가 있다. 물론 이 이상 더 세밀하게 분류할 수도 있지만, 우선 이 4부류의 작품 경향을 간단히 언급하기로 한다.

첫째, 목적의식의 정치주의 문학은 일정한 '이데올로기'를 독자에게 전달할 목적으로 '문학'이라는 형식을 통해서 그들이 목적하는 바, 정치적인 가치를 선전하려는 것이 이른바 목적의식의 정치주의 문학이라고 할 수 있다. '조선문학동맹' 계열의 작가들은, 어떤 일정한 이데올로기를 일반에게 알리기 위하여 당의 지령 및 정치적 선전을 위하여 문학을 도구로 악용하는 것이다. 안회남 씨의 「폭풍의 역사」나 「농민의 비애」 같은 작품들이 그 전형적인 작품이라 할 수 있을 것이다.

둘째, 직업의 문학은 그 작품이 독자에게 어떤 감격도 계시도 주지 않을 뿐만 아니라, 작가 자신도 무엇 때문에 썼는지 모르는, 그냥 막연하게 원고 청탁을 받았으니 의무적으로 문인이라는 직업의식에서 써내려가는 것이 직업의식의 문학이라고 할 수 있다. 「영리공장」이나 「혈족」, 「여자대학생」이나 「봄 안개」, 「백설과 같이」 등의 작품들이 이에 속하는 작품들이다. 결국 이 작품들은 누구를 위하여 무엇 때문에 썼느냐고 묻는다면, 작가 자신도 대답하기를 주저할 것이다.

셋째는 발표의식의 문학이라는 것인데, 이것은 신인에게 보내는 고언이다. 신인은 자신의 문학적 발전을 위하여, 문단에 등장하려면 조금이라도 더 놀랄 만한, 더 자신 있는 작품, 기성작가들의 작품을 능가할 만한 작품, 세계 문단을 뒤집어 흔들 만한 작품을 내어놓는 것이라야 할 것이다. 물론 실제에 있어서는 그렇지 않다 하더라도 신인의 야심으로서는 그래야만 신인다운 태도라고 할 수 있을 것인데, 《신천지》나 《백민》이나 《예술조선》, 《민성》, 《청년예술》, 《신인문학》 등에 발표된 신인들의 작품은 대부분 발표 의식에만 문학의 목적을 두고 있는 것 같았다. 그들의 작품에서는 감격과 계시 대신 절망과 저속성이 보일 뿐이다. 그래서 독자들이 환멸과 불쾌감을 느끼게 하는 것이다. 신인이면 신인일수록 새로운 문학적 가치를 창조하려는 정신이 넘쳐야 할 것인데, 그것이 없고 활자화 제일주의로 발표 의식에만 급급하여 작품 하나 똑똑한 것을 내놓지 못하는 이 땅의 신인 문단은 조선 문단의 장래를 위하여 깊은 우려를 자아낸다. 물론 기교나 구성 묘사에 관해서는 노련한 기성 작가를 따르지 못한다고 할지라도, 그럴수록 기교와 구성의 미비한 점을 메우기 위해서라도 신인다운 진지한 맛이 있어야만 되고 성실한 자기 세계가 있어야만 될 텐데, 해방 후 조선 문단에 등장하는 신인들은 그것이 거의 없다고 하여도 과언은 아닐 것이다.

물론 현재의 조선 문학이 좌우익 싸움판 위에 있다. 그래서 그들에게 이데올로기가 하나의 선입관이 되어 우왕좌왕하고 있어서 참다운 문학을 하기에는 많은 험로가 있을 것이다. 그러나 피상적인 '사상'이라는 속된 관념을 버리고 참된 인생관과 세계관을 발견하여, 참된 자기의 세계를 작품으로 표현해내지 않으면 안 될 것이라고 믿는다.

넷째, 하나의 '삶의 형성'으로 문학을 하는 것이다. 이것이야말로 참다운 인간주의적 문학 정신이라 할 수 있을 것이다. 이에 속하는 것이 높고 깊은, 참되고 아름다운 본격 문학이라 할 수 있다. 문학이 일시적인 정치성과 선전성에 사로잡혀서 일시적이고 순간적인 사조에 지배를 받는다면 문학은 언제나 정치적 선전 도구로 악용당할 것이고, 문학 정신의 제창이 필요치 않는 하나의 신문 사회면 기사나 정치면의 담화류 기사로 만족할 수밖에 없는 저속한 문학이 되고 말 것이다. 거기에는 공간적인 보편성은 있을지 몰라도 시대적인 영원성은 없을 것이요, 시대 구분에 의한 종족성은 있을지 몰라도 세계성은 없을 것이다. 만약 「부활」이나 「죄와 벌」, 「파우스트」나 「햄릿」, 「마농 레스코」나 「젊은 베르테르의 슬픔」이 본격문학에 속한다고 할 수 있다면, 금년의 창작 중 김동리 씨의 「역마」, 김송 씨의 「남사당」, 최태응의 「혈담」, 최인욱 씨의 「개나리」 같은 작품도 역시 본격문학에 속하는 것이라고 할 수 있을 것이다.

내가 이처럼 작품 경향을 분류하는 데에는 되도록이면 좌우사상 혹은 계열적 당파성을 초월하고 의식적 관념을 피하여, 순수한 문학적 가치를 중심으로 작품을 읽고 분석한 것이다. 문학만은 다른 부문과 달라 사상을 기준으로 작품 가치를 규정지을 수 없는 것이고, 작품의 가치 규정을 사상적으로 표준 삼아서는 안 되는 것이라고 생각하기 때문에, 나는 그것을 초월하려고 하였고 피하려고 애썼다. 그러나 금년도의 작품들은 계열적 당파성이 뚜렷하게 나타나 있었다. 나는 조선 문학의 영원한 발전을 위하여 슬프고 애석하지 않을 수 없었다.

문학은 언제나 어떠한 의식에 사로잡히거나 특정한 이데올로기의 노예가 되어서는 안 된다. 여기에 본격 문학의 인간성과 구원성, 세계성과 보편성, 민족성과 현실성이 있는 것이다.

이제 이상론적인 기준에 의거해서, 금년에 생산된 작품들을 개별적으로 평하고자 한다. 염상섭 씨의 「그 초기」와 「이합」은 두 편 다 북조선을 배경으로 그곳에서 일어난 사실을 그린 것이다. 그런데 단순한 사실 그대로의 사건을 노련한 자연주의적 기법으로 그렸기 때문에 생동하는 심각한 인생에 대한 고민이 없고, 읽고 나서 하등의 감동과 높은 계시를 주지 않은 채 단순한 사실은 사실 그대로 남아 있는 까닭에, 하나의 '스케치'로는 평할 수 있으나 작품으로서의 구체적인 격은 갖추지 못했다고 할 수 있다. 그러나 이 노대가에게 무엇보다 먼저 경의를 표하게 되는 것은, 꾸준히 작품 활동을 계속하고 있는 것이다.

김동인 씨의 작품으로서는 「속 망국인기」와 「김덕수」밖에 못 읽었다. 작품 가치로서는 「속 망국인기」보다 「김덕수」가 좀 나은 것 같다. 「김덕수」는 해방 후 '나'라는 변호사가 그의 이웃에서 살던 일제 때 고등계의 형사, 해방 뒤는 김경부로서 많은 공로를 세운 김덕수를 중심으로 그의 아내와 김덕수가 심리적으로 '조국 정신에 환원'하여 가는 그 도정을 그리고 있는 작품이다. 그러나 김덕수의 성격을 너무나 작가 자신의 주관적 관념만으로 만들어낸 느낌이 있어, 현신이 냉혹한 면을 못 느껴준 것이 좀 서운한 점이었다. 물론 일제 때의 형사라고 해서 전부 나쁘다고는 할 수 없으나 그러나 그들 대부분에게 전형적 인간성이 있어, 고문하는 그 쾌감과 범인이 사상범이든 신사든 독립운동가이든 가릴 것 없이 증오심으로 코에 물을 붓고 때리던 습성은, 하나의 전형적 '인간'으로서 쉽사리 조국 정신으로 환원되기가 쉬운 일이 아닐 것이다. 그럼에도 불구하고 마지막에 "선생님 제가 이번에 기소된 것은 쌀 서 말—부끄럽습니다마는—문제지만 저를 기소되게까지 한 것은 말하자면 민족적 증오가 아니오니까. 전 양심에 추호도 부끄러운 바가 없으니 민족의 매질을 달게 받겠습니다. 사실을 말씀하자면 전 늘 괴로웠습니다. 모르고서, 모르고서나마 제가 전날 왜정의 한 사람으로 우리 동포에게 지은 죄가 지대해요. 그 죄의 벌을 받기 전에는 언제까지든 무슨 큰 빚을 진 것 같은 압박감에서 면할 수가 없었어요"라고 하는 김덕수의 고백에는 정말 머리가 숙여지는 데가 있다. 그러나 실제에 있어서 그들의 인간성은 그와는 거리가 먼 것을 알아야 한다. 김덕수가 자기의 양심에서 울려 나오는 '괴로움'이 있었다면 애당초부터 아무리 군정이라 하더라도 경찰관이 되기를 거절했을 것이요, 깊이 숨어 자중했을 것이다. 이런 점에서 김덕수의 성격을 작자 자신이 주관적으로 미화한 결과 김덕수는 하나의 관념적 인물이 되고 말았다.

김송 씨의 작품으로 내가 읽은 것은 「외투」, 「남사당」, 「정임이」, 「동경」, 「살모사」 등인데, 그중 「남사당」만을 감명 깊게 읽었다. 이 작가의 작품은 간혹 극적인 데도 있지만 대부분 성실하고 진지한 맛을 보여주었다. 그러나 「외투」에서는 그것이 없어서 피와 살을 지닌 작품이 못 되고 현실에 추종하려고 애쓴 점이 작품 속에 나타나 있어 '창조'라기보다 머리에서 만들어진 작품같이 생각된다. 더욱이 현실에 충실하고 모든 것을 주관으로 계산하려는 공창 출신 복희가 무슨 공명심과 혁명심을 갖고 '삐라' 부치는 청년의 외투를 들고 따라 다니다가 총에 맞아 죽을 수 있다는 말인가? 현실을 추종하려고 애쓰지 않아도 위대한 창조 정신을 가진 작품은 그 속에 현실이 내포되었으며, 현실을 따르려는 것이 아니라 현실을 이끌고 나가는 것이다. 그런 점에서 「외투」는 현실에 치중해야 한다는 생각에 초조한 모습을 보인 데에 결함이 있고, 「정임이」는 너무 극적인 데가 흠이면 흠일 것이다. 그러나 「남사당」을 읽고 나면 이런 결함과 극적인 흠이 머리에 남지 않을 뿐만 아니라, 아담하고도 착실한 인간성에 독자가 감명을 받을 수 있게 한다.

김 씨는 이 한편으로 새로운 경지를 개척한 것은 물론이려니와 앞으로 우수한 작품이 나올 것을 크게 기대하게 한다. 이 작품만은 금년도 창작계에서 백미의 주옥편이라고 할 수 있다. 유려한 문장이라든가 '테마'의 구성이라든가, 사건을 자연스럽게 전개시킨 점이라든가, 이 모든 것이 그의 작품 중 「남사당」이 아니면 발견하기 어려운 점이다. 더욱이 이

「남사당」은 조선의 독특한 색조가 풍부하며 조선의 고전적인 민요 맛이 난다.

자기의 아버지가 누구인지 알지 못하는 '석'이와 '옥희'는 '적골'이라는 농촌 주막거리 이웃집에서 살고 있던 과부의 아들이고, 딸이다. 그들은 7, 8세 때부터 뽕따러 다니던 어깨동무였다. 그리다가 도중에 서로 헤어져 살게 되어 석이는 혜순과 결혼하여 애기까지 낳게 되고, 옥희는 그의 어머니와 함께 방랑의 생활을 하다가 어머니가 객사한 후 어쩔 수 없이 서울서 카페를 전전하다가 어느 해 봄 어머니의 유언대로 '적골'로 석이를 찾아왔던 것이다. 농촌에서 소같이 일이나 하던 석이는 옥희를 맞이하고 나서부터는 자기의 아내 혜순을 돌보지 않을 뿐만 아니라, 혜순을 미워하고 그로 인하여 혜순은 집에서 탈출한다. 남사당놀이에서 쫓겨 돌아온 옥희는 (혜순이 없는 집에) 석이와 같이 돌아온다. 옥희는 석이가 '개'를 발길로 차는 것이, 마치 죽은 자기의 아비를 대하는 것 같다는 생각이 들자 서울에서 가지고 왔던 옷 보퉁이를 들고 마을을 떠난다.

이 작품에서 깊이 느껴지는 것은 '피의 숙명'을 잊어버릴 수 없다는 것이다. 그러나 자기의 숙명에 대해 행동으로 반항하려는 옥희는 과연 석이를 잊어버리고 고민 없이 행복한 생활을 할 수 있을 것인가? 이 점은 옥희를 지나치게 지성화한 데 불과하다. 그런 이성적인 사색은 「동경」의 연옥에게는 가능하지만, 카페 여급이었던 옥희에게는 맞지 않는 것이 아니었을까? 「동경」도 전설로 그 첫머리 사건 전개를 시작하여 "까치는 매우 황당한 울음을 연발하면서", "구렁이 한발이나 되는 흉물이 꿈적꿈적하고 나오는 것을 보고 푸릉푸릉 날아선 더 높은 나뭇가지에 앉아서 깍깍깍……" 등 전설과 같은 묘사법이라든가 "요마작 윤 씨 비각에 구렁이가 나타났다는 풍설이 돌자, 농민들은 장차 염병이 돌고 흉년이 들어 못 살게 된다고 쑤군거리면서 교회를 타매'하고 윤 씨 비각에 제사를 지내자는 의논이 분분하다"는 전설을 신뢰하는 농민의 우매한 부분을 적절하게 묘사해가면서 사건의 전개를 감명 깊게 진전시킨 것으로 보아, 이 작가가 무엇보다 전설을 소설화했다는 점에서 가장 매력이 있지 않을까 생각한다. 이외에 「한난」, 「살모사」 등의 작품에 대해서 일일이 언급치 못하는 것이 유감이다.

김동리 씨는 금년에 「역마」, 「절 한 번」, 「개를 위하여」 외에 1편을 더해서 총 네 편의 작품이 있는데, 「역마」나 「개를 위하여」 두 편은 읽었으나 《평화일보》에 연재했던 「절 한 번」은 3회까지 읽고 그 나머지는 못 읽었으므로 여기에서는 언급하지 못 한다. 또 「역마」는 내가 《예술조선》 3권에 평하였으므로 여기에서는 생략하고, 「개를 위하여」 한 편만을 간단히 평하려고 한다.

「개를 위하여」는 짤막하고도 아담한 단편이다. 그리고 하나의 철학성을 지닌 작품이다. 나는 그의 단편 중 짤막하면서도 아담하고 어딘가 순정적인 마음의 기쁨을 주는 작품이 이번이 두 번째다. 「개를 위하여」는 세상에서 많은 사람들이 여러 이야기를 하는데, 그 누구 입에서도 중요하게 언급되지 않았던 하나의 동물인 '누렁이'라는 개가, 주인 영욱이가 죽은 후 마루 밑에서 나오지 않고 죽은 주인을 따라 죽었다는 간단한 이야기이다. 여기에는 일개 동물인 개일지라도 주인의 정을 안다는 평범한 논리만으로 해석하지 못할 깊은 철학이 있다고 할 수 있다. 그것은 작가에게 있어서 독특한 수법인 동시에 '운명'이라는 것을 연상케 하는 그 무엇이 있다. 가령 영욱이의 부모가 영욱이의 명을 길게 하기 위하여 '서녘무당'에게 누렁이를 판다는 것이라든지, 영욱이가 몸살이 나 감기에 들어 자리에 누워 있으면 어떻게 소문을 듣는지 그때마다 번번이 누렁이가

| * 아주 더럽게 생각하고 경멸하여 욕함.

용하게 찾아온다는 말이라든지, 서녁 무당이 영욱이가 죽어가던 그 순간에 와서도 왜인지 영욱이가 누워 있는 방에는 들어가지 않았다는 것이라든지, 이 모든 것이 제각기 '운명'이라는 하나의 철학적인 그 무엇을 갖고 있다. 이 짧은 글에도 그의 깊은 철학성은 나타나 있다. 그는 언제인가 내게 단편은 하나의 철학이라고 말한 바 있다. 정말 그의 단편은 어느 때 봐도 그 철학이 내포되어 있는 것을 알 수 있다.

안회남 씨의 「농민의 비애」는 금년에 발표된 단편 중에서 원고 매수가 가장 많을 것이고, 앞에서 말했던 바와 같이 목적의식의 정치주의 문학으로서 가장 전형적인 작품일 것이다. 왜냐하면 「농민의 비애」는 조선에서 가장 가난한 농민을 그리면서—가령 솜옷을 못 입고, 큰 나막신을 끌고 다니며, 담뱃대는 뒤꽁무니에 찌르고, 긴 싸리비를 들고서 마당을 쓰는, 조선의 전형적인 농민 '서대웅 노인'을 그리면서, 작자 안 씨는 작품 속에 국제정세나 국내정세에 있어서 남로당정책을 설명하는 것에 게으르지 않았다는 사실이 있기 때문이다. '막부삼상회의'*를 설명하고, '4국외상회의'를 설명하며, '미소공동위원회'의 결렬, 신탁통치문제, 공위의 협의 대상 등을 설명하여 독자로 하여금 남로당정책에 찬동하도록 소설이 아니라 논리의 형식으로 설명하였다. "조선이 남쪽만 조그맣게 떨어지고 말면 자연 그 약하고 부자연한 내 땅에 일본의 손이 다시 뻗칠 것이요, 또 옛날처럼 국제정세는 그것을 묵인하고 말 것이라"는 따위의 정치적 해설은 어마어마하게 소설의 형식을 취하지 않더라도 남로당 계열에서 얼마든지 '삐라'나 출판물로 길거리에 뿌리고 있지 않은가. 이것을 문학이라고 하면 정치학과 정책론을 구별하기가 대단히 곤란할 것이다. 이와 같은 위선일지라도 오히려 김동석 씨의 「북조선의 인상」이 훨씬 좋

---

* 모스크바 3상회의.

다고 생각된다. 무엇 때문에 소설이라는 형식을 취하고 있는 것일까. 결국 이「농민의 비애」는 하나의 생경한 정치 해설밖에는 못 된다.

전홍준 씨의 작품「새벽」이나「큰대문집의 역사」또는 박찬모 씨의「5월의 노래」역시 이 계열에 속하는 목적의식의 정치주의 문학의 작품이라고 할 수 있다. 이러한 점으로 보아 허준 씨의「평대저울」같은 작품은 이것저것도 못 되는 그야말로 일종의 '난센스의 스케치'로 간주하는 수밖에 없다. 그밖에《민성》제2호에「역사」가 있고,《문학》제8호에「독습작실에서」의 두 편이 있다.

최태응 씨의 작품으로는「백야」,「고향」,「월경자」,「백설과 같이」,「외할머니」,「유명의 경지에서」,「혈족」,「병자연애」등이 있는데, 그 많은 작품 중에서「혈담」이 가장 우수한 작품이라고 할 수 있다. 첫머리부터 끝까지 난치 질병인 관절염으로 몸을 한 개의 지팡이에 의지하고 다니는 '나'라는 주인공이, 19세 미혼 시대에 발병하여 입원하던 때부터 꿈속에서도 잊지 못할 간호원 '숙희'와의 사이에 사랑을 애달프게 그린 이 작품은, 문장이 유려하여 비단결같이 읽어낼 수 있는 아름다운 작품이다. 누가 뭐라고 하든 자기 세계를 꾸준히 개척해가고 있는 이 작자는 이 한 편으로 그의 작가적 성가를 높게 살 수 있다. 그러나 그를 위하여 누군가는 그의 다작을 지적한다. 그러나 자주 뛰다가 크게 될 수 있을 것이다.「혈담」은 그의 문학 반생에 있어서도 최고의 기념탑이 되리라고 생각한다.

최인욱 씨의 작품으로는「개나리」,「동방기」,「연분」등 매끄럽고 아담스러운 작품이 있는데, 그중 나의 주관으로서는「개나리」를 가장 높게 평가하고 싶다. 해방이 되어 징출갔던 모든 젊은이는 돌아와도, 자기의 남편만은 영영 돌아오지 않아서 '복돌이'라는 어린 아들을 데리고 친정 살이하던 과부가 마지못해 재가한다는 단순한 이야기이다. 그런데 이 작품에서 높게 사고 싶은 점은 복돌이와 올케의 아들과의 싸움, 그로 인하여 옥신각신하는 아동 심리세계를 세련된 문장으로 독자의 심경을 울게 하는 것은, 이 작가가 아니면 엿볼 수 없는 치밀한 관찰력 때문이다. 이런 심리묘사는「동방기」에서도 엿보여주었지만 그 정도가「개나리」만 못하다.

이밖에 채만식 씨의「민족의 죄인」,「도야지」, 강노향 씨의「종장」, 계용묵 씨의「이불」, 설정식 씨의「척사제조업자」,「한 서가 이최후」, 정비석 씨의「수난자」,「모색」,「아내의 항의문」, 박계주 씨의「예술가 K씨」,「혈족」, 이근영 씨의「탁류 속을 가는 박교수」, 박화성 씨의「봄안개」, 엄흥섭 씨의「관리공장」, 이봉구 씨의「언덕」,「뿌라운과 시계」,「부스럼」, 손소희 씨의「탁류」,「회심」,「현해탄」, 임옥인 씨의「오빠」, 최정희 씨의「수닭」,「우물치는 풍경」,「여자대학생」, 정인택 씨의「천직」, 허윤석 씨의「실락원」, 임서하 씨의「신생제일장」,「노년」,「단층」, 박영준 씨의「생활의 파편」,「새로운 애정」, 신서야 씨의「속양반전」, 홍구범 씨의「망골」, 기타 기성, 신인할 것 없이 수많은 작품 중「고목」,「모녀」,「헌 구두」,「유리창」,「한계」,「조춘」,「나를 기억하십니까」,「번요의 거리」,「격랑」,「재회」,「거리」,「방」,「그들의 노래」,「준동」등을 읽었는데,「모녀」,「고목」,「헌 구두」,「망골」같은 작품들은 다소 본격문학에 가까운 싹이 보이는데,「한계」,「조춘」,「준동」,「거리」,「방」,「그들의 노래」같은 것은 아직 그 거리가 먼 작품들이다. 기회만 있으면 이상의 작품들을 하나하나씩 평해보려고 한다.

—《백민》, 1949년 1월호

주관성의 박약

금년에 발표된 작품 수는 장편, 단편 할 것 없이 140여 편 가까이 되지만, 그중 내가 읽은 것은 장편을 제외하고 단편만 73편이었다. 이 73편을 읽고 난 후 나의 솔직한 인상은 '독자를 상실한 작품'이 반 이상이었다는 것이다. 다시 말하면 문학적 진실성과 창작 태도에 성실성이 결여되었다는 것이다. 문학적 진실과 성실이 없는 곳에 어찌 문학적 감흥이 있을 수 있을 것이며, 독자를 매혹하는 박력이 없을 것은 사실이다. 그러므로 그러한 작품들은 작가 자신의 자의식의 희롱물이 아니면 독자를 상실한 작품이라고 아니할 수 없는 것이다.

'독자를 상실한 작품'—이런 말을 하면 그들은 말하기를 자기네들의 작품을 이해할 수 없는 자들이 하는 소리라고 하고 웃어버리고 말지 모른다. 그러나 그러한 소리를 하는 작가가 있다면 그 작가는 그 자체가 자신이 없는 말을 하는 것밖에 안 될 것이다. 즉 창작을 하되 소설가라는 레테르가 있는 까닭에 일종의 직업적인 의무감에서 후려내 갈긴 것밖에 안 되는 것이다.

이제 금년도에 생산된 작품을 열거하면, 염상섭 씨의 작품으로선 「일대의 유업」(《문예》, 4월호), 「임종」(《문예》, 4월호), 「두 파산」(《신천지》, 8월호) 등이 있고, 채만식 씨의 「민족의 죄인」(《백민》, 신년호), 「역사」(《학풍》, 신년호), 이무영 씨의 「동화」(《한중문화》), 김광주 씨의 「연애 제100장」(《백민》, 3월호), 「바다는 말이 없다」(《연합신문》), 「청계천변」(《문예》, 8월호), 박영준 씨의 「여과」(《백민》, 신년호), 「교수와 여학생」(《대조》, 3월호), 「윤락설」(《문예》, 9월호), 최인욱 씨의 「입동기」(《신천지》, 2월호), 「두 상인의 기록」(《백민》, 신년호), 「꽃과 바람과」(《조선일보》), 「낙엽초」(《민족문화》, 제1집), 「못난이」(《문예》, 10월호), 「소녀」(《신세기》), 김동리 씨의 「형제」(《백민》, 3월호), 「심정」(《학풍》), 「유서방」(《대조》, 3월호), 김송 씨의 「눈먼 희망의 씨」(《백민》, 3월호), 「최만중」(《한중문화》), 「흙이 그리워라」(《해동공론》), 안수길 씨의 「여수」(《백민》, 3월호), 「밀회」(《문예》, 10월호), 「범속」(《민성》, 9월호), 최태응 씨의 「참새」(《백민》, 3월호), 「누이의 집」(《신태양》), 「슬픔과 고난의 광영」(《문예》, 8월호), 「아픔 속에서」(《민족문화》, 제1집), 「파견대에서」(《주간서울》), 전영택 씨의 「하늘을 바라보는 여인」(《문예》, 9월호), 주요섭 씨의 「혼혈」(《대조》, 하계호), 최정희 씨의 「비탈길」(《문예》, 8~9월호), 정비석 씨의 「경품권」(《백민》, 3월호), 「냉혈동물」(《신천지》, 10월호), 허윤석 씨의 「문화사대계」(《민성》, 3월호), 「옛 마을」(《문예》, 8월호), 「유맹」(《민족문화》, 제1집), 홍구범 씨의 「창고 근처 사람들」(《백민》, 3월호), 「서울길」(《해동공론》, 3월호), 「귀거래」(《민성》, 4월호), 「농민」(《문예》, 8월호), 「쌀과 달」(《민족문화》, 제1집), 손소희 씨의 「전후」(《신태양》, 5월호), 「흉몽」(《신천지》, 7월호), 「지류」(《문예》, 7월호), 「혼미」(《대조》, 8월호), 이봉구 씨의 「밤길」(《새한민보》, 신년호), 「떠나는 날」(《백민》, 신년호), 「부스럼」(《주간서울》), 황순원 씨의 「곰녀」(《대조》, 8월호), 「산골아이」(《민성》, 7월호), 「맹산할머니」(《문예》, 8월호), 「황노인」(《신천지》, 7월호), 「머리」(《주간서울》), 김윤성 씨의 「명원이의 나」(《백민》,

신년호), 「벌」(《해동공론》, 3월호), 임옥인 씨의 「무에의 호소」(《문예》, 9월호), 「작약」(《대조》, 8월호), 장덕조 씨의 「저돌」(《신천지》, 9월호), 오영수 씨의 「남이와 엿장수」(《신천지》, 9월호), 윤금숙 씨의 「파탄」(《대조》, 8월호), 「얼굴」(《민성》, 10월호), 한무숙 씨의 「람프」(《민성》, 10월호), 조진대 씨의 「별과 더불어」(《해동공론》), 「임경」(《영남문학》), 박용구 씨의 「Au Revoir」, 강신재 씨의 「분노」(《민성》, 7월호), 「얼굴」(《문예》, 9월호), 강학중 씨의 「초생달」(《해동공론》), 「골목길에서」(《백민》, 3월호), 「등잔불」(《문예》, 10월호), 이상필 씨(신인)의 「미발」(《문예》, 10월호) 등등이 있다. 이밖에도 《국도신문》에 단편이 4, 5편 실려 있고, 《연합신문》, 《서울신문》, 《평화일보》, 《새한민보》 등에도 많은 작품이 실려 있으나, 불행하게도 그 작품들을 다 읽지 못해 여기서는 비평 외의 작품으로 삼으려고 한다. 그리고 이상 열거한 작품을 다 읽었다 하더라도 여기에서는 일일이 언급하지 않고, 중요한 몇몇 작품만을 대상으로 나의 소감을 말해볼까 한다.

염상섭 씨의 「두 파산」, 「임종」, 「일대의 유업」 등의 세 편 중에서 「두 파산」은 여자중학교와 초등학교 앞 길 건너 쪽으로 마주 붙은 네거리의 조금 외진 골목 안에서, 두 학교를 상대로 학용품 상점을 하고 있는 정례 모녀를 싸고 일어나는 일을 다루고 있다. 시골에서 국민학교 교장을 하던 고리대금업자와 일제 때 도지사를 하던 영감의 후실로 간 김옥임의 돈 문제 때문에 옥신각신하는 것을 평범하게 그린 것인데, 교장이나 정례어머니나 김옥임 등에 대한 성격 묘사가 너무나 평범해서 이 작품의 전체적 구성으로 보아 어딘가 진지한 맛이 없고, 더군다나 문장이 좋지 않아 「임종」이나 「일대의 유업」에 비하면 훨씬 졸작이라고 아니할 수 없다.

이 작가의 이 세 편의 작품들 중 가장 우수하고 성공한 작품은 「일대의 유업」을 들지 않을 수 없다. 「일대의 유업」은 '주부'를 하던 영감이 죽은 후, 아들 형제와 집 한 채를 가지고, 밥장사도 하고 어떤 요릿집 주방 어미로 가서 생활에 쪼들려 이리저리로 호구지책에 흡흡한 서른셋 되는 젊은 과부(기현어머니)의 생활을 기록한 것인데, 여기에서도 이 작가의 작풍을 엿볼 수 있다. 과부인 기현어머니의 남에게 말 못할 자기 혼자만의 괴로운 심리적 묘사라든가, 생리적으로 일어나는 섬세한 묘사는 젊은 과부의 독특한 성격을 묘사하는 데 성공했다고 본다.

"내가 미쳤나? 왜 이러는 거야?" 하면서 자기 자신을 자제하고 반성하기도 하고, 젊은 청년이 들어 있는 뒷방을 치우러 가면 자기도 모르게 홀아비 냄새에, 그가(김 선생) 입던 셔츠에 얼굴을 대보았다가 또는 요 위에 대한 묘사라든가, 끝으로 집문서 때문에 시아주버니와 기현어머니가 싸우는 대목 같은 묘사는 이 작가의 독특한 수법이라고 할 수 있다. 하여튼 「일대의 유업」은 성공한 작품이다.

채만식 씨의 「민족의 죄인」과 「역사」 두 편은 작품 전체의 구성으로 보아 실패한 작품이고 이 작가의 문학정신을 의심하지 않을 수 없는 작품이 되고 말았다.

김광주 씨의 「연애 제100장」, 「바다는 말이 없다」, 「청계천변」 세 편 중 아직도 인상 깊이 머리에 남아 있는 것은 「청계천변」이다. 이것은 나의 독단적인 평일지는 몰라도 이 작품은 금년도 창작계에서 가장 성공한 백미의 주옥편이라 할 수 있다. 이 작품 속에는 사소설일망정 '나'라는 주인공의 성격 묘사를 통해서 '개성'의 보편화에 성공하였을 뿐만 아니라, 첫째 윤리니 도덕이니 하는 것보다 생활이 있고 현실에 쪼들리는 인간의 진실성, 심각한 면이 살아 있는 것이다. 문장은 시를 읊듯 유창하고 우아하며, 작품 전체의 구성도 이만하면 성공한 편이라고 생각된다. 그러나 고언을 하자면 '삼달어머니'의 성격과 '정숙'이의 성격을 조금 더 뚜렷이 묘사하였다면 단편소설로서는 완벽에 가까운 작품이 되었으리라고 생각한다는 것이다.

김동리 씨의 「형제」, 「심정」, 「유서방」 등 세 편은 그의 작년 작품 「역마」에 비하면 훨씬 하위에 놓여질 작품들이다. 나는 「역마」를 평하여 허무에 대한 반항 정신의 발로인 작품이라고 하였는데, 금년 그의 작풍을보면 작년과는—아니 지금까지의 작풍과는 판이한, 새로운 개척지를 개척하려는 감을 느끼지 않을 수 없다. 「형제」가 그것이다. 「형제」는 여순반란사건을 중심으로 민족상잔의 비극을 주제로 한 작품인데, 그가 이작품 속에서 시험해보려던 것은 「역마」와 같은 허무의 문제가 아니라 인간성—그가 말하는 '휴머니즘'—의 문제라고 생각할 수 있다. 그러나 이「형제」 속에서는 완전한 휴머니즘은 발견할 수가 없었다. 왜냐하면 자기의 아들을 죽인 원수를 '씨도 남기지 않고 죽여 없애버리기' 위하여 달려간 주인공이 일순간에 변심하여 자기의 아들을 죽인 원수의 아들을 구해준다는 것이, 평범한 진리로서는 이해하기 곤란하며, 주인공의 순간적심리 변화가 잔인성을 제거한 인정에서 우러나온 인간성인지, '피'의 충동을 잃어버릴 수 있는 신에 가까운 인간성인지 그 설명을 어떻게 표현하였으면 좋을지 모르겠다. 값싼 인정은 잘못하면 위선에 떨어지기 쉬운것이다.

이봉구 씨의 「떠나는 날」, 「밤길」, 「부스럼」 등 세 편은 모두 사소설인데, 「밤길」은 「떠나는 날」에 비하면 훨씬 나은 작품이다. 이 작가에게한마디 고언하고 싶은 것이 있다면 그것은 너무나 사실 묘사에만 치중하고 있다는 점이다. 사실은 사실 그대로가 문학이 된다고 생각하면은 '르포르타주'만이 문학이 될 수 있다는 말이 된다. 좀 더 진실한 인간성을탐구하는 데 성실한 창조적 정신을 기울여 정진하기를 바란다.

이무영 씨의 「동화」와 전영택 씨의 「하늘을 바라보는 여인」, 오영수씨의 「남이와 엿장수」, 박용구 씨의 「Au Revoir」, 이상필 씨의 「미발」, 장덕조 씨의 「저돌」 등에 대하여는 다음과 같이 정리할 수 있다.

「동화」는 신변잡기화한 작품에 지나지 못하고, 「하늘을 바라보는 여인」은 그의 작품으로서 오래간만에 접하는 작품이기에 성의껏 읽어보았으나, 문학적 진실미와 감흥도 없을 뿐만 아니라 우리가 상상할 수 있는 현실과는 너무나 동떨어진 이상주의를 그리었기 때문에 이 작품에 대한 가치를 논하기에는 흥미가 없다.

「남이와 엿장수」는 잘은 몰라도 이 작가에게 있어서는 처녀작인 듯하다. 처녀작으로서는 퍽 우수한 편이나 좀 더 문학적인 구체성에 진지한 태도를 보여주었으면 하는 생각이 느껴진다.

「Au Revoir」는 작가가 금년에 들어서 처음 발표하는 작품일 것이다. 문장은 그만하면 산문으로서 그다지 부족감을 느끼지 않겠지만, 기교가 부족하고 구성에 통일감이 없으며 '철호'의 성격 묘사가 뚜렷하지 못해 그리 성공적인 작품이라고는 볼 수 없다. 「미발」에 대하여는 아직도 작가의 모든 역량이 미지수이기 때문에 「미발」 한 편만 읽고 그 우열의 가부를 말할 수 없고, 「저돌」에 대하여는 모든 구성이 평범하고 간혹 어떤 대목에 가서는 자연스럽지 못하고 어색한 데가 많다.

한무숙 씨의 「람프」는 무엇 때문에 창작된 작품인지 알 수가 없다. 「역사는 흐른다」(《태양신문》 연재)를 몇 회분 읽고 실망하였는데, 이 「람프」 역시 실망하지 않을 수 없었다. 그 플롯이 빈약할 뿐만 아니라, 문장에 미문여구만을 머리에서 짜내기 위해서 애를 쓴 나머지 작품으로서의 형상력, 무어가 무엇인지 무질서하게 되고 말았다. 김윤성 씨의 「명원이의 나」와 같은 심리주의적 작품도 아니고 그렇다고 해서 인물 묘사도 뚜렷하지 못하다. 오히려 윤금숙 씨의 「파탄」이나 「얼굴」이 문장의 세련미라는 점에서는 한무숙 씨만 못할지라도 작품의 구성으로 보아 「람프」보다는 훨씬 위에 속하는 작품이다.

박영준 씨의「여과」,「교수와 여학생」,「윤락설」등 세 편 중 나로서는
「여과」보다는「교수와 여학생」이 위라고 생각하며,「교수와 여학생」보다
는 제재로서도「윤락설」이 위에 속하는 작품이라고 할 수 있다. 주인공
'K'라는 젊은이는 우리가 명동 거리에서 흔히 볼 수 있는, 그야말로 문자
그대로 윤락에 물든 청년 타입이라고 할 수 있다. 물론 작가 자신은 그렇
지 않다고 하겠지만 나는 그렇게 본다. 그럼으로써 K의 '재담'이나 '교
양'과 '지성'이 감정유희에 흐르지 않았다고 볼 수 있다. 그러므로 이 작
품에 있어 'K'나 '니나'의 성격 묘사는 어느 정도 성공하였다고 볼 수 있
으며, 여기에 윤리니 도덕이니 하여 경멸이니 빈축이니 하는 것은 이 세
계의 현실을 모르고 하는 말이며 그렇게 되면 오히려 관념소설이 되기가
쉬운 것이다.

최태응 씨의「참새」,「누이의 집」,「슬픔과 고난의 광영」,「아픔 속에
서」,「파견대에서」등 다섯 편 중「슬픔과 고난의 광영」이 비교적 우수한
작품이다. 이 작가는 다른 작가들에 비해서 다작을 하는데, 그중에는 신
변잡기화한 졸렬한 작품도 많지만 때때로 우수한 작품도 적지 않다. 작
년의「혈담」같은 작품은 작년 창작계에 대하여는《조선일보》에 평하였
기에 여기에서는 중복을 피하고자 한다.

허윤석 씨의 세 편의 창작,「문화사대계」,「옛 마을」,「유맹」등을 읽
고 나서 우선 느껴지는 것은 한 편의 시를 읽는 듯한 감이 든다는 점이
다. 그러나 한 가지 이 작가에게 고언하고 싶은 것은, 문장과 기교만으로
소설이 되는 것이 아니라는 것이다. 창작에 있어 문장과 기교를 무시할
수는 없으나, 그러나 거기에 치중한 나머지 제재와 내용의 진실성과 구
체성이 빈약하면 우수한 작품이 될 수는 없는 것이다.

최인욱씨는 금년에 비교적 많은 작품을 내어놓았다. 양도 남에게 떨
어지지 않았지만 질로서도 그리 우수하다고는 할 수 없으나, 대체로 작

품 전체의 구성 면으로 보아 무난한 작품들이 많다. 「입동기」, 「두 상인의 기록」, 「꽃과 바람과」, 「낙엽초」, 「못난이」 등의 작품들은 언제 읽어도 독자에게 읽히는 작품이라고 할 수 있다.

홍구범 씨의 작품을 접하면 항상 진지한 맛이 난다. 「창고근처 사람들」, 「서울길」, 「노리개」, 「귀거래」, 「농민」, 「쌀과 달」 등 할 것 없이, 어느 것 한 편 작품적 결함을 뚜렷이 골라낼 수 없는 작품들이다. 그러나 「창고근처 사람들」 같은 작품은 너무나 평범하고 제재가 빈약한 탓인지, 독자를 매혹하는 박력은 약하다. 좀 더 정진하기를 바란다.

임옥인 씨의 「무에의 호소」와 「작약」은 두 편 다 아담하고 청신한 작품이다. 그러나 좀 더 시야를 넓혀 선이 굵은 작품이 나오기를 바란다.

김송 씨는 금년에 들어 왜 그런지 작품 활동이 활발하지 못하였다. 「눈먼 희망의 씨」, 「최만중」, 「흙이 그리워라」 등 세 편 중 「눈먼 희망의 씨」가 그중 우수한 작품이라고 할 수 있다. 그의 「청춘도로」(《평화일보》 연재)를 몇 회 읽었는데, 그에게 있어서는 단편보다 장편이 우수하다고 할 수 있으며, 「청춘도로」를 그대로 연재하였으면 성공하였을 것을 하는 생각이 든다.

안수길 씨의 「여수」, 「밀회」, 「범속」 세 편 다 가작임에는 틀림없으나, 좀 더 탄력성이 있는 향기를 풍기는 작품이 되었으면 하는 생각을 느끼게 된다.

손소희 씨는 올해 비교적 다작한 셈이다. 「전후」보다는 「흉몽」이 나은 편이고, 「혼미」보다 「지류」가 월등하게 높은 수준에 속하는 작품이라 할 수 있다.

이상의 작가 이외에 많은 작품이 있으나, 여기에서는 지면관계상 이만 하기로 하고 끝으로 한마디 하고 싶다. 작가가 자신의 주관적인 사상을 확립하지 못하고 근본적인 문학 정신을 운운하게 된다면 헛된 문학관밖에 발견하지 못할 것이다. 금년에 생산된 작품은 대부분 주관적인 사상이 박약하다.

―《민성》, 1949년 12월호

작가 3인론

김광주 씨의 작품 세계에 대하여서는, 일찍이 필자가 그에게도 말한 바 있거니와 그의 무한—작품 세계—에서는 '현실 부정과 숙명의 긍정'을 발견할 수 있다. 그의 수필집 『춘우송』 속에는 「새해 아침에」라는 제목으로 쓴 수필이 있는데, 거기에 이런 구절이 있다.

> 해가 바뀐다는데 나는 도무지 무관심하다. 애써서 무관심하련다. 나는 때로 내 나이를 남이 물을 때면 한 살을 덜 말할 때도 있고, 또 어떤 때는 생각이 안 나서 한 살을 더 늘려서 말할 때도 있다. 이것은 무슨 내가 속세를 초월했다는 이야기도 아니요, 그만큼 세사에 분망하다는 말도 아니다.

이것은 완전히 현실을 부정하려는 말이다. 해가 바뀌어도 무관심하려고 하고 자기의 나이가 얼마인지 모른다는 것은, 현실 속에서 살면서 현실을 부정하려는 것밖에 안 된다. 그러면서 자기의 숙명에 대하여서는 솔직히 긍정하고 있는 것이다. 그는 "산다는 것은 글을 쓴다는 것보다 더

엄숙한 본질이었고, 나는 붓대를 든다는 외에 내 생명을 유지할 다른 길을 모르는 무능한 인간"이라고 하였다(『춘우송』 서문에서). 이것은 그가 태어난 것에 대하여 글을 쓴다는 것밖에 모르는 숙명을 솔직히 고백한 것이라고 할 수 있다.

이러한 그의 인생관을 그의 작품 세계에서도 얼마든지 발견할 수 있다. 그러므로 그의 작품을 읽고 '에로티즘', '음탕소설'이니 하는 평은 그의 작품 세계의 깊이와 사상적 근거를 모르고 하는 말이다. 그의 작품 속에 나오는 인물들은 대부분이 부정된 현실 속에서 사는 사람들인데, 그러나 그들은 자기의 숙명을 애써서 원망도 하지 않고 도리어 긍정하면서 살아나가는 사람들이다.

부정된 현실 속에서 산다는 것은 불행한 것을 의미하는 말이다. 그러나 그 불행의 숙명은 그의 작품 속에 나오는 인물들을 구태여 부정하려고 들지 않고 오히려 긍정하고 있는 것이다. 「연애 제100장」에서도 '나'라는 생과부는, 자식을 둘씩이나 낳고서도 본남편을 버리고 서울로 올라와 '당신'이라는, 국회의원에 입후보했다가 낙선한 사람과 다섯 달 남짓하게 살다가, 그 '당신'이라는 자가 낙선한 그 이튿날부터 영영 들어오지 않음으로 인해서 버림을 받은, 풍류적 성격을 띤 여성이다. 그러나 그는 어디까지든지 자기의 숙명을 억지로 부정하면서, 남편이 자기를 버리고 본체만체하는 것을, 인생의 모든 것을 수신교과서처럼 도덕이니 윤리니 하는 것들을 지키면서 살아나가야 할 의무를 가진 여성은 아니다. '나'라는 생과부는 확실히 현실을 부정하고 부정된 현실 속에서 그날그날을 지내는 하나의 여성에 불과하나, 그러나 그는 현실에 냉혹한 버림을 받으면서도 그 냉혹한 현실에 대하여 반항도 저주도 또는 긍정도 하지 않는다.

이러한 인물은 「사십유혹」에서도 '마끼야마상'이라고 부르는 남자

'모델'이 그러하고, 또 '남연여사'나 '남연의 동생'도 그러하다. '마끼야마상'은 부정된 현실 속에서 돈만을 가지면 계집도, 그밖에 모든 것을 할 수 있다고 생각한 나머지, 돈 3만 원을 받고 여자 앞에 벌거숭이 몸을 내놓고 부끄럽지도 않은 양 몇 시간씩 모델 노릇을 하고 있는 것은 확실히 돈 없는 자기의 숙명을 그대로 긍정하기 때문이다.

이러한 의미에서 그러한 부정된 현실 속에서 허덕거리는 인생들은 김광주 씨의 어느 작품에서도 볼 수 있다. 「혜야」가 그러하고 「청계천변」이 그러하고, 「종점소묘」 역시 그러한 일련의 작품이라고 할 수 있다. '양갈보'라든지 '갈보', '기생', '과부', '모델', '도적놈', '양담배 장수 계집', '유한마담', '나가이', 또 생과부로서의 여사무원, 그리고 과부도 처녀도 아닌 인물들이 김광주 씨 작품에 등장하는 인물들인데, 이들은 부정된 현실 속에서 살면서 그 부정된 현실을, 즉 자기의 불행을 저주나 반항이나 혹은 현실 앞에 복종하려고 하지 않고, 어디까지나 부정의 현실은 현실대로, 자기의 숙명만을 긍정하려는 무리들이다. 사랑에 버림을 받으면 구태여 그 사랑을 끝까지 생각하지 않으려 하고, 다음 남자를 구하거나 그렇지 않으면 농락하려고 들며, 생활에 쪼들려 버림을 받으면 자살을 하든지, 그렇지 않으면 도덕이니 윤리니 하는 것 따위에 굴복하지 않고, 남편이 있거나 없거나 자식들이 있든 없든, 사랑하는 여자가 있든 없든 가릴 것 없이, 자기의 몸을 헌신짝같이 내어버린다. 물론 그들이 의식적이라고 해도 그것은 현실에 대한 것이 아니라 숙명에 대한 것일 것이다.

「연애 제100장」의 '나'라는 과부가 '다방'에서 이 남자, 저 남자들에게 추파를 던지고 농락하려고 드는 것은, 자기가 두 남자에게 버림을 받았다고 해서 의식적으로 현실에 대한 반항을 하려고 하는 것은 아니다. 만약 '나'라는 생과부가 의식적으로 현실에 대한 반항을 하려고 하였으면 그는 처음부터 본남편과 죽든지 살든지 싸워보았을 것이고, 또 그다음 열렬히 사랑하였다고 하는 '당신'이라는 국회의원 입후보자로서 낙선한 자에게 과거에 무엇을 해먹은 놈인지 알지도 못하면서 자기가 가장 애용하는 '피아노'를 팔아 선거비를 대주는 등, 또는 그가 어느 '양갈보'와 바람맞아 성북동 어느 골짜기에서 살고 있다는 것을 알면서도 모든 것을 잊어버린 듯이 다음 마음의 위안처를 고르고 있다는 것은, 확실히 자기 숙명에 대한 긍정이라 아니할 수 없다.

또 그러한 것이 더 한층 심각하게 발현된 것이 「청계천변」 속에 나오는 '삼달어머니'와 '정숙'이라는 인물들인데, 그들은 세상 사람들이 욕을 하든 말든, 침을 뱉든 말든, 자기네의 숙명을 솔직히 긍정하고 있는 인물들이다. 그러므로 "어느 날 밤 일인지는 모르나, 문간방에 있는 '삼달어머니'가 들인 어떤 놈팡이를 건넌방에 있는 '정숙'이가 빼앗아 데리고 잤다고"해서, "이 개 같은 년아— 서방질을 해먹어도 경우를 알아야 해! 네년이 데리고 온 사람을 내가 뺏어서 잤다구 바꿔서 생각해봐! 네년은 가만히 있을 텐가?" 하면서 그들은 서로 머리채를 붙잡고 앙가슴을 서로 두들기며, 미친 듯이 얼러붙어서 싸움을 한다는 것은, 그들이 부정된 현실 속에서 살면서 자기네의 숙명을 긍정하지 않고서는 도저히 못할 싸움이라고 할 수 있다.

서방질이나 갈보를 해먹는다는 것이 세상에서는 얼마나 천시 받는 것인지 정도는 그들도 인식할 것이다. 또 그것이 사람의 윤리와 도덕에 어긋나는 노릇이라는 것도 사람인 이상 잘 알고 있을 것이다. 그러나 자기의 숙명을 긍정하기 때문에, 아니 부정된 현실 속에서 살기 때문에 서방질이나 갈보 노릇을 한다는 외에 자기의 생명을 유지할 다른 길을 모르기 때문에, 그들은 자기의 숙명적 '삶의 범위'를 침탈하는 사람이 있으면 생명을 내걸고 싸움을 하는 것이다. 삼달의 어머니와 정숙이가 머리

채를 잡고 앙가슴을 서로 두들기며 서방질의 윤리를 찾으며 욕을 하고 싸우는 것은, 자기네의 숙명을 긍정하지 않고서는 부끄러워서 못할 노릇이다.

그러므로 나는 끝으로 말하거니와 김광주 씨의 작품 세계는 이러한 '부정된 현실과 긍정의 숙명'의 세계를 벗어나서는 아무 생명이 없다고 할 수 있다. 그러므로 내가 그에게 기대하는 것은 좀 더 그 세계를 파고들어갔으면, 훌륭한 걸작이 나올 것이라는 점이다. 나는 믿는다.

최태응 씨에 대하여는 그의 작품 모두를 내가 가지고 있지 않기 때문에, 여기에서는 결정적인 최태응론을 쓰지 못할 것이다. 그러나 그의 작품에 대해서 머리에 얼핏 떠오르는 것은, 그의 지병인 '관절염'이 그의 작품 세계의 근원이 되어, 그것으로써 작품을 생산해낸 것이 대부분이었다는 점이다.

최태응 씨의 「나의 문학도 회고」라는 글 속에 다음과 같은 구절이 있다.

열아홉 살 때 병치고 그런 기막힌 병이 어디 있을까 싶은 관절염에 걸려 무려 18개월인가를 발가락 하나 꼼짝 못하고 앓는 사이, 그 병이 나의 서툰 스포츠에서 기인한 것이라더니 의식을 회복할 때 나는 여지없이 운동을 잃어버렸다. 더 어릴 때 장성하면 꼭 그것으로 출세를 하고 일가를 이루리라 했던 음악도 또한 별수 없이 바라다만 볼 수밖에 없는 견딜 수 없는 옛 꿈인 것을 깨닫지 않을 수 없다.

중학 때는 그림을 잘 그려서 영어 시간에도 그림을 그리다가 시인 정지용 선생에게 들켜서 천만 뜻밖에도 꾸지람 대신 격찬을 받은 적이 있는 내가, 그러니까 찜뿌* 대장에서 풋볼 선수로, 바이올리니스트(혹은 성악

가) 그리고 미술가로 이렇게 온 가지에 다 유망하다던 내가 결국은 그것들과는 또 다른 영역**인 문학으로 치를 들리고 소설이라는 것을 쓰고 필경 그것으로 삶을 마치게 된 동기라거나 원인인즉, 열불 낳게 손을 편 숙명에 돌려댈 밖에 없는 것이다. 어떻든 나는 기암절벽과 같은 거대한 비운(관절염)이 한 번 휩쓸자, 변모는 되고 인생은 슬퍼졌을망정, 다시 감돌고 빠져 평야에 벌듯이 문학이라는 외골수 흐름에 나를 띄웠다.

그는 확실히 그가 말한 바와 같이, 성악도 바이올린도 미술도 어느 정도 '아마추어'의 영역은 넘었었다고 볼 수 있으나, 그의 문학보다는 그것들은 본격적인 것들이 아니다. 그가 소설을 쓰게 된 동기가 그의 지병인 관절염에 걸린 후부터라고 한다. 그러므로 그의 지병은 그를 문학으로 이끈 하나의 낭만이라고 할 수 있다. 이에 적절한 표현으로 그는 또 이런 말을 했다.

하도 여러 마리의 짐승을 잡으려고 정신없이 날뛰다가, 바위를 들이받고 기절을 했던 개가, 다시 깨어 상처를 핥다가 보니 곁에 상상도 못했던 고기가 놓여 있는 것과 같은 그런 격인지, 운명의 신도 여러 가지가 있어 나는 꼭 소설의 신이 붙들어야 할 텐데, 음악이니, 스포츠니, 미술이니 하는 여러 가지가 붙어서 떼어버리기 위한 운명적 수단으로 이렇게 만든 것인지 알 수 없다.

그에게 있어서 '관절염'은 거대한 비운인 동시에 또한 하나의 낭만이다. 음악이나 미술이나 낭만적 정신으로부터 출발하지 않으면 위대한 음

* 동네에서 하는 아이들의 소규모 공놀이.
** 원문에서는 '딴뿔따구'라고 표현하고 있다.

악가나 미술가가 될 수 없는 것만은 사실이다. 아니 음악이니, 미술이니 하는 그것 자체가 낭만의 정신의 소유자가 아니면 못하는 노릇이다. 그러한 의미에서 최태응 씨는 문학하기 이전에도 지독한 낭만주의자였던 것을 엿볼 수 있다. 그러한 그가 인생으로서는 거대한 비운인 관절염을 앓게 되면서부터 운명적으로 문학을 하게 되었던 것이다. 즉 그는 낭만의 정신의 방사처를 미술로 할까, 음악으로 할까 하고 방황하던 중, 관절염으로 인해서 운명적으로 문학에 그 열렬한 낭만의 정신을 쏟아놓고야 말았다. 그래서 그는 문학을 하게 된 동기가 관절염으로 인하여 출발되었을 뿐만 아니라, 그 관절염은 그의 작품 세계의 근원이 되리만치 하나의 지병의 낭만화가 되어버리고 말았다.

그의 작품 대부분은 그의 지병인 관절염을 중심으로 한 것이 아니면 관절염으로 인하여 병원에 입원하게 되는 그 주위와 환경을 그리는 것이다. 때로는 그 자신이 '나'라는 주인공으로 작중에 나타나는가 하면, 때로는 '나'라는 그 자신은 방관적 제3자의 입장에서 병원 혹은 자기의 병실 내에서 일어나는 모든 관계를 치밀하게 묘사하는 때도 많다. 재작년 《백민》 3월호에 발표한 「혈담」 역시 병원을 중심으로 한, 그의 지병인 관절염으로 인하여 엮어진 낭만의 작품이다. 여기에는 '나'라는 주인공이 9세 무렵 난치병인 관절염에 걸려 병원에 입원하게 되자, 발가락 하나 꼼짝 못하고 병석에 누워 있게 되면서부터 어떤 간호원과의 사이에 이루어지지 못할 '사랑'의 추억을 그린 것이다. 이 작품에서도 그의 '지병의 낭만화'를 엿볼 수가 있다.

또 「스핑크스의 미소」라는 창작 역시 작가 자신의 지병을 말한 것은 아닐지라도 병실을 중심으로 한 작품이다. 이러한 계열의 작품은 「극작가 K 씨」가 그러하고, 그밖에도 그러한 일련의 작품들이 여러 편 있다.

즉 그의 문학관과 인생관은 그의 지병에서 출발되었다고 하여도 과언은 아니다. 또 그의 지병은 그로 인하여 병원의 세계를 알게 만들었으며, 병원을 알게 됨으로써 환자의 심경과 그에 따르는 인생에 대한 애착 또는 모든 절박하고도 심각한 일면을 알게 되는 것이다. 어떤 평자가 그에게 "형은 병원순수파"라고 하였다고 한다. 이것은 그가 병원에 입원을 자주 하기 때문에 하는 말이기도 하겠지만, 그의 문학적 세계가 병원을 중심하여 거기에서 일어나는 것이기 때문이기도 하다고 생각된다. 그래서 그의 작품 제목도 병원의 취기를 표현하고 있는 것이 많다. 가령 「아픔 속에서」, 또는 「슬픔」이라든가 무슨 「담」이라든가 하는 병원 혹은 병 냄새가 나는 작품 제목을 내걸 때가 많다. 그뿐만 아니라 그는 병원을 자기의 집처럼 들락날락하는 까닭에, 주검에 대하여서는 벌써 그 무엇을 각오한 것 같다. '진절머리 나는 수술을 또 받게 되었다'고 하는 그는, '주검이 언제 어느 사이에 달려들어도 상관없다'라고 「참새」라고 하는 작품에서 부르짖은 바 있는데, 그것은 그의 지병에서 나온 하나의 낭만이 아닐 수 없다고 생각한다.

혹자는 절망의 비명이라고 할런지도 모른다. 절망적인 인생의 비명을 얼마 남지 않은 그 순간까지 문학이라는 형식을 빌어가지고 자기의 신변에서 일어나는 사소한 것들을 잡기 모양으로 쓰는 것이 최태응 씨의 작품이라고 하나, 나는 결코 그렇게 보지 않는다. "오늘 저는 제 자신의 이야기를 드림으로써 아무래도 제 속살이며 제 아픔을 도저히 숨길 수는 없는 어머니에게 안타깝게 거짓말을 늘어놓기보다, 차라리 그 사이 사나흘 동안에 생긴 이 병원(병실) 이야기를 적어 보내기로 합니다" 하는 구절은, 인생의 삶이 글을 쓴다는 것보다 얼마나 엄숙한 깃인지를 말한 것이다.

속살을 오려내고 뼈를 깎는 듯한 진절머리 나는 아픔을 참고 수술을 한 후 고요히 누워서, 그 세계의 진리를 찾으려는 그 낭만의 정신이야말로 그의 작품 세계가 아니고서는 찾아볼 수 없는 문학적 세계다. 그는 어디까지나 이 세계를 좀 더 파고 들어가 거기서 참다운 아름다움과 선과 진리를 찾는다면, 그의 지병인 관절염에서 비롯된 위대한 낭만이 작품화될 것을 의심치 않고 믿는 바이다.

김송 씨의 작품 「남사당」을 위시하여 「동경」, 「살모사」, 「파시의 여상」, 「정임이」, 「달이 뜨면」 등을 읽고 나면, 그의 전설에 대한 풍부한 지식을 새삼스럽게 느끼는 동시에, 그 작품의 세계가 어디인지 「전설의 현대화」한 것 같기도 하고 「전설의 생활화」한 것 같기도 하다.

예를 들면 작품의 제목 자체가 전설적이다. 「남사당」이니, 「살모사」니, 「고양이」니, 「농월」이니, 「파시의 여상」 등의 작품 제목이 그러한 전설적 인상을 준다. 그것은 그가 과거에 있어서 역시외 전설을 주로 하는 잡지를 하였기 때문에 그렇다고 할 수 있지만, 그렇다고 해서 전설의 세계를 벗어나 작품을 쓸 수 없다는 말은 아니다. 그러나 그에게 있어서 무엇보다도 전설을 테마로 한 작품이 다른 작품과 비교해볼 때 아름답고 또는 독자의 심금을 감흥하게 하는 점이 많다고 생각한다. 그 자신도 그 어느 때인가 확실한 날짜를 기억하지는 못하나, 신문인가 잡지인가에 전설 문학에 대한 글까지 쓴 적이 있다.

확실히 우리 문단은 전설에 대한 문학 활동이 적다. 그것은 기성 문단뿐만 아니라 현재의 문학을 지망하는 문학도들 사이에도 전설에 대한 지식이 회박할 뿐만 아니라, 신을 생각하는 데 있어서도 우리의 선조신보다도 서양신—예수—을 먼저 생각하는 편이 많이 있기 때문이다. 이것은 우리의 문학 표준이 서구적 정신 아래 이루어졌다는 것밖에 안 되는 말이다. 그러므로 문학적 논의를 해도 서양의 작가나 평자들을 기준으로 삼아 이러니저러니 하는 때가 많다. 이러고서야 진실한 민족 문학을 건설할 수 있을 것이냐. 밤낮 말하고 창작하여도 톨스토이나 도스토예프스키나 펄 작을 못 쫓아간다는 말과 동일한 말이다.

이러한 의미에서 김송 씨의 작품 경향은 우리가 민족 문학의 위대한 발전을 기하는 이때에 있어서, 경하할 일인 동시에 커다란 수확이라 아니할 수 없다. 전설은 구체적이라고 할지도 모른다. 또는 미신적이요, 비현대적이라고 할지도 모른다. 그러나 인생의 삶이, 그 자체가 벌써 막연한 것이요, 비과학적이요, 비현대적일지도 모른다. 왜냐하면 사람이 사랑한다는 것, 죽는다는 것, 산다는 것, 이 모두가 전설적이요, 우연성을 띤 신화적인 때가 많다. 물론 그렇다고 해서 과학소설이나 현대 모든 비전설 작품이 예술 내지 문학적 가치가 없다는 것은 아니다. 그것은 작가 자신의 개성과 역량에 달려 있다고 할 수 있다.

그러한 의미에서 김송 씨의 개성과 역량의 발로인 모든 창작 작품 가운데 나는 특히 전설적인 작품을 높이 평가하고 싶다. 그렇다고 김송 씨의 전설적 작품의 작품 세계가 현대의 모든 현실과 현상을 무시하는 것도 아니며, 또는 미신을 숭상화하려는 것도 아니다. 김송 씨는 전설을 전설대로 끝마치려고 하지 않고 현대적 성격을 띠게 해서 생활화시키려는데 김송씨의 특이한 작품 세계가 있다고 본다.

동네노인들이 전하는 말에 의하면, 윤 씨의 남편은 과거 보러 서울에 간 지 6년이나 지나도 돌아오지 않았다고 하며, 윤 씨는 일구월심 남편이 급제하여 금의환향하기를 기다리는 중, 그 어느 날 야심경에 월장 침입한 늙은 총각에게 수욕을 당하고, 억분을 이기지 못해 고개 위 까치밥나무에 목을 매고 죽었다고 합니다.

윤 씨가 죽은 후 공교롭게도 염병이 돌고 가뭄이 계속되어서, 가뜩이나 가난한 마을은 날로 피폐해감으로, 이는 윤 씨의 혼백이 붙을 곳 없어

인간을 저주함이라, 하고 동리에선 추념을 걷어서 비각을 세우고 매년 가을이 되면 제사를 지냈다고 합니다.

이처럼 전설로부터 시작된 「동경」이라는 작품은, 그것이 어디까지나 전설에 그치지 않고 전설을 현대화하여, '나'라는 주인공과 '연옥'이라는 유치원 보모와의 사이에 사랑을 속살거리다가, 연옥이가 박장로에게 '금수의 심성'으로 강간을 당하려다가 그 유치원을 그만두고 자기 집으로 돌아가는 것으로 끝마치고 마는데, 여기에 있어서 내가 말하고 싶은 것은, 성준과 연옥이가 만나는 곳이 윤 씨 비각이 있는 고개 위라는 것, 불길한 징조로 구렁이 이야기가 나오는데 이것이 '전설을 현대화'한 점이라고 생각한다. 그리고 윤 씨는 총각에게 수욕을 당하였을 적에 밤나무에다 목을 매어 죽었지만, 연옥이는 빅장로에게 치욕을 딩하고서도 다음의 생활을 찾아 유치원을 그만두고 다른 곳으로 기차를 타고 떠나가는 것 등이 그의 특이한 전설에 대한 현대적 성격으로 생활화한 점이라고 볼 수 있다.

또 그것은 「남사당」에서도 엿볼 수가 있는 것이다. 다음에 구절이 그러하다.

김랑의 전설―풍우와 같이 세도가 당당한 원님이 청간에도 굴하지 않고 능히 순결을 지켰다는 김랑의 애화가 있다. 그의 남편은 남사당이라고 했다. 남사당은 마침내 고을에 잡혀가서 태형에 뼈가 으스러져 죽고, 김랑은 순결을 지키다 못하여 죽은 남편을 따라서 깊은 강에 몸을 던지고 고기밥이 되었다고 한다.

이와 같이 시작되는 「남사당」 역시 하나의 전설을 현대화하여 석이와 옥희의 갸륵한 연정에까지 연결시켜, 훌륭한 그리고 아름다운 연애 소설로 만들었던 것이다. 「동경」에서의 '윤 씨'는 늙은 총각의 수욕으로 하여금 밤나무에다 목을 매어 죽었다고 하였고, 「남사당」에서는 원님의 청간에 응치 아니함으로 남사당 패거리로 다니는 남편이 관형에 뼈가 으스러져 죽은 후, 김랑이라는 그 남사당의 아내가 순결을 지켜 남편을 따라 강물에 몸을 던져 죽었다고 하는 것이다. 이 얼마나 아름다운 전설이냐.

현대인에게 있어 이런 순결성이 결여된 이때, 「동경」에서의 성준과 연옥은 현대인이면서도 순정의 사랑을 동경하고 있기 때문인지, 매일 만나는 곳이 윤 씨의 비각이 있는 고개 위이고, 또 「남사당」의 석이와 옥희는 김랑의 열녀각이 있는 곳에서 밤늦도록 매일 만나 자기네의 운명을 애달프게 속살거리는 것이다. 그러나 현대인인 그들의 사랑은 맺지 못한 채 헤어지고 마는 것이다. 그들에게는 원님의 권력의 방해가 있는 것도 아니고, 또는 강간 따위는 물리칠 충분한 힘이 있음에도 불구하고 사랑의 순결성을 지키지 못한 채 헤어져버리고 만다. 여기에 현대적 고민이 있는 것이다.

이 고민을 정화하고 미화하려고 김송 씨는 그의 작품 속에서 옛 순정을 전설로 전하여 현대화하고 우리에게 생활화 키려는 노력이 엿보인다. 「살모사」가 또 그러하다. 오늘 죽을지, 내일 죽을지 모르는 은희와 은희를 사랑하는 명호와의 사이에 오고 가는 모든 속살거림은 현대의 전설이라고 하여도 과언은 아닐 것이다.

'전설의 현대적 미화', 이것이 김송 씨의 작품 세계를 좌우한다고 할 수 있다. 물론 「외투」 같은 사회성을 띤 작품도 있지만, 그에게 있어서 그런 작품은 외도라고밖에 볼 수 없다. 이 문제에 대해서는 여기서는 지면관계상 생략하지만, 후일 다시 본격적으로 김송론―전설의 현대적 미화—을 쓸 적에 자세히 말하고자 한다. 물론 김광주론이나 최태응론도 달리 본격적으로 써보겠다.

—《문학》, 1950년 6월호

제3문학관의 독소성
─백철 씨의 「모색하는 현대문학」을 중심으로

대한민국 수립 전 해라고 생각한다. 그 해에 백철 씨는 《대조》라는 종합지(몇 월호인지는 지금 기억에 남아 있지 않을 뿐더러, 그 제목도 알 수가 없으나)에서, 자연주의 문학을 시비하는 가운데 '무소속' 작가라는 말을 한 적이 있다. 그래서 그는 이 무소속 작가를 지적하여, 계용묵, 정비석, 박영준, 최정희, 임옥인, 장덕조, 손소희 등 여러 사람을 말하였는데, 이 무소속 작가들로 하여금 다음해(1948년을 말함)에는 많은 작품 활동을 할 것이며, 그들의 작가정신이야말로 우리 문학을 주도하는 역할을 할 것이라고까지 말하였던 것이다. 그때 나는 《해동공론》이라는 종합지에다 「제3문학관의 정체」라는 글을 발표하면서 지적하기를, 혹시 작가가 자기의 자유의사에 따라 문학 단체인 민족진영의 '전국문필가협회'나, '조선청년문학가협회'와, 공산진영의 '조선문학가동맹' 중 그 어느 한쪽에 가담하지 않았다고 해서, 그 작가들의 문학 정신이 훌륭하고 또 그들의 작품이 우리 문학계를 대표할 수 있는 문학적 가치에 있어서의 우수한 작품이라고는 단정할 수 없다고 하였던 것이다.

물론 그 문학 단체들은 성격에 따라 목적과 강령이 다를 것이요, 그 문학 단체에 가입하는 회원들은 그 목적과 강령에 각기 찬동하기 때문에 가입할 것은 사실이며, 강령의 찬동 여부는 각자의 문학관 여하에 의하여 선택될 것이므로, 문학 단체의 가담 여부가 그 단체의 회원이 될 수 있는 작가의 문학 정신과 전혀 관련성이 없다고는 할 수 없으나, 그렇다고 해서 그것이(단체 가담 여부가) 결정적인 각 작가의 문학정신 및 문학관을 규정지을 수는 없는 것이라고 하였다. 문학 단체의 가담 여하로 각 작가의 문학정신 및 문학관을 규정짓는다면 오늘과 같이 문학 단체가 있을 때에는 다행일는지 모르나, 없을 때에는 무엇을 표준 삼아 그것을 규정지을 것인가. 이러한 의미에서 문학 단체는 작가의 문학정신과 절대적인 관련성은 가지고 있지 않다고 하여도 과언은 아니다.

그러므로 작가가 문학 단체에 가입하고 안 하고는 문제 밖인데, 백철 씨가 지적한 무소속 작가가 어떠한 문학 단체의 ××××지 않았다고 해서 그 작가들의 문학정신 및 작품이 훌륭하다고 하는 것은 논리상 어불성설이라 아니할 수 없다. 문학과 문학 단체는 별개의 것이고, 작가는 문학 단체가 없어도 문학작품을 창작할 수 있는 것이다.

이러한 문학상의 이론은 백철 씨로서는 누구보다 더 잘 인식하고 있을 것이라고 생각한다. 그런데 백철 씨는 객관적 현실성을 갖지 못한 이상과 같은 문학적 이론을 왜 고의적으로 전개하고 있느냐 하면, 거기에는 어쩔 수 없는 근본적인 이유가 있다고 생각한다. 즉 그가 문학 행동에 있어서 무엇보다 중요시하는 것은 현실적 시류성에 있다고 할 수 있으며, 또한 거기에 추종하려고 노력하고 있다. 그래서 그 시류에 추종하고 나서 또 다른 새 시류가 도도하게 흘러올 때에는 재빠르게 신구 시류 전환의 모습을 윤곽적으로나마 포착하여, 구와 신을 합리화시키는 변절의 논변을 잘하는 명수이다. 그는 「사슬로 묶여서 3개월」이라는 고백수기 가운데서 다음과 같이 말했다.

이번 사변을 당하고 나서 정치 앞에 문화가 무력한 점, 결국 국가와 민족이 문화에 선행한다는 것이 명백해졌다면 우선 문화인은 자유스런 문화적 환경을 만들기 위하여 먼저 정치적인 협력의 행위가 있어야 할 것.

이 백철 씨의 고백은 진실한 것이다. 그러나 백철 씨의 이러한 고백은 결코 6·25 동란을 겪고 나서 느낀 체험으로부터 오는 것이 아니라, 벌써 몇십 년 전부터 가지고 있던 문학관이 아닌가 생각한다. 문화인(백철 씨)이 자유스런(백철 씨류의 주관적 견해에 의한 자유) 문화적 환경을 만들기 위하여 정치적인 협력의 행위를 실천한 것은, 6·25 사변 때 부역한 것뿐만 아니라 일제 강점기 카프KAPF 이후로부터 시작되어 황도문화를 시류에 합리화시켜 이른바 '국민문학(일본 군국주의 어용문학)'을 제창한 내역을 가진 일인자였으며, 해방이 되자 좌익세력이 좀 더 왕성한 것 같으니까 그는 그의 저서 『문학개론』에서 '문학의 발생'을 논하는 가운데서 『마르크스주의의 근본문제』의 저자 플레하노프Georgii Valentinovich Plekhanov와 같은 계열인 예술 사회학자 프리체의 학설을 인용하면서, 문학의 기원을 유물사관적인 견지에 입각하여 논하였던 것이다. 즉 프리체가 말하는 예술사회학은, 예술의 사회성, 역사성, 계급성을 예술사적으로 입증하고 있는 것이다. 그래서 프리체는 물질적 생산양식에 의하여 각 계급에 따라 예술의 가치가 상대화되고 객관적 기준이 되는 것이라고 하였던 것인데, 이러한 이론을 백철 씨는 전심전력하여 전개하였으며, 그것으로써 '문학가동맹'에 추파를 던졌던 것이다. 그러나 그가 아무리 문학가동맹에 비위를 맞추는 문학 이론을 전개한다고 해도, 문학가동맹은 쌍수를 들어 환영할 바는 아니었다. 또한 그렇다고 해서 그의 친일경력을 따서 친일문학가로서도 비난하지 않았으며, 제멋대로 하라고 방임하여두었던 것이다.

그런데 그는 그의 고백수기에서 "내가 문학가동맹에 든 것은, 문학, 문화의 자유가 처음부터 용허되지 않으며 그 무서운 암흑 정책 속에서 문학이 되리라고 생각하고, 문학을 하려고 해서가 아니며…… 결국 사는 문제가 주가 된 것"이기 때문에, 할 수 없이 괴뢰정권에 협력하였다고 하지만, 사실은 6·25 동란 전에 그러한 문학이론상의 공적을 과신하였기 때문에 문학가동맹에 뛰어들었다고 하는 것이 그를 위하여 정당한 견해라고 생각한다. 그래서 그는 양주동 씨의 "오, 붉은 군대 서울을 껴안으시니"라는 시를 낭송까지 하였던 것이다. 그러한 그가 국군이 서울에 입성한 후 우리 한국정부가 수복하게 되니까, "금후 대한민국 내의 자유주의적인 경향을 갖추어 민국에 대한 새로운 충성을 맹서할 것"이라고 하였던 것이다. 즉 그는 대한민국에 충성을 다하겠다고 새로운 맹서의 조건으로 민족적인 성격을 갖춘 문학 이론을 응당 전개히여야만 될 의무를 지니고 있는데도 불구하고, 지금 우리 민족의 중대한 운명을 좌우할 휴전 문제가 판문점에서 논의되는 이 마당에 있어서 그는 그의 특이하고 예리한 변절의 철학적 이론에서 무엇을 느낀 탓인지는 모르나, 최근에 그는 어찌된 셈인지 《수도평론》 창간호에 「반성하는 자유문화」 특집 중 문학평론의 하나로 「모색하는 현대문학」이라는 제하의 다음과 같은 평문을 농하고 있는 것이다. 그는 다음과 같이 말하고 있다.

그 세계는 양쪽을 가리키고 있지만, 현대문학의 일부의 코뮤니즘으로 이동 전향되고 있는 현상도 결국 이상의 역사적인 성질에서 보면, 금일의 문학이 가톨릭으로 가는 것과 흡사한 심리에서라고 생각된다. (중략) 코뮤니즘은 하여튼 어떤 원칙과 정책과 예정표를 선전하되, 거기에는 큰 비밀이 있어 안정성을 구하는 지식인, 작가들이 직접 그것을 경험해보지 못하는 한 그 세계에 대한 매력과 동경을 느껴보는 것은 있을 수 있는 일이다. 제2차 세계대전 뒤의 이탈리아의 일부 작가, 가깝게는 샤르트르가 코뮤니즘으로 전향한 예라고 전제하여 더 큰 주류와 같이 보이는 것이 먼저 지적한 하나의 모색하는 현대문학이다.

이「모색하는 현대문학」은 "구체적인 사실을 들면, 현대의 많은 유력한 작가, 시인들이 각각 1차는 코뮤니즘에 가담했다가 거기서 이탈해오고 있는 자"로서 "그러나 그들이 코뮤니즘에서 이탈은 했으나, 곧 민주주의의 세계에서 진리를 찾아내지 못하는 현대를 황혼의 시대 또한 암야의 시대"로 생각하고 모색하는 것이 곧 그것이라고 하였다. 이에 덧붙여 "내가 주목하고 있는 이 방면의 주요한 작가들은 예를 들면 토마스 만, 앙드레 말로, 케슬러, 스펜서 등인데, 이들은 다 일찍이 코뮤니즘에 1차 투신했던 작가들이면서 그렇다고 현실의 자본주의적인 착취와 혼란에 동화하지 않고 새 시대를 모색하는 사람들이다"라고 하였다. 그렇게 전제한 뒤에 결론으로 그는 다음과 같이 말한다.

내가 전제한 토마스 만, 케슬러 등의 문학 경향을 현대에 가장 중요한 동향으로 주목하여서 항상 내 자신 또는 우리 문단의 교훈으로 삼기를 희망하는 것은 그런 이유에서이다. 우리는 그 작가들의 뒤를 따르며 그 작품 경향의 변화와 성장, 발전에 부단한 주목을 가하면서, 우리 자신의 인격과 문학의 행방을 모색할 것이라고 생각한다.

이상과 같은 그의 변설을 엄밀하게 분석한다면, 첫째로 그가 항상 범하고 있는 논리적 모순을 지적하지 않을 수 없으며, 둘째로 그가 과거에 범한 주관적 행동을 객관적으로 합리화하려는 변절의 배리 내지 전향의 변명이 내포되어 있다고 아니할 수 없다.

첫째로 지적한 논리적 모순은 다음과 같다. 그는 「사슬로 묶여서 3개월」이라는 고백수기 가운데서 "공산당의 정치가 옳고 그른 것이 문제가 아니고, 오직 그 정책에 맹종하고 그것을 유지하고 선전하는 것이 문학의 임무인 것이다. 문학은 당의 정책에서 일보라도 밖에 나서서는 안 된다. 문학은 정치의 지상 명령에 의하여 제작될 뿐이다"라고 하고, 공산주의 치하에서는 "문학과 문화의 자유는 처음부터 허용되지 않는 그 무서운 암흑 정책 속에 있다"고 하였다. 이것이 그가 겪은 6·25 사변을 계기로 한 적치 3개월 동안 체험한 솔직한 부역 고백이라면 왜, 어째서, "그 세계(코뮤니즘)에 대한 매력과 동경을 느껴보는 것은 있을 수 있는 일이다"라고 자가당착의 이론을 농하였을까. 코뮤니즘의 정치 체제하의 명령에 의하여 제작되는 문학이 매력이 있다는 것인가, 혹은 공산주의 암흑 정책을 동경한다는 것인가. 도무지 그의 이론은 요령부득으로 이해하기 곤란한 점이 많은 것이다.

또 한 가지 지적하지 않으면 안 될 것은 다음과 같다. 그는 코뮤니즘에 1차 투신했던 작가들이, 그 세계(공산주의 세계)에서 전향하였다고 해서 곧 데모크라시즘의 세계에서 진리를 찾아내지 못하여 '새로운 시대'를 찾으려고 모색하고 있다고 하였는데, 그가 말하는 '새 시대'라는 것은 무엇을(어떠한 시대) 의미하고 있는지 알 수가 없다. 즉 요즘 흔히 유행어처럼 말하고 있는 '제3노선'을 말하고 있는 것인지, 그렇다면 백보를 양보하여 그 제3노선을 인정하자. 그러면 백철 씨의 문학관은 제3문학관이라는 말인가. 그래서 그가 암시하는 바와 같이 제3문학관이 성립된다면 거기에 속하는 작가들이 무소속 작가라는 말인가. 여기에 대한 구체적인 제3문학관의 이론을 밝히지 못하는 한, 그것은 평화를 환상하는 네루의 기회주의적 이론과 무엇 하나 다를 것이 없다고 생각한다.

소련의 가장한 평화 정세가 치열하게 선전되고 있는 이 국제적인 현실 속에서, 네루의 평화 환상의 제3노선적인 발언이 얼마나 인류 평화를 지연시키고 아울러 소련 공산침략에 도움이 되고 있는지를, 전쟁을 하고 있는 우리 한국의 국민으로서 증오는 할지언정 동경하고 매력을 느낄 요소는 조금도 없다고 생각한다. 이 기회주의적 제3노선을 우리는 마땅히 경계해야 될 것이다. 이러한 노선을 경계해야 된다는 것은 정치뿐만이 아니라 문학 내지 사상 전반에 걸쳐서도 경계하여야 될 문제이다.

그럼에도 불구하고 백철 씨는 그러한 회색주의적인 제3노선적 문학관을 열심히 선전하고 있는 것이다. 그래서 그러한 문학이 새 시대를 창조할 것이라고 하고, 우리는 그러한 작가의 교훈을 경계하며 귀를 기울이지 않으면 안 되며 뒤를 따라야만 한다고 하였다. 이 얼마나 무책임한 언사이며 황당무계한 잠꼬대인가. 가령 백보를 양보하여 백철 씨의 지시대로 앞에서 언급한 토마스 만, 케슬러 등의 문학 경향을 현대에 가장 중요한 동향으로 주목하여서 항상 내 자신 또는 우리 문단의 교훈으로 삼기를 희망하는 것은, 그런 이유―그들이 코뮤니즘에 1차 투신했던 작가들이면서 그렇다고 현실의 자본주의적인 착취, 혼란에 동화하지 않고 새 시대를 모색, 대망하는 이유―에서 우리가 그 작가들의 뒤를 따르며 그 작품 경향의 변화와 성장, 발전에 부단하게 주목한다고 하자. 그러면 과거에 반공문학을 한 민족문학 옹호에 열렬했던 민족진영의 문학자들은 다시 한 번 공산주의에 투신했다가 이탈하라는 말인가. 또 자라나는 다음 세대의 모든 작가, 시인들도 그들의 전철을 밟지 않으면 안 된다는 말인가. 여기에 백철 씨가 의도하는 바, 중대한 사상적인 독소를 내포한 저의가 있다고 아니할 수 없다.

또 한 가지 지적하지 않으면 안 될 것은 샤르트르가 코뮤니즘으로 전향하였다는 말인데, 이 문제는 김광주 씨가 샤르트르의 「붉은 장갑」을 번역하여 '신협'에서 상연 하였을 때, 샤르트르가 코뮤니스트냐 아니냐

하던 문제가 제기되었던 것이다. 그때 모든 불문학자들은 그렇지 않다고 지적하고, 샤르트르가 공산주의자라고 하는 것은 몰상식한 사람이라고까지 공박한 사실이 있었다. 양병식도 이 문제에 대하여 《민주여론》에 석명한 바 있었다. 만약 백철 씨의 말대로 샤르트르가 코뮤니스트로 전향하였다면, 『구토』(사르트르의 소설)는 응당 판매금지 처분으로 행정 조치해야 될 것이다. 물론 샤르트르의 역사관이, 그러한 오해를 받을 만한 유물론적인 근거가 없는 바는 아니다. 즉 그의 역사관이 계급투쟁을 주장하고 있으나, 그러나 그것은 마르크스의 유물사관적 근저에서 논해지는 것은 아니라고 볼 수 있다. 그것은 샤르트르의 저작인 『구토』를 읽어보면 알 수 있는 노릇이다.

이렇게 따져본다면, 백철 씨는 자기의 주관적 문학 이론을 자기류의 독단적 이해 아래 전개하기 위하여 왜곡과 창조와 혼동을 하는 것이 하나 둘이 아니다. 시대에 뒤떨어지지 않으려고 새로운 것을 알려는 그 노력과 정열은 높이 살 수 있으나, 그것 때문에 자라나는 젊은 세대에게 잘못 이해한 문학관을 주입시키지 말기를 바란다. 가령 박영준 씨의 「전주곡」, 전봉건 씨의 「철조망」을 그러한 모색하는 문학이라고 백철 씨가 논평을 하였는데, 나는 이 작품들이 백철 씨가 생각하는 그러한 '새 시대'를 대망하고 있는 모색하는 문학이라고는 할 수가 없다. 이 점에 있어서도 백철 씨는 어떤 기성관념 속에서 모든 것을 이해하려고 하는 것이 잘 나타나고 있다.

앞서도 말한 바와 같이, 백철 씨가 아직까지도 논조하는 것이 모두 이해하기 곤란한 점이 많을 뿐더러, 자기의 현실적 시류를 추종한 주관 행동에 대한 고의적인 합리화를 왈가왈부하는 것밖에 아니라고 생각한다. 즉 백철 씨를 정확하게 평한다면, 그는 어떠한 기성관념에서 모든 것을 이해하고, 규정지으려고 한다. 그래서 문학사상과 이념을 구별하지 못함으로써 문학정신을 어떤 공리주의적 사상 아래 무슨 주의니, 무슨 논리니 하고 똑같은 논법과 계열로 평론하고 있는 것이다.

문학사상이라는 것은 어떤 시대적 구분에 의한 시대와 사회의 제약을 받지 않는, 오히려 그것을 초월한 인간이 영원히 가지고 있는 자연과 인생의 일반적 운명을 말하는 것이라고 할 수 있다. 인간의 존엄성과 인간이 자유를 찾으려는 항쟁은, 인간의 역사가 지속되는 한 영원의 문제일 것이고, 남녀 간에 그리워하는 사랑의 본질은 영원히 변화가 없을 것이다. 그러나 공산주의라든가 사회주의, 국가주의, 독재주의, 민족주의, 군국주의 등 기타 모든 주의들은, 주의 위에 그 주의를 강력하게 추진시키는 '공산'이라든지 '독재'라든지 '군국'이라든지 하는, 주의 그 자체의 공리성을 내포하고 있기 때문에, 그러한 개념의 공리주의적 사상을 가지고 문학정신을 규정하려는 것은, 어떤 이념의 목적성에서 오는 정치주의적 공식주의 문학을 말하는 것밖에 안 된다고 생각한다. 이러한 의미에서 남은 문제를 살펴본다면, 백철 씨의 대부분 평론은 후자에 속하는 것이라고 할 수 있다. 그런 까닭에 하등의 구체적 내용 설명도 없이 그저 주의 개념의 목적성으로부터 해석되는 작품만을 선택하여, 모든 것을 거기에 관련시켜 무슨 주의적 경향을 띤 작품이라고 하고 있는 것이다.

그래서 박영준 씨의 6·25 사변 전의 작품인 「생활의 파편」(《백민》 게재)을 가지고 새로운 '모럴'의 작품이라고 하더니, 또 이번에는 역시 박영준 씨의 작품 「전주곡」을 가지고 "자유의 세계를 찾고 전시 중의 새로운 윤리를 설정해보는 등 무엇을 모색하는 데 노력하고 있다"고 하였다. 물론 박영준 씨의 「전주곡」이 새로운 윤리관을 설정해보려고 노력한 작품임에는 틀림이 없다. 그러나 이것을 백철 씨와 같이 공식주의적인 기성관념으로 그냥 '새 시대'를 모색하는 작품이라고 규정지어버리는 것은 너무나 무책임한 노릇이고, 또 전에 코뮤니즘의 세계에 투신하였던 작가니까 그러한 작품을 창작할 수 있다고 하는 암시는 위험한 사상적 독소가 내포된 문학적 저의를 지적하지 않을 수 없다.

그리고 전봉건 씨의 「철조망」은 백철 씨가 안이하게 해석하려는 그러한 (목적성에 제약된) 시가 아니다. 적전 40야드 이내에서, 생사의 1분 차이를 두고 인간이 가장 처절한 절박감에서 오는 인간 본연의 절규와도 같은 새로운 시라고 아니할 수 없다. 이것을 모색하는 문학이라고 하는 것은 무엇을 기준 삼아 그렇게 말하는지 알 수가 없다. 아니, 이것이 백철 씨의 공리주의적 개념의 문학이라고 할지도 모른다.

—《문예》, 1953년 9월호

신예들의 정진

　1월호 각 잡지에 발표한 창작 중에서 모두 7편을 읽었다. 그 7편 중 내가 관심을 가지고 두 번이나 읽은 작품은, 장용학 씨의 「그늘지는 사탑斜塔」(《신태양》)과 손창섭 씨의 「혈서血書」(《현대문학》)이다. 물론 김동리 씨가 오랫동안의 침묵을 깨뜨리고 심혈을 기울여서 창작한 「홍남철수」라는 작품은 짜임새는 있는 작품이라고 할 수 있으나, 앞부분이 너무 산만하여 작품의 전체적 통일성을 기준으로 평한다면, 그리 기대할 만한 작품은 못 된다고 지적하지 않을 수 없다. 내가 이 작가에게 한마디 하고 싶은 말은 "이 작가는 비범한 작가이고 흥미 있는 단편을 창작하기는 하나, 그가 고집하고 있는 낡아빠진 이른바 제3의 휴머니즘의 문학이론에 앞서기 때문에 대작가는 도저히 될 수 없다"는 것이다.

　「홍남철수」에도 그러한 일면을 엿볼 수가 있다. 그의 작품을 읽을 때마다 나는 '손재주의 문학'은 일시적인 기교의 우수성을 독자로 하여금 느끼게 할지는 모르나, 독자의 심금을 울리는 감동을 주지는 못하는 것이라는 점을 느끼게 된다. 또 그의 작품에서 때에 따라 선도적인 인간적 정감의 표현을 볼 수는 있으나, 그것은 어디까지나 표현에 필요한 요소가 되어 있을 뿐, 그가 말하듯 새로운 휴머니즘은 찾아볼 수가 없는 것이다. 이에 비한다면 박영준 씨의 「속죄贖罪」가 훨씬 휴머니티가 풍족한 작품이라고 할 수 있다. 「속죄」의 여주인공인 권 씨의 최후에서 충분히 그것을 느낄 수가 있다. 물론 「속죄」는 휴머니티보다도 허무 상태에 가까운 신앙의 완결성을 그리려고 하였다. 그러나 원래 신앙이라는 것은 도덕적인 미×으로부터 시작되어 결국에는 세상의 아름다운 질서를 선택하여 교양에까지 도달하지 않으면 안 되는 까닭에, 「속죄」에 있어서 그러한 신앙의 완결성은 현대적인 휴머니즘을 충분히 내포하고 있다는 것을 여기서 말할 수 있다.

그러나 휴머니티가 풍족한 작품이라고 해서 박영준 씨의 「속죄」가 우수한 작품이라는 것은 아니다. 소설에는 반드시 철학성이 있어야 되며, 그 철학성이라는 것은 소설의 비밀이 있어야 된다는 말과 통하는 것이라고 할 수 있다면, 「속죄」는 그 비밀이 결여되어 있다. 솔직히 말해서 「속죄」는 권 씨가 이 세상에서 범한 죄를 신앙에 의하여 신에게 헌신함으로써 '천당'에 갈 수 있다는, 신앙의 완결성을 그린 작품에 불과하다. 그러므로 이 작품이 가지고 있는 비밀이나 작가가 내적으로 의도하고 있던 비밀을 모두 말해버리고 말았다. 그러므로 이 「속죄」는 그저 무난하고 평범한 작품이라는 것이다.

다음으로 언급하지 않을 수 없는 것은 최정희 씨의 작품이다. 그것은 최 여사의 작품이 괄목할 만한 우수작이라서가 아니라, 최 여사가 발표한 「그대와 나와의 대화」(《신태양》, 1월호)라는 작품과 「수난의 장章」(《현대문학》, 창간호)이 엄격한 의미에서 볼 때 창작 중에 속하는 작품인지 분간하기 어려워 여기에 몇 마디 말하고자 하는 것이다. 위의 두 작품은 형식상 창작에 속할는지는 모르나, 엄밀하게 따진다면 기록물과 같은 사소설에 지나지 않는다. 심하게 말하면 '실화 쪼가리'밖에 못 된다. 사소설이 문학이냐 아니냐 하는 문제는 여기서 길게 논급할 수가 없으나, 사소설의 선구자라고 일컫는 루소의 「신 엘로이즈」가 소설이냐 소설이 아니냐는 점에 대하여, 아더 시몬즈Arthur Symons는 소설로서는 볼 수 없고 더욱이 루소를 작가로서는 볼 수가 없다고 판단한 것을 미루어보아, 사소설이 지니고 있는 문학적 가치를 우리는 짐작할 수 있다.

소설은 어디까지나 형상화가 되어 있어야만 한다. 형상화가 되어 있지 않는 소설은 문학적 가치로 볼 때 그리 높게 평가할 수는 없다. 어떤 평론가는 형상화 문제는 자연주의 문학 이전의 말이라고 하지만, 그것은 그의 주관적 독단에 지나지 않는다. 독단이 양식성을 띠지 못한 것이라는 것은 두말할 나위도 없다. 그런 의미에서 볼 때 위의 최 여사의 두 작품은 확실히 창작 범주에 들어가기에는 너무나 기록적이고 신변적이고 형상화가 되어 있지 않다. 같은 사소설이라고 할지라도 최 여사의 『천맥』에 목록된 작품들은 훌륭히 형상화가 되어 있으며, 때때로 역설적인 윤리를 작가 자신이 강요하는 느낌이 없지 않으나, 그래도 애정의 논리는 확립되어 있다. 그러나 위에서 말한 두 작품은 그것도 저것도 없이 다만 형식적으로 단편소설이라는 레테르만 붙였다 뿐이지, '파인과 나와'의 생활환경을 그대로 기록한 그야말로 '대화'밖에 아무것도 안 되는 것이다.

오노레 뒤프레Honorè d'Urfè의 유명한 전원소설 『아스트레L 'Astrèe』가 발표된 이후 '후와푸리오'* 같은 소설이 성행하였으며, 18세기 문학 중에서도 독자적인 위치를 차지하고 있었던 콩트는 마리보Pierre Carlet de Chamblain de Marivaux, 라클로Pierre-Ambroise-Francois Choderlos de Laclos 등의 작

---

* '후와푸리오'라는 표현이 무엇을 이르는 말인지 정확하게 찾지는 못했으나 심증적으로 파블리오(fabliaux)를 말하는 것이 아닌가 싶다. 파블리오는 12, 13세기 프랑스에서 유행한 짧은 이야기이다. 내용은 이야기이지만 형식적으로는 운문인데, 일반적으로 근대 단편 소설의 시조로 받아들여진다.

가들로서 '이야기' 혹은 '편지', '대화' 등의 형식으로 발달되었던 것이다. 그러나 그러한 '후와푸리오' 같은 소설 형식이나 서간식 소설은 엄격한 의미에서 논할 때 오늘날 우리가 창작이라고 하기에는 매우 곤란한 점이 한두 가지가 아니다. 그런데도 불구하고 최 여사는 「수난의 장」과 같은 계열의 작품을 《새벽》지 1월호에도 발표하였다. 문학이 인간의 교양보다 작가 자신의 고독과 우울을 면하기 위하여 제작되는 것이라면, 최 여사가 그러한 작품을 세상에 발표하는 것도 최 여사를 위하여 ×편된 일이라고 생각한다. 그러나 그렇다고 해서 그것이 문학적 가치를 지닌 창작이 될 수 없다는 것을 잊어서는 안 된다.

이상과 같이 기성 작가들이 조밀한 감상과 소재가 빈곤한 작품들을 발표하는 가운데에도 우리는 김성한, 장용학, 손창섭 등 외 몇 명의 신예 작가들이 정진하고 있다는 것을 마음 기쁘게 생각한다. 더욱이 장용학 씨의 「그늘지는 사탑」과 손창섭 씨의 「혈서」는 1월의 창작계를 장식하는 훌륭한 작품이며 높은 호흡을 풍기는 작품이라고 아니할 수가 없다. 이 두 작품에 나오는 인물들은 인간형이 뚜렷하게 형상화되어 있으며, 또 구성과 기교 역시 꿰어져 있다.

장용학 씨의 작풍에는 서구적인 침울성이 적잖이 내포되어 있어 간혹 서구 작가의 작품을 모방한 것이라고 오해받는 경우가 있을는지 모르겠다. 그러나 그것은 그가 걷고 있는 독보적인 문학 위치 때문이라고 할 수 있다. 물속에서 죽어가면서 그 꿈틀거리는 것을 잔인하게 묘사하는 것이 그만이 가지고 있는 작가적 능력이라고 할 수가 있다. 그러한 능력을 우리는 「인간의 종언」에서도 보았고 「부활미수」에서도 보았다. 거기에는 침울한 인물을 내세우면서도 어떠한 이상을 암시해 보이고 있다. 그가 선택해서 자신의 작품에 등장시키는 인물은 살인자 아니면 환자, 걸인, 양공주, 극×성자 등인데, 「그늘지는 사탑」의 주인공도 양식 있는 걸인이고 댄서이다. 그래서 이 두 주인공의 인간형을 뚜렷하게 형상화하면서 세부의 진실을 엿보이고 있는 것이다. 발자크가 말한 "소설은 장엄한 허구 가운데 세부의 진실이 없으면 아무것도 아니다"라는 말을 인용한다면, 장 씨의 작품은 언제나 그와 같은 느낌을 주고 있다.

장용학 씨에 비해 '이성과 양식'의 호흡이 얕을는지는 모르나, 손창섭 씨 역시 작품을 다루는 솜씨가 장 씨에게 뒤떨어지지 않을 만큼 기교의 우수성을 발견할 수 있다. 그러면서도 「혈서」에 나오는 '준석', '달수', '규홍', '창애' 등의 인물들이 모두 특징을 가진 각각의 인간형을 뚜렷이 그려내고 있다. 준석이와 달수의 대립적 논쟁은 규홍의 발표되지 않는 시와 같이 손가락을 잘라 혈서를 쓰라고 준석이가 흥분한 음성으로 외치는 데서 그치고 마는데, 이처럼 「혈서」라는 작품은 준석과 달수의 논쟁이 그 모든 것을 통과시키고 있으며 인물의 인간상을 뚜렷이 그려내는 역할을 하고 있다. 단순히 이렇게만 지적한다면 이 작품이 어떤 점에서 우수한 것인지 시인하기 어려울지도 모른다. 그러나 여기서는 지면이 허락되지 않으므로 더 이상 길게 설명할 수가 없어 이 정도로 생략한다. 아무튼 이상의 「그늘지는 사탑」, 「혈서」는 확실히 백미의 가작이라고 아니할 수 없다.

끝으로 1월 말에 발표된 작품들을 읽고 느낀 점은 다음과 같다. 작가의 현실에 대한 관찰력과 현실에 대한 비판력이 미약하다는 것이다. 발자크는 자신의 소설 『인간희극』에 대해 "사회의 역사와 비판, 그 희극의 분석, 그 원리의 검토였다"고 하였다. 그러한 발자크의 말을 인용하지 않는다고 하더라도 작금 '사회 참여의 문학'이 논의되는 현시점에서, 현실 참여나 초현실주의 문학을 안일한 곳에서 해보겠다는 문학관은 제거할 시기가 왔다고 생각한다. 김동리 씨의 「흥남철수」가 전쟁이란 인간 감정의 긴장성과 암울성을 포함한 참상을 배경으로 하고 있으면서도 우리에게 도무지 감동을 주지 못하는 원인이 무엇인가를 생각할 때, 그 작품 가운데 내포되어 있는 값싼 인정과 ×에 ××× 공식적 ×××× ×× ×× ××× ××× ×××한다고 지적하지 않을 수 없다. 왜냐하면 전쟁 중의 인간의 비극이란 「봉선화」의 노래만으로 표현하기에는, 너무나 참혹하며 차가우며 무자비하며 심각한 것이기 때문이다. 그러므로 오늘의 문학은 현실을 어떻게 깊이 파고 들어가느냐에 따라 그 척도를 규정할 수 있을 것이라고 믿는다.

—《동아일보》, 1955년 2월 2일

성실성의 제시

2월은 1월보다 발표된 문학작품이 양적으로나 질적으로 훨씬 전도前
導한 감이 있다. 동시에 현실에 대한 작가들의 호소력과 작품을 다루는
솜씨가 진실할 뿐만 아니라 성실한 면모를 보여주고 있다.

가령 이봉구 씨만 하더라도 이전 「제3의 휘나레」 같은 작품은 마구
써내려간 것 같은 느낌이 있었는데, 이번 「동화 아닌 동화」는 그의 작품
들 중에서도 가작이다. 아직 현실을 깊이 파고 들어가지 못한 면에 있어
서는 아직도 '동화 같은 소설'의 때를 벗어나지 못한 감이 있으나, 그래
도 그로서는 힘들인 작품이라고 느껴진다. 묘사력이 부족한 탓인지는
모르겠지만, '나'의 말을 볼 때 '나'가 자신의 무능한 생활력을 한탄하고
안타깝게 생각하고 있는 것이 다소 엿보이기는 하지만, '나'가 칼표 담
배를 피우는 장면마다 회상되는 과거의 '나'와 담배와 연결되어 제시되
는 '박서방'의 얘기라든지, '마코'와 '칼표', '아사히', '비둘기', '해태',
'시키시마' 등의 옛 담배 역사를 장황하게 늘어놓는 것은, 아직도 그의
창작 기법이 신변잡기를 다루던 데에서 벗어나지 못하였다는 것을 증명
하는 것이라고 아니할 수 없다. 언젠가 그로부터 좀 더 성실한 노력이

나올 것으로 믿는다. 그리고 이전 작품에서 발견할 수 있었던 자기 혼자만 아는 심미적인 것, 혹은 신비한 대화라든가 묘사가 자취를 감추고 있다는 것은 그에게 더욱 많은 기대를 가지게 하는 이유이다. 문학에 신비성이라는 것은 있을 수가 없다. 그러므로 신비주의 문학이란 염정소설이나 에로소설, 그밖에 통속소설과 같이 우리가 관심을 가질 만한 문학은 못 된다.

김동리 씨의 「마리아의 회태」, 「청자」, 황순원 씨의 「무서움」 등의 작품은 그러한 신비주의 문학이라 아니할 수 없다. 더욱 「마리아의 회태」는 단순한 성경의 해설로서, 현실과는 아무런 관련성이 없이 자기만이 희열할 수 있는 일종의 관념 희롱을 의식적으로 시도한 것 외에는 아무것도 아니다. 오늘의 사회상이 극도로 혼란하여 '예수' 재강림을 어느 정도 믿고서 창세기의 신화 부흥을 그가 꿈꾸고 그런 작품을 썼다면 모르겠다. 그러나 문학은 그가 말하는 것처럼 '인간의 문학'이 되지 않으면 안 되며, 그 인간의 문학은 생활 현실을 반영함으로써 참된 문학이 될 수 있는 것이다. 이는 누구보다도 그가 더 잘 알고 있을 것이다.

「청자」 역시 일종의 신비주의적 관념 희롱에 지나지 않는 소설이기는 하지만, 「마리아의 회태」같이 완전히 우리 현실을 떠난 소설은 아니다. 그러나 '석운'의 말과 같이 "여편네는 문제가 아니냐, 그놈의 청자병靑磁病 때문에 사람이 죽겠어" 하며 도난당한 청자를 언제까지나 환상으로 그려 보면서 술이 취할 때마다 자신의 망령과 싸우고, 또 싸움에 지치면 그 청자병의 망령을 찾아 일찍이 청자병과 두 사백이 백자를 품었던 움푹한 흙구덩이 위에 두 눈이 허옇게 뒤집힌 채 자빠져 누워 있다는 것은, 참말로 신비를 모르는 사람으로서는 이해하기 어려운 노릇이다. 그러한 인물이 실재인물인지 가공의 인물인지 나로서는 알 바가 아니겠지만, 그러한 인물을 소설이라는 이름 아래 형상화하려고 한 것은 하나의 현실도피이며, 심하게 말하면 20세기 소설 문학에 있어서 하나의 '난센스'에 지나지 않는다.

이에 비하면 황순원 씨의 「무서움」은 다소 신비성을 가지고 있기는 하지만 「청자」나 「마리아의 회태」와 같이 지독한 현실도피적인 작품은 아니다. 「무서움」은 '나'라는 주인공의 첫딸의 홍역을 중심으로 일어나는 이야기이다. 이 작품은 짜임새는 있는 작품이라고 할 수 있으나, 작자가 노리고 있는 것이 무엇인지를 알 도리가 없다. 단지 홍역으로 병든 계집애를 완쾌시키기 위하여 한방보다 양약을 썼더라면 좋았을 것이라는 후회밖에는 인상에 남는 것이 없다. '홍매화'니 '파초'니 '감나무'니 하면서 정취를 자아내려고 한다든가, 파초가 어느 저녁 바람에 간신간신 흔들려 빗소리 같아서 즐겁게 해준다든가 하는 따위의 표현방법은 역시 신비성을 띠었다고 해석하는 수밖에 없다.

이 같은 신비 작가들에 비해서 박영준 씨의 「피의 능선」은 참말로 인간의 문학이라고 하지 않을 수 없다. '홍매화'나 '파초'의 향기를 맡는 대신에 화약 냄새와 피비린내 나는 ×렬한 전투 중에서도 자기의 부하를 아끼려고 하고, '삶'의 욕구가 어떠한 허×이나 ××을 초월하여 영성으로 화하는 적나라한 전장 그리고 인간 본연의 ××를 섬세하게 묘사한 「피의 능선」은, 전쟁문학이라고 해서 군국주의적 침략성을 합리화하거나 공산주의자*들이 선전 도구로 이용하는 전쟁××과 인간 학살의 영웅심을 고취하는 그런 문학을 하여서는 안 된다고 생각한다. 그러한 문학은 문학이 아니라 어떠한 목적성 아래 창작되는 선전용 팸플릿이나 마찬가지다. 「피의 능선」은 뚜렷한 전쟁의 목적성을 내걸지 않으면서도 '원중위'는 무엇 때문에 적의 장지를 점령하고자 하는지를 암시해주고 있으

| * 원문에서는 '공산도배共産徒輩'라고 표현하고 있다.

며, 그와 동시에 전쟁이라는 것이 얼마나 비참한 것인가를 암암리에 말하여주고 있다. 그러면서도 그 비참을 무릅쓰고도 순간적이나마 적장을 생각하지 않는 바도 아니며 '김상사'는 생에 대한 애착으로서 20야드만 앞으로 더 가면 자기의 생명이 없어지리라는 것을 직감하면서도 중대장의 명령에 의하여 사지를 향해 전진하는, 인간 본연의 몸부림이 그대로 묘사되어 있다. 6·25 동란 이후 많은 '전쟁실기' 같은 '르포르타주'가 나왔으나, 「피의 능선」과 같이 실감이 나는 작품은 많지 않았다.

이러한 본격적인 전쟁문학이 우리 창작계를 장식하는 반면에, 평온한* 애정 세계를 ××질하는 김말봉 씨의 「여심」이나 손소희 씨의 「층계 위에서」, 윤금숙 씨의 「공空의 거리」, 최정희 씨의 「인정」 등은 작자들이 어떠한 항변을 하든 간에, 오늘의 현실에 처해서 좀 더 깊은 반성이 필요한 작품들이다.

김말봉 씨의 「여심」보다 「식칼 한 자루」는 주인공인 계효의 성격을 어느 정도 뚜렷하게 묘사한 점에 있어 다소의 호감을 가질 수 있으나, 최정희 씨의 「인정」은 역시 작가 자신의 신변잡기로서 우리에게 무엇을 보이려는 것인지 알 수 없는 것이다. 「인정」이 손쉽게 쓴 작품이라면 윤금숙 씨의 「공의 거리」나 손소희 씨의 「층계 위에서」 등은 다소 힘들인 작품이라고 할 수 있다. 「공의 거리」는 남편에게 소박맞은 유×××이 큰 욕심에 시작한 광산이 잘되지 않자 곗돈까지 집어넣고 그 곗돈에 ××× ×××× 그 받은 돈으로 말미암아 ××회사 사장에게 정조까지 받쳐 수표手票 한 장을 받았는데, 그 수표가 부도수표가 되어 정조마저 아무 소득 없이 바친 것이 되고 말았다는 줄거리인데, 이러한 이야기는 오늘과 같은 현실의 명동 거리에서는 얼마든지 있는 얘기다. 손소희 씨 「층계 위에

| * 원문에서는 '안가安價한'이라고 표현하고 있다.

서」와 같이 자기의 친구가 자기의 남편을 빼앗아 사는 예는 비일비재한 애기라고 할 수 있다.

물론 문학이 현실의 반영인 이상 세상에 비일비재한 범속한 사건들을 형상화하려는 것도 있을 수 있다. 그러나 어떤 논리의 설정이나 혼란한 사회에 대한 고민이나 애정의 신성화 같은 것이 있을 법한 노릇이 아니냐 말이다. 그러나 「여심」이나 「층계위에서」나 「공의 거리」 등은 이러한 것이 결여되었다는 것이다. 같은 애정의 세계를 그린 작품 중에도 이무영 씨의 「숙경의 경우」나 「또 하나의 위선」, 그리고 유주현 씨의 「산성의 거화」 등은 진솔한 의미에서 애정의 윤리를 이 사회의 현실과는 반대로 역설적으로 강조한 훌륭한 작품이라고 아니할 수 없다. 더욱이 「숙경의 경우」는 유부녀로서의 '숙경'이나 자기의 남편이 미국××을 떠나고 없는 동안에 자기의 지병을 정성껏 치료해주려고 애쓰는 '헌'이라는 의사에게 일시적인 병으로 인한 고독에서 애정 관계를 맺게 되어, 그것이 깊어가게 됨에 따라 숙경이로 하여금 고민의 심층에 빠뜨리게 되는 것인데, 오늘날 나이든 애정이나 다이아반지 하나만으로 치정이 값싸게 거래되고 있는 이 마당에 '사랑'을 죽음 이상으로 여기는 숙경의 순결한 사랑의 고민이야말로 우리가 비싸게 사야 할 것이다. 「숙경의 경우」는 애정의 윤리를 확립하려는 데 있어서도 역작이 아닐 수 없다. 그에 비해 「또하나의 위선」은 묘사보다도 ××을 내세운 느낌이 있고 다소 손쉽게 다룬 감이 있다.

유주현 씨의 「산성의 거화」는 결말에서 '정화'가 쥐약을 먹고 자살하는 대목은 실존주의적 허무감을 보여주고 있다. 이러한 실존주의적 허무감은 김성한 씨의 「창세기」에서도 볼 수 있다. 「창세기」는 일선에서 돌아온 우수문관 '현준'이가 새로운 창세기를 건설하려는 열정으로 《창세기》라는 잡지를 운영해가면서 후방의 무질서한 사회상을 조금이라도 시정해보겠다는 의욕을 보이는 모습과, 그와 상반되게 돈만 있으면 매일같이 춤을 출 수 있고 계집을 마음대로 골라 살 수 있다는 인생관을 가진 '박경석'이라는 두 인물을 대조적으로 묘사한 작품이다. 그것이 결말에 가서 '현준'이가 뇌빈혈로 죽어버리는 대목은 「산성의 거화」처럼 주인공이 자살한 것은 아닐지라도, 작품 전체에 흐르는 실존주의적 허무감을 느끼지 않을 수 없다. 또한 김성한 씨의 「난경」은 나오는 장면이 난경일지 모르나, 수법 자체는 퍽 재미나고 '일제 압박'이라는 하나의 저항 목표가 여러 군데에서 벌어지는 사건으로서, 그것을 전체적으로 묘사하려는 수법은 새로운 시도라고 하지 않을 수 없다.

김성한 씨의 그러한 신경개척新境開拓의 노력이 있는가 하면, 다시 한 신인의 역작을 발견할 수가 있다. 곽학송 씨의 「녹염」은 '덕보'라는 주인공을 중심으로 ××××에서 일어나는 좌우 계열의 무자비한 난투상을 그린 작품인데, 「피의 능선」, 「숙경의 경우」, 「창세기」 등과 함께 2월의 빛날 수 있는 작품이라 아니할 수 없다. 염상섭 씨의 「부부」는 부부가 싸우는 가운데 헤어질 것 같은 인상을 주어가면서도 끝끝내 이별하지 못하는 부부의 운명을 노련한 수법과 무르익은 문장으로 묘사한 점을 높이 평가할 수 있는 작품이다. 주요섭 씨의 「이것이 꿈이라면」은 무난한 작품이고, 최인욱 씨의 「전영감의 주택문제에 관한 건」은 그가 세계적인 문학을 제창하는 데 반하여 확실히 졸작이라고 하지 않을 수 없다.

—《동아일보》, 1955년 3월 10일

현실과 인간의 결핍

이번에 읽은 것은 9편인데, 2월과 3월에 비하면 다소 저조한 감을 느끼지 않을 수가 없었다. 가령 3월에 발표된 이무영 씨의 「그전날 밤」과 장용학 씨의 「육수」는 현실과 인간을 적나라하게 묘사하고, 또 작품으로 형상화하는 데 성공했었다. 「그전날 밤」은 전쟁문학으로부터 멀어진 오늘에 ××한 선을 점치는 기본적인 작품이었으며, 그것의 해답을 주는 좋은 작품이었다. 이에 비해 곽학송 씨의 「지구전」은 다소 미숙한 느낌은 있으나, 「녹염」과 같이 인간 본연의 모습을 깊이 파고 들어간 데에는 성공한 작품이다.

9·28 후 공산군을 반격하여 초산까지 올라간 국군이, 중공군의 인해전술로 말미암아 또다시 후퇴하지 않으면 안 될 무렵, '김상사', '이상사', '손하사'는 다 같이 부대 이산으로 인하여 사경에 빠지게 되었던 것이다. 눈보라 치는 어떤 산골짜기에서 김상사는 자결을 주장했으나, 이상사와 손하사는 애써 보는 데까지 애써보다가 할 수 없는 경우에 이르면 자결하자는 것이었다. 그러나 그러한 김상사의 자결 제의에 대해서 이상사가 반대한 것은 단순히 생의 애착으로 인한 주장이 아니라, 학창

시절부터 있었던 김상사와 이상사 간의 경쟁 심리에서 비롯된 주장이었다. 그러한 경쟁 심리는 전쟁하는 마당에서도, 또는 사지와 구렁텅이에 빠졌을 때에도, 민소위라는 간호장교를 사랑하였을 때도 일어났던 것이다. 결국은 '나'라는 주인공이 김상사를 죽인 것은 이런 경쟁 심리에서 비롯된 것이다.

물론 적의 포위권 안에서 방황하는 중이라, 누가 누구를 죽이든 어차피 모두 죽을 몸인 까닭(자결을 의논하기도 했던 터)에 이상사가 김상사를 먼저 죽였다고 해서 하등 범죄를 구성할 수는 없다고 할 수 있고, 이상사가 김상사를 죽일 때까지의 줄거리를 극히 자연스럽게 묘사한 데서 이 작품은 성공한 것이라고 할 수 있다. 즉 이 작품은 그 구성 자체가 벌써 인간의 본연의 자세를 전제하고 나서, 범죄 의식을 '자결'과 '전쟁'이라는 환경에 놓고서 지워버리지는, 얼핏 생각하면 병적인 심리를 대담하게 간파한 작품이라고 할 수 있다.

그러면서도 이상사는 인간적인 위치를 상실하지 않았다. 이상사가 먼저 MI총의 방아쇠를 당기지 않았다면 이상사는 김상사의 총에 먼저 쓰러졌을지 모른다는 것을 직감적으로 느꼈기 때문에 먼저 쏴버렸다고 할 수 있으며, 자신의 생명을 아끼는 것처럼 타인의 생명을 무겁게 여기는 것도 이상사는 잊지 않고 있었던 것이다.

누군가는 전쟁 중에 그럴 수가 있겠느냐고 반문할지도 모른다. 그러나 이 작품에서는 그러한 전쟁의 처절감을 전제한, 절박함 속에 절박한 감정에서 빚어내는 인간 본연의 자세를 대담하게 그렸을 따름이라고 할 수가 있다.

이렇듯 절실감을 주는 「지구전」이 창작되는 대신, 현실의 절박한 상태를 소재로 하면서 그것이 하나의 관념 희롱적인 허무의 심연에 빠진 것에 지나지 않는 김동리 씨의 「밀다원시대」를 발견할 수 있다. 이 작품은 작가 스스로 말하는 바와 같이 '허무의 공간' 속에서 내용 없는 허무 의식을 그대로 신변잡기처럼 후려내어 갈긴 작품에 지나지 못하다. 물론 작가가 이 작품에서 인간은 어디까지나 허무에 그치고 만다는 것을 말하려고 하였을지 모르나, 그렇다면 박운삼 시인의 죽음을 좀 더 깊이 파고 들어갈 필요가 있다고 생각한다. 그러나 이 작품에서 어느 인물 하나도 뚜렷하게 인간상이 묘사되어 있지 않다.

여기에서 한마디 말하지 않으면 안 될 것은, 서근배 씨의 「정원의 경우」이다. 이 작품은 수법 자체가 「홍길동전」이나 「심청전」 같은 낡아빠진 수법에다가 왜 '독자여!' 하고 작가 자신이 외칠 필요가 어디 있는가. 이것은 확실히 환영사진시대幻影寫眞時代에 그 활동사진의 줄거리를 설명하지 않을 수 없다. 그리고 이 작품은 6·25 동란을 중심으로 하여 ××이라는 한 여성을 두고 ××이라는 공보처에 근무하는 청년과 그의 친구인 공산청년과의 애정 관계를 그린 작품이다. 그런데 적어도 숙명여전을 나온 정원이가 애정 문제에 있어서 애매한 것은 말할 나위도 없었거니와, 공보처에 근무하는 청년이 남쪽으로 내려간 이후 자기의 어머니와 아들 윤기를 안고서 남편 없는 집을 서울에서 지키느라고 남아서 고생하는 그녀의 심경이 어떠한 쇼크도 없이 공산청년이 시키는 대로 인민군의 일을 보았다는 것은 이 작품이 무엇을 노렸는지 알 수가 없다. 자기가 공보처에 근무하는 청년의 아이를 낳고 또 그를 기다리는 의미에서도 홀가분하게 공산청년의 말이 무서워서 괴뢰군의 일을 협조한다는 것은 작가가 보는 사회관이나 인생관이 매우 안이하다는 것을 증명하고 남음이 있는 것이다.

그러한 안이한 작품에 비해 최요안 씨의 「귀향」이나 방기환 씨의 「송편집장」은 소재에 비해 경쾌한 느낌을 준다. 동시에 대중지인 《희망》 4월호에 발표된 박영숙 씨의 「별없는 ××」가 대중소설 계열이라고 할지라도 「정원의 경우」보다는 우수하다.

전영택 씨의 「김탄실과 그 아들」은 그저 무난하고, 정한숙 씨의 「닭」은 그 수법이 색다르지는 않다. 「닭」과 같은 수법은 김성한 씨의 「난경」에서도 볼 수가 있으나, 「난경」은 어떠한 저항의식을 내포하면서 현실과의 관계를 형상화하는 데 좋은 솜씨를 보여주었지만, 이 「닭」은 노인이 이야기하는 것을 두 아이가 듣는, 그 '이야기하는 줄거리'를 소설로 형상화하는 데 실패하였다.

그런 수단의 호불호를 여기서 말하려는 것은 아니다. 다만 훌륭한 내용이 형상화되었다면 기법이 졸렬해도 그 작품은 훌륭한 작품이라고 평가할 수가 있다는 점을 말하고 싶다.

본래 소설이란 장·단편 간에 형태와 양식이 어떠한 규정 아래에서 발달된 것이 아니다. 극히 산문적인 픽션 문학으로 이루어진 것이기 때문에, 수법은 그리 문제시될 것이 아니다. 그러므로 픽션이 있고 내용이 훌륭하게 형상화되었다면 좋은 작품이 될 수 있는 것이다. 그런 의미에서 「닭」은 그 수법이며 내용이 소설로 형상화된 것과는 거리가 멀다. 이 작품은 할아버지격인 노인이 큰놈, 작은놈 손자들을 앞에다 앉히고 고부 군수 조병갑이와 초심이라는 기생과의 정교관계情交關係를 "초심이 부등부등한 살결을 쓸어준다"는 둥 "빨가벗은 초심이 밑을 가리고 일어나 불을 껐다"는 둥 "초심의 격한 숨길이 조병갑의 거칠은 숨길에 감쳐 들었다"는 둥하며, 이야기를 자세하게 한다는 것 자체가 어처구니없는 일이다. 물론 소설 자체가 가구적架構的인 것이지만 그것이 진리를 가지게 되는 것은 우리의 현실과 깊은 관련성이 있는 까닭이다.

유주현 씨의 「노염」은 인생의 말년에 가까운 작가 박청암의 인간 본연의 '염焰'을 묘사하는 데 성공한 작품이다. 이 「노염」은 곽학송 씨의 「지구전」과 함께 4월의 백미의 주옥편이라 아니할 수 없다. 이 두 작품은 인간과 현실을 파고 들어간 데 성공한 작품들인 것이다.

―《동아일보》, 1955년 5월 3일

원죄와 현실의 반항

—박영준론

원죄와 현실의 개념에는 현격한 차이가 있다. 그러는 내가 여기서 말하려는 것은 개념이 문제가 아니라, 원죄라는 것을 누가 규정하였으며 우리는 죄의식을 현실에 입각해서 가질 수가 있느냐는 말이다. 원죄라는 것은 에덴동산 사탄의 유혹에 이끌려서, 사람인 이브가 금단의 열매를 따 먹음으로써 죄를 짓게 되었다는 것인데, 그러한 원죄의 의식은 야스퍼스가 말한 바처럼 '신의 존재'가 상실된 오늘날 모든 인간의 의식 속에서는 잊힌 지 오래라고 할 수 있을 것이다. 이브가 금단의 열매를 따 먹어 그것이 원죄가 되어 신이 인간에게 악과 선의 세계를 방황하게 하고, 증오, 애욕, 성욕 등 죄를 짓도록 함정을 만들어놓았다는 것은, 그것이 일종의 신화일망정 신이 의지하는 바가 무엇인지 의심하지 않을 수 없는 것이다.

하나님은 전지전능하시다고 한다. 인간이 말하는 진선미의 소유자가 하나님이라고 할 수 있다. 그러한 전지전능하시고 진선미의 소유자인 하나님인 까닭에 인간에게 악마의 유혹에 빠지느냐, 안 빠지느냐 하는 시련을 주어 시험을 하고 계신다고 한다. 그러나 그렇게 깨끗하시고 아름답고 참된 성격의 소유자이신데 어찌하여 인간을 유혹하도록 하였으며, 그래서 인간에게 고통을 주도록 하였느냐 말이다. 오늘의 우리 인간에게 모든 고통과 불안과 불행을 하나님께서 미리 알고 그러한 것을 설명하여 놓았다면, 하나님은 전지전능하시고 진선미와 소유자라고 할 수 없다고 생각한다. 그렇게도 깨끗하고 참되고 아름다운 것을 즐겨하시는 하나님이, 왜 추악하고, 밉고, 참되지 못한 것을 우리 인간 사회에다 부여하여 인간을 고통스럽게 하고, 불행하게 하고, 불안에 싸여 전전긍긍케 하느냐가 의심된다.

금단의 열매를 따 먹은 것이 원죄라고 하면 박영준 씨의 「속죄」의 주인공 권 씨는 그 죄라는 것이 결혼하기 전에 어떤 남자에게 정조를 바쳤다는, 말하자면 간음죄였던 것이다. 또한 어떤 부자의 첩이 되었다는 것이다. 다시 말하면 권 씨의 죄는 처녀로서 간음하였다는 죄와 첩이 되었다는 것인데, 그것이 그로 하여금 예수를 믿기 시작한 원인이요, 증거다. 그러나 권 씨는 자기의 죄를 인식하면서 예수를 믿기는 하지만, 천당에 가겠다는 것은 아니었다고 하였다. 이것은 인간의 원죄, 금단의 열매를 따 먹었다는 그것과 같이, 권 씨 자신이 스스로 자기의 간음죄를 인식하면서 예수를 믿기는 하지만 천당에 가리라고 생각하지 않는 것은, 인간의 죄를 시인하면서도 천당과 연결 지어 원죄라는 것을 부인하기 때문에 천당을 생각하지 않는다고 할 수가 있는 것이다. 그래서 권 씨는 하늘에 계신 하나님께 자기의 죄를 속죄해달라고 기도도 하고 헌금도 다른 사람보다 많이 내어보았으나, 남편과 동침을 할 때마다 간음하던 처녀 시절 그때의 장면이 눈앞에 서리어 부끄럽고 양심의 가책을 받게 되며 몸부림을 치게 하는 것이었다.

10여 년 전에 저지른 권 씨의 간음죄는 예수를 믿기 시작하여 10여 년이 지나도 과거의 간음하였던 모든 일이 머리에서 사라지지 않는 것이었다. 또 아무리 예수를 진실로 믿어도 교회에 나오는 사람들은 권 씨를 보고 첩이라고 손가락질을 하면서 죄인시하는 것이었다. 그래서 권 씨는 한때 교회에 나가기 싫어하고, 사두개인처럼 골방에서 혼자 기도만 하고 있었던 것이다. 그러나 자기의 간음죄가 머리에서 사라지기는커녕 클로즈업되는 것을 느끼지 않을 수 없었다. 권 씨는 예수를 열심히 믿어서 집사나 권사가 되기보다 교인들에게서 벽안시당하지 않고 손가락질만 받지 않으면 그만이었지만, 교인들은 언제까지나 권 씨를 백안시하고 손가락질을 하는 것이었다. 결국 권 씨는 '하나님이 두려우냐? 사람이 두려우냐?' 하는 데까지 이르러, 사람이 두려워서 해야 할 말을 못하는 죄보다 더 큰 죄가 없다고까지 생각하는 것이다.

여기까지 이르면 벌써 권 씨는 하나님이나 천당이 문제가 아니라 사람이 문제라고 생각한 것이며, 그것은 원죄라는 것보다 현실 그 자체를 더 치중하게 생각하고 있다고 하지 않을 수 없다. 인간이 인간의 죄를 현실에 치중하여 생각한다는 것은, 원죄에 대한 반항이며 천당을 무시하는 결과가 된다고 생각하지 않을 수 없다. 다시 말하면 권 씨는 다른 사람들이 공산도배들에 대한 공포에 싸여 하나님을 버렸을 때, 자기는 예수님을 버리지 않고 교회당에 가서 종을 울리고 찬송가를 부르고 기도를 올린 까닭에 괴뢰군에 총살까지 당하나, 그렇다고 권 씨가 인간의 원죄를 깨끗하게 잊고서 천당에 갔다고는 할 수가 없을 것이다. 그것은 우리가 천당을 모를 뿐더러 원죄를 생각한 하나님의 존재 자체를 의심하는 까닭이다. 그러므로 살아서 죽은 것이고, 죽어서 살았다고도 할 수 없는 것이다.

물론 괴뢰군이 9·28 이후 북쪽으로 패배당해 가고 다시 교회의 문이 열렸을 때, 모든 교인들은 권 씨의 하나님에 대한 거룩한 신앙심을 칭찬은 할 수 있으나, 그것은 어디까지나 인간이 칭찬하는 것이고, 하나님이나 예수가 칭찬하고 은혜를 베풀어준 것은 아니다. 이렇게 보면 결국 박영준 씨의 「속죄」는 반항적 작품이라고 아니할 수 없다. 이러한 원죄와 현실에 대한 반항성은 그의 장편소설 「애정의 계곡」에서도 엿볼 수가 있고 「가을저녁」, 「전주곡」, 「열풍」, 「빨치산」, 「의리와 애정」 등에서도 엿볼 수가 있는 것이다.

가령 「애정의 계곡」의 '초희'라는 여자가 '연길'이라는 주인공을 사랑하는 나머지, 자기의 정조까지 바쳐 연길이가 6·25 때 하루라도 무사하게 하였고, 연길이가 죽은 이후에도 연길이와 어머니와 고아원의 원아들을 먹여 살리기 위하여 양갈보가 되지 않으면 안 되는 운명이야말로 하나님이 설정한 원죄의 보복이 너무나 가혹하다.

초희 자신은 간음을 직업으로 삼는 양갈보일망정, 그것을 자기의 죄로 생각하기보다는 현실이 자기에게 너무나 각박한 짐을 지어주고 있다는 것을 심각하게 생각하여 어쩔 수 없이 입에 풀칠을 하기 위하여 양갈보 노릇을 하고 있다고 생각하였을 것이다. 그러나 초희가 양갈보를 그만두고 출판사의 사원으로서 새롭게 출발하게 된 것은, 신의 계시도 아니고 인간인 초희의 각성에서 온 것이다. 또 「가을저녁」만 하더라도 '춘식'이와 '태식'이가 한 여자를 두고 하나의 비극을 만들어낼 때, 이것 역시 원죄의 문제로서는 너무나 심한 신의 희롱이라고 아니할 수 없다. 태식이가 전사했다는 것을 믿었기 때문에 태식이의 아내는 춘식에게 재가를 하였던 것인데, 전사하였다고 믿었던 태식이가 2년 후 돌연 살아와 비극이 벌어지는 것이다. 이와 같은 작품들의 저류에 흐르는 정신에서 현실을 부정하려는 의식이 농후하게 엿보인다.

어떤 이는 박영준 씨의 문학에 대하여 현실사회를 모색하는 것이라고 평가한다. 그러한 일면도 있을지 모르지만 그의 문학처럼 ×××××××××××× 문학은 없을 것이다. ×× 작품들이 ×문학인 × 그것도 그가 ××한 현실 사회가 어떠한 불만족과 환멸을 주었기 때문에 반공의 의지 아래 그러한 숨 가쁜 논쟁문학을 창작해낸다고 하지 않을 수 없다.

그러면서도 그의 작품은 간간히 현실 긍정의 일면을 보이는 것도 같다. 그러나 그것은 누군가 말했던 것처럼 모색의 고민이 그의 문학작품에서 엿볼 수가 있는 까닭이 아닐까 생각한다.

(미완성)

—《신태양》, 1955년 6월호

인간과 흙의 거리

—이무영론

이무영 씨의 문학사상은 인간과 흙 사이에 기축을 두고 있으며 모색하고 있는 것이다. 인간의 참다운 생활의 진실성을 흙에서 찾아보자는 것이 그의 문학이라고 할 수 있다. 다시 말하면 흙은 인간의 고향이라는 것이다.

흙이 인간의 고향인 까닭에, 인간은 죽어서 흙이 된다는 것은 누구나 다 아는 일이다. 이 평범한 진리를 이무영 씨의 문학에서 우리는 찾아볼 수 있는 것이다. 다시 말하면 이무영 씨의 문학은 흙의 진리에 인간의 진리가 있다는 것을 연결시켜놓았다. 사실 흙이란 거짓이 없는 것이다. 땀을 흘려 한길을 파면 한길에 대한 대가밖에 나오지 않는 것이 흙이다. 흙에서 장사와 같이 에누리를 노리는 것은 도저히 있을 수 없는 일이다. 그러므로 그러한 흙의 신실성이 사람에게도 있어야만 한다는 「농민」에서, 흙의 노예인 '장쇠'의 아버지 '치수'와 '박곰보'와의 대화를 빌어 "그럼 농살 안 짓는 사람은 모두 사람 된 도리를 못하는 사람이란 말이지?" 하고 물으니, "암, 그렇지. 그렇구말구"하는 것이었다. 농사를 안 짓는다는 것은 흙을 모른다는 것이요, 흙을 모른다는 것은 사람 된 구실을 못한다는 것이다. 그래서 농사를 짓는 사람이 아닌 장사치를 다음과 같이 말하는 것이다.

"그럼 장사하는 사람은 어떤구?"

하고 박곰보가 물으니 치수는 말하기를, "장사꾼? 장사란 하느님이 시키는 노릇은 아니지. 우리네 농군들은 그저 누가 먹든 심어서 가꾸어야 한다는 생각에서 농사를 짓지만, 장사란 어떻게 하던지 남을 속여서라도 저 혼자만은 잘살아야 하겠다는 욕심에서 하는 노릇이니— 그런 맘씨가 장사가 잘 안 되면 남을 속이게 되구, 그런 맘이 더 자라면 남의 눈을 가리게 되구, 나중엔 사람을 죽이는 강도루 되는 거거든!" 하며, "노름꾼이야 사람의 값에나 간다든가? 새로 치면 참새구 짐승으로 치면 생쥐구"라고, 농사꾼 이외의 장사꾼이니 노름꾼을 이렇게 규정짓는 것이었다. 그래서 그는 「농부전초」에서 월급쟁이를 다시 이렇게 말하고 있다.

"서울, 시골 다녀서 눈이 높아진 네 귀엔 아비의 말씀 귀에 들리지두 않겠지만서두 사람은 농살 지어야 하느니라. 너 월급쟁이 신 씨 봤지? 월급쟁이란 허공에 뜬 거야. 허공에—. 나무도 뿌리가 있어야 살거든! 뿌리 없는 나무에 제아무리 물을 주어봐라. 물 주다 하루만 건너도 시들어버리지! 주는 월급이나 받어먹으니까 부러워들 하지. 허지만 그것이 한 번 떨어져봐라! 끈 떨어진 된 박야. 농산 안 그렇거든! 너 아비 혼자 허덕대는 것 오늘도 보았겠지?" 하고 '훈'의 아버지의 입을 빌려 말하는 것이었다. 흙을 파고 가래질을 하며 호미로 김을 매서 농사를 짓는 것만이 사람다운 일이며 하늘이 시키는 노릇이라는 것이다. 다시 말하면 사람은 흙에다 뿌리를 박고 있다는 것이다. 그러므로 흙은 인간의 고향일 뿐만 아니라 인간의 참다운 생활과 진리는 흙에서 찾지 않으면 안 된다고 하는 것이다. 그러한 흙의 진리를 알고 흙에 대한 영원한 애착을 가질 수 있는 농사꾼일수록 고향을 찾게 되고 진실한 인간 생활을 할 수 있다는 것이다. 그래서 그는 또다시 농민 출신인 병사들에게 대하여 「그전날 밤」에서 이렇게 말하고 있다.

"너희들이 쓸쓸할 땐 고향 생각을 하라. 고향이란 언제나 우리를 즐겁게 해준다. 가장 밉던 어릴 적 친구의 얼굴도 너희들을 즐겁게 해줄 것이다. 고향은 기쁨의 샘이니라. 고향은 인간을 갖은 악으로부터 수호해 주고 갖은 슬픔을 극복하게 해주는 신비한 존재다. 그러기에 고향이 버린 사람은 거칠어지고 악해진다. 이 고향을 그리는 ×수가 자라고, 자라는 동안에 너희들은 조국에 대한 깊은 애정을 느끼게 될 것이다. 인간이 진실한 사랑을 하는 동안에는 절대로 과오가 없는 법이다. 이 고향과 조국에 대한 너희들의 애정이 진실한 동안에는 너희들의 신상에는 조그마한 불행도 오지 않는다. 너희들이 고향을 버리고 조국을 잊고 하면 수많은 잡된 생각이 너희들의 머리를 어지럽게 할 게다. 그러면 너희들은 잘못을 저지르게 될 것이야!"라고 하였다. 여기서 고향이란 것은 다름 아닌 흙을 의미한다고 생각한다. 인간의 기쁨의 샘이 되고 인간의 갖은 슬픔을 극복하게 해주는 신비한 존재로서 즐거움을 주는 고향이란, 악의 집중 지대인 도시를 가리키는 것이 아니라 새소리와 벌레 소리가 들리며 흙냄새가 물씬 나는 농촌을 가리키는 것이라고 생각할 수 있다. 그러므로 이무영 씨의 흙에 대한 문학사상은 흙의 애착과 농사꾼의 정직성과 진실성을 말하는 것이며, 또 그것은 나아가서는 향토의 애착성과 민족의 전통성과 인간의 성실성을 그린 것이라고 아니할 수 없다.

남편이 미국에서 돌아올 날이 가까워 오면 올수록 숙경의 사랑은 몸부림을 치지 않을 수 없었다. 그것은 인간의 본연의 자세일 뿐만 아니라 인간에게 성실성이 있음으로서 그러한 몸부림을 치게 되는 것이며, 사랑의 고민을 하게 된다고 할 수 있을 것이다. 이무영 씨는 사랑의 고뇌를 생인손을 앓는 데 비하였다. 그래서 이렇게 말하고 있다.

숙경은 이 세상의 병중에서 생인손 앓는 것이 제일 아프니라 했다. 관격關格*도 되어보았고, 맹장염도 앓은 일이 있었다. 내장을 훑어내는 통증이었다. 그러나 오늘의 무서운 가슴의 통증에 비할 것이 아니라 했다. 남편의 돌아올 날이 하루하루 다가오고 있었다. 그럴수록 고뇌는 더해 갔다. 그렇다고 현(숙경의 병을 치료해준 의사)에 대한 그리움이 줄어가는 것도 아니었다.

여기서는 남편이라는 사랑의 장벽을 고뇌를 하고 있는 것이나 「농민」에서는 양반이라는 세력 다툼의 장벽을 두고 '박의관'의 막내아들 '일양'이와 '김승지'의 딸 '미연'이의 사랑을 그렸던 것이다. 일양이는 농촌에 살면서 흙의 진리를 모르고, 흙의 냄새를 맡을 줄도 모르면서 흙의 향수를 느끼는 양반들의 이단자이다. 그러한 이단자인 일양이는 '양반'이라는 굴레를 벗기 위하여 중인과 같이 삿갓을 쓰고 다니면서 농군과 이야기하기를 좋아하고, 농사꾼의 세계를 부러워하는 열아홉 살 된 양반의 아들이다. 미연이 역시 그러한 성격을 가진 양반의 딸이었다. 그러한 일양이나 미연이를 동학란을 배경하여 그렸다는 것은, 그의 문학이었기 때문이라고 아니할 수 없다.

이렇게 이무영 씨의 문학이 흙의 사랑과 농민의 성실성에서 출발하여 인간의 성실과 민족의 전통과 향토에 대한 애착으로 아로새겨 엮어진 작품들은 비단 「농부전초」나 「농민」, 「온고」, 「숙경의 경우」, 「그전날 밤」 등에서만 엿볼 수 있는 것이 아니라, 「O형의 인간」, 「명일의 포도」, 「세기의 딸」, 「향가」, 「젊은 사람들」, 「먼동이 틀 때」, 「청기와집」, 「피는 물보다 진하다」, 「흙의 노예」, 「산가山家」, 「삼여인」, 「또 하나의 위선」, 「암야행

* 먹은 음식이 갑자기 체하여 가슴속이 막히고 위로는 계속 토하며 아래로는 대소변이 통하지 않는 위급한 증상.

로」, 「사랑의 화첩」, 「교수와 소녀」, 「기우제」, 「원균후일담」, 「일야」 등과 『B녀의 소묘』에 수록된 단편들 중에서도 엿볼 수가 있다. 이렇게 인간과 흙 사이에서 그의 문학이 형상화되기 때문에 그의 기법은 '리얼리즘'이 되지 않을 수 없는 것이며, 그러한 까닭에 그가 그리는 인물의 성격 묘사는 언제나 선명하고 순수하고 사실적인 것이라고 아니할 수 없다.

—《신태양》, 1955년 7월호

문학 상실에의 경향

일찍이 W. 포크너는 이른바 '위기'에 처한 상실의 문학자의 사명과 특권을 다음과 같은 뜻으로 말하었다.

오늘날의 문학자의 이야기와 목소리는 다시 말하면, 그 저술은 다만 '인간의 기록'에 그쳐서는 안 될 것이며 그것은 인간이 인간과 지구의 ××을 의도하고 의미하고 초래하게 하는 모든 것과의 대결에 있어서 즉, 현재 인간이 처하고 있는 인간 자신의 위기와의 대결에 있어서 인간의 승리를 믿고 이것을 위하여 노력하는 데 그의 주석柱石의 하나가 되어주는 일이다.

인간이 그의 승리를, 드디어는 그가 승리를 거둘 것이라고 믿을 수 있음으로 해서 그를 다만 회한과 후회에 얽매인 죽음으로 이루어질 비극과 유혹에서부터 스스로를 구출해낼 수 있는 계기와 주석과 힘의 하나가 되어주는 일이, 현대의 문학자와 사명과 특권이라고 W. 포크너는 말한 것인데, 이 말은 그대로 오늘날 이 땅의 문학과 문학자들을 위해서 다시 없이 훌륭한, 아니 그들의 침체와 무기력과 혼미를 타개하여 우리의 문학을 보다 고도 높은 수준으로 나아가게 하는 지침이라고 아니할 수 없을 것 같다.

이것은 1월에 발표된 작품들을 중심으로 시평을 적는 데 있어서 지닌 필자의 단독적인 생각일는지도 모르나, 다음《문학예술》과《현대문학》지 1월호에 실린 작품들을 정해진 원고가 허용하는 제도 안에서 살펴봄으로써 필자가 앞서 말한 생각을 구체화해보고자 하는데, 그가 그렇게 내세운 생각, 그 이유의 타당성을 찾아서 정리할 수 있었다면 물론 다행스럽고 만족스러울 것이다.

「잃어버린 사람들」_ 황순원

200매에 달하는 이 작품의 주인공 석이와 순이는 이 작자가 작품 말미 후기에 밝힌 것처럼 '해평열녀설사당'에 전해 내려오고 있는 이야기 속의 인물이다. 전설의 인물인 것이다. 그러나 전설의 인물이라서 어떻다는 것은 아니다. 오히려 시인이던 이 작자의 세련된, 유려하고 매력적인 순수 국어 문장과 아울러서 민속적인 면에 있어서의 전설주의적인 정신의 소산인 이 전설의 인물 석이와 순이에게서 우리는 우리의 오랜 옛날에 살았던 선조의 모습을 보는 희기稀奇한 자리를 점할 수 있었을 것이다.

그러나 어디까지나 희기했을 뿐이다. 못 쓰는 아랫도리가 자꾸만 식어갈 때 이것을 덥히기 위해서 우리의 선조는 젊은 여자의 따뜻한 봄기운을 약으로 썼다는 일, 허리춤에서 뽑은 강도의 칼이 멀쩡한 사람의 오른쪽 귀를 도려내었다는 일과 그리고 마치 시인처럼 "당신도 우리 아 눈이 머루 닮았지"라고 우리의 선조가 말할 줄 알더라는 등등.

이 작품을 읽고 난 후 머리에 남는 것이 이상과 같은 다만 희귀한 것에 불과한 탓은, 작자가 하나의 전설을 문학과 작품으로 다루는 데 있어서 전설의 현대문에 의한 소설적인 과장과 순이와의 아무런 의의도 고려하지 않았고 피하지 않았던 것이기 때문일 것이다.

소설적으로 과장해서 저술한 「뉴스 스토리」가 어디까지나 '뉴스'에 그치는 것과 마찬가지로 소설적인 과장과 저술에 불과한 전설은 어디까지나 전설에 불과한 운명을 져야 할 것이다. 전설이 작품이 되고 문학이될 수 있기 위해서는 그것을 다루는 작자에 의해서 그것을 전설로서만 그치지 않게 하는 어떤 고려된 의의와 꾀하여진 의도로써 가꾸어지고 지탱되어야 한다.

그것은 작자가 문학적인 그리고 현대적인 의의와 의도를 전설에서 발견할 수 있음으로 해서 성립되거나 혹은 작자가 그것을 전설에 부합함으로써 성립된다. 전설과 작자와의 연관에 있어서 위와 같은 작업이 작자에게서 검토되고, 또 그것을 추진하지 않는 한 우리의 하나의 전설은, 우리의 국악이라는 음악 예술이 분명히 우리 자신의 음악임에는 틀림없으나 우리의 현대음악이 아닌 것이 엄연한 사실인 것과 같이 다만 전설에서 그쳐야 할 수밖에 없는 것이다.

따라서 이 작품이 우리의 오랜 옛날의 선조가 지녔던—지금 우리가 보기에는 희기한 몇 가지의 민속을 그리면서 전설 그 자체에 불과한 것은 이 작자가 순이와 석이의 이야기를 통영 해평나루 맞은편 미륵섬 올라가는 왼편 길가에 서 있는 작은 비석에서 취재하여 소설적으로 편집 저술하는 데에서 그침으로써, 자신의 현대 작가로서의 이유와 가치를 의식적으로나 무의식적으로나 포기했거나 혹은 있을 수 없는 일이지만 망각한 데에 원인했다고 한 것이다.

「음계」 _ 손소희

　이 작품도 역시 102매에 달하는 근래에 보기 드문 분량의 작품이었다. 그런데 이 큰 분량의 작품이 한동안 우리의 일간신문에 유행하던 '인생중내人生衆內'의 문제편 같은 것을 연상케 하는 것은 애석한 일이 아닐 수 없었는데, 이것은 이 작품의 주인공인 '나'의 생각과 고뇌와 같은 것이 102매라는 분량에 비할 때 너무나도 가벼웠던 것에 원인에 있게 될 것이다.

　이 작품을 작품으로서 유지하는 가장 중요한 지주가 되는 '나'의 생각과 고뇌는 다음과 같은 것이다.

　'나'의 어머니와 늘 하찮은 실랑이를 시끄럽게 하는 옆집 할머니가 "내사 보니 요즘 가시내사 성한 거 없더라, 봐라, 우리 옆집 가시내 외모사 오죽 반반하나? 해도 못쓴뎅이, 하모 일하라 간다고 낮에 나가서 자고 오잖나, 그래도 가시나가?" 하고 흡사 다른 이유로 내가 외박하고 다닌 듯이 선전했던 것이다. 그러나 '나'는 그의 어머니가 말하듯 온 동네가 그의 결백성을 믿고 있지 않다는 사실을 확연히, 즉 "그러고 보면 나의 결백은 나와 함께 야근하는 동무들밖에는 아는 사람이 없다는 것으로 된다"고 알면서도 크게 불평이 없다. 그로 하여금 크게 불평을 가지지 않게 하는 것은 그가 지니는 무슨 뚜렷한 인생관이나 생활관 같은 것이 아니라, 다만 혼기에 처한 여성이 흔히 타이론 파워나 제랄 필립을 동경하듯 그렇게 막연하게 그려보는 사람, 즉 그가 "다만 나를 알아줄 단 한 사람이 있으면 되는 것이라고 막연히, 그리고 즐거운 나날을 나는 나를 알아줄 그 한 사람을 위해 나를 지키기에 엄격했던 것이다"고 말하는 그 사람인 것이다.

　이 대목 이상으로 더욱 심각한 '나'의 고뇌와 생각을 이 작품은 말하고 있지 않다. 그렇기 때문에 '나'는 어머니와 곁집 할머니의 아들인 상처한 어린애 아버지인 자동차 운전사와 마주앉은 자리에서—운전사의 아들인 천수가 만일 자기를 어머니라고 부르면 그때 자기는 얼마나 징그러워할 것이냐고 했으면서도—어머니가 "니 의견두 좀 듣자"고 하였을 때 그저 마음속으로 "벌써 어머니의 말씀이 반승낙처럼 나온 것을 내가 새삼 싫소, 나쁘오, 못 하오, 할 계제도 못 되거니와, 어머니의 취하는 태도에는 분명히 나의 의사가 고려되지 않은 바는 아니었다"고 규정지어버릴 수 있은 것이다.

뿐만 아니라 '나'는 그의 말과 같이 '결혼'의 조건도 대체로 경제적인 능력의 유무만으로 시세는 결정되는 판이라고 다시금 결론을 맺어보면서 "어머님이 좋을 대로 하셔요"라고 대답할 수 있는 것이다.

그러므로 또한 '나'는 운전사와의 결혼이 운전사의 어머니에 의해서 파국에 이르게 되자 하얀 침을 삼켜가며 수레 뒤를 두 손으로 받치고 언덕바지 길을 올랐던 것이다. 무언가 부당하게 밟히고 씻긴 듯한 느낌과 그리고 어머니의 쇠잔한 자존심을 싣고.

이상으로 보는 바와 같이 '나'의 생각과 고뇌는 그가 책임하는 그의 실제 인생에 사로잡혀 그것의 불안을 헤매는 것에 불과하다. 이 작품이 전기한바, 일간신문의 '인생중내' 문제편 같은 연상을 일으키게 하는 결백이다.

그러나 예술이란 제신諸神과 혹은 시각과 인식을 통해서 인간 심신의 모든 기능의 완전한 조화를 이룩하도록 계획하는 것이며, 아울러 인간의 그것을 분열하려는 모든 획책에 이겨나가며 그것에 부응하여 어디까지나 조화에의 노력을 아끼지 않는 것이다. 언어의 예술인 문학은 따라서 인간의 생명의 근원에서부터 가장 멀리 어긋나서 동떨어져 나간 사상과 현실이 그 근원에 복귀하여 자기의 생리를 회복하려는 운동이어야 마땅할 것이다.

　그러면 문학이 취급해야 하는 인간의 생각과 그 고뇌는, 그가 그의 다만 어쩌면 간단한 희비극의 되풀이에 불과한 실제 인생에 사로잡혀서 그것의 '틀' 안을 헤매는 데 지나지 않는 그것이 아니라, 그가 그러한 스스로의 한계를, 그가 실재하는 희비극에 불과한 그의 실제 인생의 '틀'을 뛰어넘기 위해서, 다시 말하면 그가 현실의 자기 자신보다 보다 더 인간적이고 아름다운 자기 자신일 수 있기 위해서 가지는 고뇌와 생각이어야 할 것이다.

「백치의 꿈」 _ 곽학송

　이 역시 큰 분량의 작품이다. 이에 대해서는 거의 앞 작품에 대한 것과 비슷한 언급이 그대로 적당할까 한다.

　이 작품의 주인공의 최대의 고뇌와 그리고 그 생각은 그의 어머니의 하찮은 분노로 인해서 자식까지 본 처, 상희와의 별거를 해소하고 다시 동거하자는 것인데, 결국 그도 그가 실재하는 인생의 한계의 '틀' 안을 배회할 줄밖에 모르는 스스로의 생각과 고뇌에 사로잡힌 인물에 불과했던 것이다. 왜냐하면 그가 상희와의 재동거 부부생활의 재건을 위해서 가장 적절한 그리고 필요를 수단으로 채택한 것은 그와 상희를 별거하게 했던 그의 어머니의 절대적인 가능성이 믿어지는 '맹목'이었던 것이기 때문이다. 그는 눈이 먼 어머니 앞에서 결혼식을 거행하는데, 어엿이 웨딩마치에 발맞추는 상희를 어머니가 벌써부터 며느릿감으로 마음에 두었던 화순이라고 속이자는 것이다.

　그래서 그의 어머니는 상희를 화순이라고 믿고 그리고 그의 상희와의 재생활은 다시 이룩될는지도 모른다. 그러나 그렇게 됨으로써 그의 실제 인생의—그가 어머니의 하찮은 감정의 소산으로 인해서 자식까지 본 처와 별거해야 한다는 사실의—희비극은 조금도 해소가 의미되어지는 것도 아닐 것이다. 오히려 그의 실제 인생의 희비극은 이중의 것이 되고 말 것이다. 그가 그의 눈먼 어머니를 그와 같이 속인다는 것은 처 상희와의 부자연한 별거 생활이 내포하는 그의 실제 인생의 희비극을 해소하는 것이 아니라 덮어두어서 그대로 지연하는 일이 되는 것이기 때문이다. 그래서 다시 이 일은 그가 그의 어머니를 속인 것이, 다시 말하면 그가 그의 실제 인생의 희비극의 원인을 속인 것이 되는 것이 아니라 그것과의 야합을 결과하는 일이 되는 것이기 때문이다.

따라서 여기서 다시 되풀이한다면, 그는 이리하여 그가 실재하는 희비극의 연속인 그의 실제 인생의 한계의 '틀' 안을 배회할 줄밖에 모르는 생각과 고뇌에 사로잡힌 인물에 불과하다고 할 것이다.

그러나《문학예술》지에 발표된 대가의 작품에서 문학의 본질과 기능과 효용이 올바른 방향으로 다루어지는 노력과 추진을 엿볼 수 있었던 것은 다행한 일이었다.

「부성애」_ 염상섭

제목으로 보아 작자가 이 작품에서 그리려고 한 것은 영감의 방탕무뢰한 자식을 상대로 가지는 부성애인 것 같으나, 이 작품에서 가장 중요한 의미를 지니는 인물은 이 영감이 아니라 인천집인가 한다.

영감의 방탕무뢰한 아들에 속고 짓밟힌 인천집의 사고와 행동은—퇴폐와 오욕에 뒤범벅이 된 오늘의 우리가, 현재의 우리보다 좀 더 가치 있고 아름다운 우리일 수 있기 위해서 힘쓰는 계기가 될 수 있다고 본다.

인천집은 곧 퇴폐와 오욕에 뒤범벅이 된 오늘의 우리 자신의 화신이라 할 것이고, 그를 둘러싼 영감, 마님, 아들, 본처, 양장미인 등등은 오직 낡은 감정과 도덕률의 습성과 비인간적인 파렴치와 무기력과 비판 없는 현실 추종 풍속으로 가득 찬 우리의 현실과 사회를 상징한다고 할 것이기에, 이것들이 제출하는 여하한 방법과 조건에 의한 타협과도 야합하지 않고 이것에 저항하는 인천집이 그러하듯이, 생명에의 애정을 잃지 않으면서—뛰어넘어서 현재의 우리보다 좀 더 가치 있고 행복함으로써 아름다울 수 있는 자기를 생각하고 힘쓸 수 있는 재기의 하나가 될 수 있다는 것이다.

새로운 모럴의 규범의 탄생은 인간을 그가 실재하는 실제 인생의 '틀' 속에 가두게 하여, 따지고 보면 항상 한낱 간단한 희비극에 불과한 그의 실제 인생을 퇴폐와 오욕에 사로잡히게 할 뿐인 지나간 시대와 기성 사회의 낡은 모럴을 완전하고 철저하게 부정하는 데서 바랄 수 있는 것이기 때문이다.

「피에로」에 대해서도 거의 앞 작품에 관한 것과 같은 언급을 할 수 있을 것 같으나, 이미 제한된 지면이 다 차지되었으니 다음 기회로 미루고 몇 마디 결론이 될 수 있는 것을 적어보기로 한다.

상실되려는 문학

이상과 같은 대략의 개관에 의해 이 달에도 우리 한국의 문학은 노대가가 그의 짧은 작품으로써 문학의 올바른 기능과 효용과 본질의 추진을 엿보이게 하였을 뿐, 태반의 작품은 오히려 문학의 문학 상실을 초래하는 경향을 완강히 유지하였다고 필자는 본다. 초두에 포크너의 이야기를 오늘날의 우리 문학과 문학인에게 그대로 옮겨서 적용시켜도—우리의 문학을 보다 고도의 것으로 끌어올리는 데 절대적인 특효약이 되고 지침이 될 것이라고 한 연유인 것이다.

문학이 W. 포크너의 말과 같이 인간이 자신의 파멸을 뜻하는 모든 종류의 '위기'와의 대결에 있어서 인간의 승리를 믿고 이것을 위하여 노력하는 데 그가 필요로 하는 그의 주석이 되어주고 힘이 되어주기 위해서는, 다시 말하면 오늘의 작가가 현대의 문학자로서 지니는 사명과 특권을 다하기 위해서는, 앞서 작품 「음계」를 언급하면서 그 끝에 적은 바와 같이 문학예술의 올바른 본질과 기능과 효용의 정확한 파악이 필요하다.

그렇다면 오늘날 우리 문학에 보는 문학 상실에의 경향의 원인은, 작가의 예술과 문학이 지니는 본질과 기능, 또 효용을 올바르지 못하게 파악하고 관념하고 있다는 것이라고 할 수밖에 없다. 그래서 이 시평을 쓰는 필자에게 고언을 허락한다면 작가의 긴장과 문학에 대한 올바른 인식이 지당하게 요청된다고 해야겠다.

작가의 예술과 문학에 대한 올바른 인식이 성립되면 그의 눈이 필연적으로 발견한 오늘의 인간의 '위기'를 조성하는 세계의 경제, 과학, 정치의 제 양상에서 발생하는 끊임없는 문제로 인해서 우리의 문학이 세계적으로 넓혀질 폭과 높아질 크기에 대한 유쾌한 생각과 함께.

—《새벽》, 1956년 3월호

제3부 │ 시론時論 및 영화평

문화 운동의 변조적인 경향에 항抗하여
─작금 1년간의 문화계 동태

오늘날 문화 운동이라고 하면, 대개가 단체의 조직을 연상하는 것이 보통이다. 우리 한국에서는 문화 운동을 개인이 하는 것이 아니라, 단체가 하는 것같이 인상되어 있다. 그래서 오늘의 문화 운동은 총체적으로는 '문총(전국문화단체총연합회의 약칭)'이 하는 것같이 되어 있고, 세부적으로는 '한국문학가협회', '중앙문화협회', '한국무대예술원', '미술협회', '음악협회', '영화평론가협회' 등 그밖에 각 부문에 걸쳐 각각 해당되는 전문 분야로 무슨 협회들이 조직되어 문화 운동을 전개하고 있는 것처럼 되어 있다. 이러한 전문 분야에 해당되는 각 협회의 집단체가 즉 문총인 것이다. 문총은 현재 그 산하단체가 약 18개로 구성되어 있다.

문총의 조직 동기는 둘로 분류할 수 있다. 그 직접적인 동기는 민족문화를 향상시키며 수호하기 위한 것이지만, 간접적인 동기로서는 그 민족문화를 옹호하기 위하여 민족문화를 잠식하는 공산 계열의 문화단체인 '문련(조선문화단체총연맹의 약칭)'과 대항하기 위한 것이었다. 조직 동기가 그와 같아서 문총은 해방 이후 정부 수립까지, 대공투쟁에 있어서 많은 업적을 남겼다.

문총은 해방 후로부터 정부 수립 직전까지, 민족진영의 전 문화인이 총단결하여 문련을 상대로 민족문화를 옹호하고 공산주의의 유물변증법적 공식주의 문화를 타도하는 데에 빛나는 역사와 공적을 가지고 있다.

　그러나 정부가 수립되고 공산당이 불법화됨에 따라, 문련은 자연 지하로 들어가 6·25 전까지는 다소의 움직임을 보여주었지만, 오늘날 문화계의 공산 계열들은 완전히 소탕되고 말았다. 공산당에 대해서 동정적인 태도를 보였던 문화인들도 지금에는 6·25 동란 때 쓰라린 경험을 맛보았던 탓인지, 완전히 자유대한의 품 안으로 들어오고 말았다.

　이러고 보면 문총의 존재의의는 무엇이며 1·4 후퇴 이후 그들이 한 사업이란 무엇인가. 오늘의 문총은 유명무실한 존재가 되고 말았다. 아니 유명무실한 존재가 아니라 행사를 치르고, 감투 운동에 발판노릇이나 하고, '섹트'의 쟁탈장으로 변하고 말았다.

　이것을 구체적으로 말하면, 문총의 '헤게모니'를 쟁탈하기 위해서 지금까지 문총을 움직이고 있던 문화인들은 감정에 사로잡혀 대의명분을 잃고, 문총 자신이 해야 할 일은 안 하고 공연히 문총의 무능력과 섹트화를 비난했다고 해서 제명 처분의 성명을 내는 것 등을 돌이켜 생각해볼 때, 문총이 하고자 하는 것이 무엇인지 중립적 입장에 서 있는 우리 문화인으로서는 재검토하지 않을 수 없다. 대공투쟁과 민족문화 옹호를 위하여 조직된 문총은 감투싸움에 분망한 탓인지 자신의 본분을 망각하고 있다. 예를 들자면 예거할 수 없는 정도이므로 여기서는 몇 가지만 실례를 들어보겠다.

　한때 항간에 물의를 야기했던 조영암 제명 사건이나 김동리 사건 같은 것은 예외로 하고서라도, 환도 후 국회에까지 파문을 던졌던, 이른바 한하운 시초 사건*이 일어났을 때, 어찌하여 문총은 침묵을 지키고 있었던가. 그 시집이 붉은 시집이 아니냐 하고 수사당국에서까지 문제시하여 예리한 수사를 계속하고 있을 때에도, 그것을 판가름할 수 있는 의무와 책임을 가지고 있는 문총이면서도 어찌된 셈인지 성명서 하나 발표하지 않고 묵살하고 말았다. 만약 그 시집이 붉은 시집이라면 마땅히 문총 자신의 사명 완수를 위하여 철저하게 규탄할 것은 물론 다시금 그런 출판을 하지 못하도록 제재책을 강구해야 도리일 것이다. 이것을 묵살하고 모르는 척하였다는 것은, 그 당시의 문총 간부들이 예술 지상주의의 주장 때문에 현실을 초월하여 세파의 잡음을 무시하였다면 모를 일이거니와, 그렇지 않고 그 시책인 줄 알면서도 출판업자와 친하다는 단 한 가지 정실관계로 그대로 묵살하였다면, 우리는 그들에게 대하여 새삼스럽게 사상적 의심을 품지 않을 수 없다.

　문총 내부의 경리사고를 폭로했다고 해서, 무슨 큰 사건이나 난 것처럼 중앙심의회를 열고 그렇게도 용감스럽게 조영암 제명처분 성명서를 내던 문총이, 어찌하여 한하운 시초 사건에는 일언반구도 없이 잠잠하였던 것인가. 섹트를 위하여 조영암 씨는 세칭 문예파가 아니므로 제명 처분을 하였고, 『한하운 시초』 출판업자는 정실 관계로 알고도 모르는 척하였던 것인가. 만약에 나의 추측대로 그렇게 되었다면, 문총은 당시에 '헤게모니'를 장악하고 있었던 문예파들의 사유물에 지나지 않는다. 그러한 종파주의 때문에 김동리 씨가 제명 처분을 당했는지 모르나, 그 당시의 문총은 솔직히 말해서 문예파의 독무대였던 것만큼은 부인할 수 없는 사실이다. 섹트를 강력하게 추진시키기 위하여 대의원 수를 주로 문예파 중심으로 다수를 차지하여 다수결의 원리로 언제나 승리하는 것이었다. 그리고 상집이라는 것도 언제나 그들이 전부 차지하게 되는 것이었다. 회의의 절차와 방법은 세 번이면 세 번 다 동일하게 공식주의로 진

| * 해설 참조.

행하는 것이었다. 나는 대회 때마다 그것을 붕괴시키느라고 동지를 규합하여 같이 노력한 적도 많다. 그러나 합법적이거나 불법적이거나, 그들은 항상 수적으로 대하는 것이었다.

문화인 등록 문제만 하더라도 처음에는 자기들이 먼저 거부하더니, 자기들이 유리할 듯하니 문총대회를 열고, 정론으로서는 문화인 등록 거부 태세가 절대 우세하였음에도 불구하고 섹트의 지령으로 당시 문교부와의 타협에 찬동할 것을 결의하게 하였던 것이다. 그들은 자기들의 이익을 위하여 수단과 방법을 가리지 않았다. 다시 말하면, 그 당시의 그들의 목표는 예술원을 어떻게 독점하느냐 하는 데에 있었다. 그 목적을 달성하기 위하여 그들은 문교부의 어떠한 조건도 받아들일 용의를 가지고 있었다. 이 얼마나 가소로운 섹트인가 말이다.

그러나 그들은 우리의 가소롭다는 말을 비웃고 말 것이다. 사실 그들은 자기의 길을 걷고 있으며, 실제적으로 그들은 승리했고 독점한 셈이다. 그들은 '예술원 회원'이라는 감투를 쓰기 위하여 문총을 그 발판으로 이용하였으며 그들의 섹트 무대는 문총에서부터 예술원으로 이동한 셈이다. 그들의 세력이 문총으로부터 쇠퇴하였다고 하지만, 그들은 그들의 섹트를 과소평가하는 것밖에 안 된다. 그들 섹트의 아성은 아직도 붕괴되지 않았다.

'한국문학가협회'는 그들이 아직도 헤게모니를 잡고 있는 셈이다. 위원장 박종화 씨를 위시하여 상임분과위원장 이하 전 부문이 예파 계열이다. 문협은 환도 후 한 번도 총회를 연 적이 없다. 이것은 그들 자신이 문단의 분위기로 보아 불리한 까닭에 총회를 소집하지 않고 있는 것이다. 총회의 소집은 위원장들이 연명 날인하여 총회소집을 위원장에게 요청하거나 하는 두 갈래의 소집 절차가 있는데, 그들은 문단 분위기 문제로 언제까지나 그냥 방임해둘 작정일 것이다. 그러나 조만간 그들이 고의적으로 총회 소집을 하지 않으려고 해도 자동적으로 소집될 날이 있을 것이다.

하여튼 그들 문예파 계열은 다소의 충격을 받고 있으나, 문총은 그들이 예술원 회원이라는 감투를 얻기 위하여 무자비하게 이용당한 것이다. 그들도 이것만은 부인 못할 것이다. 그들은 예술원의 헤게모니를 장악하려고 앞으로 모든 노력을 거기다 경주할 것은 두 말할 나위도 없다. 지금 그들은 당당히 국록을 먹고 있는 예술인이 되었으며, 법적으로 인정된 예술인이다. 탐문한 바에 의하면, 그들은 신분증과 아울러 권총 휴대증까지 첨부해달라고 요청하였다고 한다. 이 얼마나 난센스냐. 그들은 법적으로 인정된 예술인이므로 예술원이 하나의 감독관청인 줄 착각하고, 그렇게 권총까지 휴대하겠노라고 하였을는지 모른다.

하여튼 그들의 말을 빌린다면 현재의 문총은 그들이 다 먹고 남은 찌꺼기이다. 이제 와서 문총을 혁신하고 그들 종파주의자들을 제명 처분해도 닭 쫓던 개 지붕 쳐다보는 격밖에 못 된다. 그들의 섹트가 예술원이라는 테두리 안에서 진을 치고 있는 이상, 혁신된 문총이 성명서를 몇 백 번 내본다 하더라도 그들에게는 마이동풍밖에 못 될 것이며, 김빠진 맥주처럼 그 성명은 또 하나의 섹트 구성 등록 성명 구실밖에는 못할 것이다.

혁신된 문총이라고 해서 별다른 것은 없다. 그들에게 특별한 재표才標가 없는 한, 우리들의 생활을 안정시킬 수 있는 원고료 인상을 강력하게 실천에 옮길 힘도 없거니와 우리 문화인에게 이득을 가져올 별다른 수단이 있을 것 같지도 않다. 그들 역시 적당히 시기를 틈타서 감투를 쓰려고 내심으로 노력할 것은 불문가지의 일이다.

이것을 단적으로 지적한다면, 혁신된 문총은 혁신이 되었다기보다 문총과는 아무런 관련성도 없었던 방관문화인 아니면 회색문화인들이 과거의 경력으로 일부분 간부 자리를 차지하고 있는 것이다. 부역 문화인이라 할지라도 우리 대한민국의 품 안으로 들어온 이상 그들도 대한민국의 국민임이 틀림없는 사실이다.

그러나 부역 문화인을 이 나라의 유일한 문화기관인 문총의 중앙위원 내지 최고 간부로 맞아들이는 것은 아직 시기상조다. 여기서 일일이 이름을 지적해서 말할 필요는 없겠으나, 혁신되었다는 문총의 간부 몇몇은 부역을 해도 이만저만한 것이 아니다. 그러한 부역 문화인들을 간부로 맞아들인 혁신된 문총이, 똥 묻은 개 겨 묻은 개 나무라듯 예술원 회원 중 부역음악가, 친일예술인, 패륜아 등이 있다고 해서 성명서를 부질없이 내고 있는 것은 자가당착의 일이 아닌가 생각한다. 혁신된 문총이 그런 분자들을 포섭하고 있거늘, 어찌하여 예술원인들 그런 분자를 회원으로 하지 말라는 법이 있느냐는 말이다.

혁신된 문총에서 구체적으로 이름을 지적하지 않고 단지 「김일성투쟁사」를 작곡하고 지휘하였다고 했으나, 그것은 아마 김동진 씨를 두고 하는 말일 것이다. 김동진 씨가 「김일성투쟁사」를 작곡하였는지 지휘하였는지는 나로서는 잘 모르겠으나, 그러면 김동진 씨와도 친하고 그와 같이 1·4 후퇴 시 같이 남하한 양명문 씨는 어찌하여 6·25 기념절에 시를 낭독하라고 혁신된 문총이 추천하였던 것인가. 북한 6년간의 적치하에서 김동진 씨가 친공적 작곡가 행세를 하였다면, 양명문 씨 역시 친공적인 시를 쓰지 않을 수 없었다. 그러나 그들은 지금 공산주의가 싫어 남하를 하여 대한민국 품 안에서 멸공전에 가담하고 있지 않는가. 그런데 지금 와서 과거의 경력을 끄집어내 예술원 회원 자격이 없다는 둥 이러니저러니 하고 트집을 잡는 것은 김동진 씨가 예술원 회원이 된 까닭이라고 하였다. 양명문 씨처럼 예술원 회원이 되지 못했으면 김동진 씨도 지난번 6·25 기념절에 합창단 지휘를 맡아보았을 것이며, 혁신된 문총의 성명서와 같이 그러한 비난도 받지 않았을 것이다. 혁신된 문총이 문제시하는 것은 김동진 씨가 예술원 회원이라는 감투를 썼기 때문에, 그러한 성명을 발표하게 되는 것이라고 생각하지 않을 수 없다. 즉 감투가 문제되는 것이다.

우리는 지금 지나간 과거지사를 새삼스럽게 끄집어내어 가지고 부역 시비론이나 친일시비를 운위할 때가 아니라고 생각한다. 그것은 평지에 풍파를 일으키는 격밖에 안 된다. 현재 대부분의 문화인은 과거지사를 들추어낸다면 깨끗하다고 대담하게 언명할 사람은 그리 많지 못할 것이다. 또한 지금 그러한 것을 일삼는 것은 그 원인이 섹트를 증오하고 말살하려고 노력하는 우리들로서는 오불관언의 일로밖에 보지 않는다.

여기까지 말하고 보면 혁신된 문총이 갈 곳이 그 어디인가를 알 수 있다. 문총이여! 올바른 문화 운동의 선봉이 될 것을 우리들은 빌고 있을 따름이다. 감투와 헤게모니 쟁탈 때문에 문총이 결성된 것은 아니다. 본래의 사명은 민족문화를 향상시키고 옹호하는 데 있는 것이다. 만약 앞으로도 문총이 이상과 같은 섹트 때문에 성명서를 내고, 섹트와 감투 때문에 문화계에 불명예스러운 풍파를 일으킨다면, 우리들 중립적인 입장에 서 있는 모든 문화인들은 스스로 문총을 탈퇴할 것을 엄숙하게 선언하는 바이다. 그리고 우리는 문화계 양대 섹트들의 추악한 알력을 늘 감시할 것을 게을리하지 않을 것이다. 혁신된 문총의 간부들이나 문총에서 물러나간 옛 간부진 할 것 없이, 문총은 그대들의 감투나 섹트 때문에 결성되지 않았으며 존재해 있는 것이 아니라는 것을 거듭 말하여둔다.

그러고 보면 지나간 1년 동안 문총을 중심으로 문화계의 동태는 중상과 모략과 추문이 꼬리를 물고 연속되었던 것이 사실이다. 이렇게 추문이 많고 섹트와 감투를 위하여 그 존재의의가 있었던 문총이 지금부터 무엇을 할 것인가, 우리들은 주시하고 있다.

스페인의 격언 속에 "한 사람만으로 우정을 말할 수 없고, 두 사람이면 신의 우정이 될 수 있고, 세 사람이면 인간의 우정이 될 수 있고, 네 사람이면 악마의 우정이 되는 수밖에 없다"는 말이 있다. 생각해보면, 원래 단체라는 것은 개인이 하자고 하는 것에—특히 창조적 행위에 대하여 단체라는 것은 그리 필요한 것이 아니라고 생각할 수 있다. 그런 의미에서 우리가 문총의 존재를 그리 절실히 느끼는 바는 아니다.

—《청춘》, 1954년 10월호

국회의원과 특권계급

20세기의 특권계급

영국의 정치학자 존 러스킨 씨는 "20세기에 특권을 보유하고 있는 것은 국회의원밖에 없다"라고 하였다.

사실 현대의 국회의원은 자유와 행복을 추구하는 20세기의 민주주의가 강화, 확대되면서 그 권한이 방대하리만치 커가고 있는 것만은 틀림없는 일이다. 정치 체제가 민주정치제도에 있어서 대통령 중심이든 또는 의원 중심 내각책임제이든, 국회의원의 권한은 점차적으로 확대일로를 걷고 있는 것은 사실이다. 다시 말하면 오늘날 국회의원이라고 하면, 첫째, 10만의 선량이라고 해서 자기의 선거구민으로부터 존경을 받는 것은 물론이려니와, 둘째, 헌법상의 보장에 있어서도 자기 발언에 대하여 의사당 내에서 외도에 대하여 책임을 지지 않는 것이고, 동시에 구속되었다 하더라도 국회의 석방 결의가 있으면 곧 석방해야 되며 또 국정 감사권을 가지고 있는 까닭에 자기 분과에 속하는 각 부실의 사무사항을 감사할 권한을 가지고 있는 것이며, 셋째, 기차도 일등석을 무료로 승차할수 있는 권한 등 그밖에 허다한 특권을 보유하고 있는 것이다.

그런데 이렇게 국회의원이 특권을 보유하게 된 까닭은 국민주권주의에서 오는 민주주의 특색이라고 할 수 있다. 옛날은 군주정치를 하였기 때문에 군주는 절대적이었으며 귀족들의 특권은 말할 나위도 없이 무제한적 행패를 하여도 국법은 이를 허용하였던 것이다. 그러나 오늘날 국회의원들의 특권이란 군주시대의 귀족들의 행패를 때에 따라서는 그대로 모방한 것 같은 인상을 주는 때가 있으나, 현대의 국민주권사상이 그러한 행패를 용서하지 않는다. 그렇지만 국회의원의 권한은 참말로 방대한 것이다. 삼권분립이라고 해서 국회의원의 권한이 입법에만 그치는 것이 아니라 사법 행정에까지 그 영향이 미치고 있는 것이다. 20세기에 있어서 어느 정도 몽테스키외의 삼권분립론을 그대로 실시하고 있는 미국 자체도 행정권을 견제할 수 있는 권한을 가지고 있는 것이다.

미국의 경우 상원이 인사의 인준권을 가지고 있기 때문에 정부는 마음대로 대사 및 공사들을 임명할 수 없으며, 또 장성들을 마음대로 승진시킬 수도 없다. 그리고 국회는 예산심의권을 가지고 있는 까닭에 행정부의 시책은 국회의 절대적인 동의를 얻지 않고서는 강력한 정책을 실천면에 옮길 수 없다. 그러므로 미국은 국무장관이 세 사람이라고도 한다. 즉 정부의 국무장관이 있고 또 하원과 상원의 외교분과위원장이 있음으로 해서, 미국의 외교정책은 이 3자가 합의하지 않고서는 실현될 수 없는 것이다.

이렇게 미국 같은 나라에서도 국회의원의 권한이 방대한데, 하물며 의원내각책임제를 채택하고 있는 나라에 있어서의 국회의원의 권한은 참말로 방대한 것이다. 의원내각책임제를 채택하고 있는 나라에서의 국회의원이란 입법은 물론 행정권 및 사법권까지 감사할 수 있는 권한을 가지고 있는 것이다. 우리의 헌법상으로 보아도 국회의원의 권한은 방대한 것이며, 그러한 권한을 가진 국회의원은 국민의 이름으로 행정부나 사법부의 모순된 정책이 있을 때에는 언제나 신랄하게 비판할 수 있는 권한을 가지고 있는 것이다. 그러나 그 방대한 권한을 제대로 행사 못할 때가 많다. 오늘날 속칭 여당의원을 보고 거수기라고 하는 것은, 어떤 고위층의 지령하에 자기의 마음속으로는 반대적인 의견을 가지고 있으면서도 자기 마음먹은 대로 하지 못하고 극소수의 지도자의 의견에 따라간다는 것을 말하는 것이다.

사실 오늘날 국회의원이라고 하는 것은 다른 나라의 지적 수준에 비교해보면 참말로 말씀 아닌 자격을 가진 국회의원이 허다하다. 국회의원의 기간인 4년 동안 한 번도 발언을 하지 못하는 소위 벙어리 국회의원이 있는가 하면, 한편으로는 신문 하나 제대로 못 보는 청맹과니* 국회의원이 있는 것을 우리는 알고 있다. 충청남도 어느 선거구에서 나온 국회의원은 자기가 돈으로 당선은 되었지만 신문을 거꾸로 읽을 정도인 까닭에 정치에 대한 연구도 할 수 없고, 더욱이 정책에 대한 비판은 더한층 못할 것은 당연한 일이 아닐 수 없다. 이러한 국회의원이 어떻게 국민의 대변인 노릇을 제대로 할 수 있단 말인가. 그러한 국회의원을 선출한 선거구민이 참말로 한심할 정도다. 존 러스킨의 말을 빌린다면 "그 나라 정치가 부패한 것은 그 나라 국민이 부패한 것이다"라는 말과 같이, 그러한 무식하고 무능한 국회의원을 선출한 선거민은 우리나라 국정이 잘되고 못된 것을 한탄하고 비판할 자격이 없다고 보는 것이 좋을 것이다.

지금 우리 국회를 구성한 성분을 분석해보면 참말로 웃지 못할 요소가 많이 있다. 정치는 현실을 중심으로 해야 되고 현실을 냉혹히 비판할 수 있는 정치인이 정치를 요리하여야 되는데, 우리나라의 정치적 현실은 그렇지가 못하다. 정치를 자기의 장사에 이용하려고 하는 사람도 있고 또 권력을 국민에게 마음대로 휘두르려는 사람도 있으며, 또 관권을 장

| * 눈은 떠 있어도 실제로는 앞을 보지 못하는 사람을 가르키는 우리말.

악하여 정권을 유지해보겠다는 생각을 가지고 있는 사람도 있는 것이다. 이렇게 보면 우리나라의 정치는 국민의 권익 옹호를 하기 위해 존재하는 것이 아니라, 한 사람의 욕심과 영달을 충족사키기 위하여 존재한다고 하여도 과언은 아니다.

사실 어떤 국회의원은 국회의원으로 당선됨으로 해서 부자가 된 사람이 있으며, 또 일개 순경을 하던 자가 관권의 배경으로 여당공천의 덕택으로 국회의원이 된 사람도 있으며, 또 일개 면서기나 군청에서 가진 악질 행위를 다하다가 국민의 비난에 못 이겨 물러난 공무원들이 그럭저럭 중앙정계와 선을 맺어 공천을 얻게 되어 국회의원이 된 사람도 있는 것이다. 이렇게 당선된 국회의원인지라, 제사에는 마음이 없고 젯밥에만 마음이 가서 정치에는 마음이 없고 이권에만 눈이 어두워 온갖 수단방법을 다하여 부정소득을 일삼고 있는 것은 무리도 아니라고 본다. 그렇게 해서 번 돈을 그들은 첩을 두고 사치시키고 으리으리한 저택에서 고급 승용차만 타고 다니며 요정에나 들락날락하는 것이 일종의 정치라고 생각하고 있는 것이다. 어떤 국회의원은 첩이 둘, 셋씩이나 된다고 한다. 또 그것도 부족해서 다방 여종업원들에게 양말쪼가리나 사주고, 좀 미인 축에 들면 시계 등속을 사주고 함께 온천행을 하여 하룻밤의 달콤한 정욕의 시간을 보내는 예도 있다고 한다.

국회의원의 권한이 국민의 이름 밑에 이루어진 것이라면, 그들은 국민의 생활 향상을 위하여 모든 권력 침해와 싸워야 함에도 불구하고, 당선될 때까지는 선거구민에게 별의별 소리를 입에 침을 발라가면서 한 어떠한 정책을 실시하도록 노력하겠다는 선거공약도 어느새 잊어버리고 서울 한복판에서 호화로운 생활을 계속하고 있는 것이다.

국회의원도 인간인데

국회의원들은 걸핏하면 시간이 없다고 한다. 그러나 그들은 시간이 너무나 많이 있어서 요정에 초대를 받아가지고 기생들의 엉덩이를 어루만지는 시간도 있으며, 마작, 골프, 당구, 투전, 춤, 바둑 등을 오락할 수 있는 시간이 얼마든지 있는 것이다. 어제, 그제 보아서 형편없는 다방 출입객이 한 번 국회의원이 되면 오만하기 짝이 없고, 안하무인격으로 윗사람도 몰라보고 칠팔십 노인네 앞에서도 버르장머리 없이 담배를 피우는 등 참말로 구역질이 날 정도로 눈꼴사나운 모습을 많이 보게 된다. 더욱이 기차를 타게 되면 그러한 꼴을 많이 보게 된다.

그러나 국회의원도 인간인 이상 그들에게도 도의적 양심이 되기 전에 인간으로서 옳은 인격을 소유하지 못했다고 아니할 수 없다. 어떤 선량은 국회의원으로 당선된 후 자기의 부친에게 반드시 무슨 의원이라고 붙여서 불러달라고 하였다고 하니, 이것이 사실이라면 '난센스'도 이만저만한 정도가 아니다. 의정당상에서는 침이 마르도록 가장 국민을 위하는 척하면서, 자기의 가정살이를 제대로 못하고 있는 국회의원은 한두 사람이 아니다. 물론 정치인이 정치만 잘하면 되지 무슨 가정생활까지 세밀하게 간섭할 수 있느냐 하고 반문할는지 모르나, 국회의원이라는 자격을 소양하기 위하여 가정부터 명랑하고 청렴한 후 국정도 그와 같은 방향으로 나가야 할 것이다. 옛날부터 '수신제가치국평천하修身齊家治國平天下'라는 말이 있지 아니한가. 자기의 몸, 자기의 가정 하나를 제대로 다스리지 못하는 인간이 어떻게 훌륭한 사회인이 되고 정치인이 될 수 있느냐 말이다. 자기의 가정 및 가족들은 어떠한 행동을 해도 좋고, 만만히 양심과 도덕을 지켜 올바른 사회인이 되라고 하는 것은 하나의 모순이 아닐 수 없는 것이다.

내가 2개월 전 호남지방에 잡지 관계로 여행했을 때의 일이다. 이리에서 여당 소속인 어떤 국회의원이 기차를 차게 되었는데, 그 졸개들이 우르르 쫓아 올라와 자리를 안내하는 것까지는 좋으나, 2등칸에는 지정석이 있으므로 마땅히 지정석을 가지고 자기 딸을 태워야 함에도 불구하고, 자기의 옆자리를 차장 보고 비워달라고 하니, 그것이야말로 앉았던 사람들의 양미간을 찌푸리게 하지 않을 수 없었다. 국회의원은 무임승차권이 있으므로 차장은 국회의원을 대우해서 자리를 잡아줄 의무가 있을는지 몰라도, 그의 딸까지 자리를 마련해줄 의무는 없는 것이다. 그것을 강요하는 국회의원은 그것이 사소한 일이라 할지라도 하나의 월권행위임에 틀림없으며, 자기 아버지가 국회의원이라고 해서 자기 딸까지 국회의원의 권한 행위를 하라는 법은 없을 것이다.

보아하니 그 딸은 어느 여자대학 학생같이 보였다. 우리나라 최고학부를 다니는 교양 있는 여자가 자기의 권리와 의무를 분별하지 못하고, 아버지가 국회의원이라는 것만 믿고 기차에서 엉덩이를 휘두르며 잘났다고 뽐내보았댔자, 그것은 자기 아버지 망신만 시키는 결과밖에 되지 않을 것이다.

남용되는 특권!

또 국회의원이라고 해서 마음대로 욕하고 지껄이라는 법은 없다. 헌법상으로 국회의사당 내에서 국회의원의 발언을 보장하고 책임을 지지 않도록 규정한 것은 국민의 대변인으로서 국정을 비판할 때, 어떤 압력이 무서워서 발언을 못하게 된다면 국민의 억울함을 영원히 표현하지 못하게 될 것이며, 또 그만큼 국민의 권력이 침해당하는 까닭에 국회의원의 발언권을 보장해주고 있는 것이다. 그러나 그들은 사생활에 있어서도 그러한 권한을 남용하고 있는 것이다.

유럽의 어떤 저명한 정치학자는 국회의원을 지적하여 말하기를, 국회의원이 한 단체의 소속의원으로 단체 행동을 할 때에는 참다운 정치 표현을 할 수 있을 것이나, 동떨어져 한 사람만으로 행동할 때에는 돈키호테와 같은 때가 많다고 하였다. 이것은 무엇을 의미하는 것일까? 그것은 그들이 국법에 의하여 권한을 가지지 않았을 때에는 어느 정도 정상적인 인간행위를 할 수 있었으나, 국법에 의한 권한이 잠재의식을 가지게 되어 언제나 비인간적 행위를 하는 때가 많다는 것을 말한 것이라고 생각할 수 있다.

그러나 그들에게 준 권한은 국민이 잘살게 해달라고 준 권한이다. 이것을 월권하고 남용한다는 것은 참다운 국민의 대변인이라고 할 수 없을 것이다. 더욱이 우리네 사회에 있어서는 무식한 국회의원일수록 나쁜 짓, 욕먹을 짓, 부도덕한 일, 변절들을 잘하는 것이다. 물론 유식한 의원도 변절을 찬밥 점심 먹는 것처럼 하는 사람도 있지만, 이것은 책은 많이 읽었을는지 몰라도 교양과 인격과 양식이 결핍된 관계로, 눈앞의 돈이나 권력에 아부하여 이리저리 계절 따라 쫓아다니게 되는 것이다.

이렇게 국회의원을 평해볼 때, 우리 국회는 질적으로 보아서 제헌국회는 제2대 국회보다 낫고, 제2대 국회는 제3대 국회보다 낫다. 이것은 국회의원 선거에 있어서 자유 분위기가 보장되지 않는 까닭에 거기서 파생되는 하나의 부작용이라고 할 수 있을 것이다. 각 국회의원이 각각 분과에 소속되기는 하였으되, 그 전문 분과에 대한 정책적 연구도 하지 못하는 국회의원이 수두룩하다. 가령 부흥면만 따져보더라도 그들의 일부 의원은 숫자를 제대로 알지 못하는 사람도 있다. 또 농림위원회의 소속만 하더라도 그러한 예가 있는 것이다. 단적으로 말해서 자기 선거구에 얼마나 절량농가絶糧農家가 있는지도 모르고, 또 빈민이 얼마나 되는지도 모르고 있는 것이다. 이렇게 해가지고 국회의원을 하고 있는 것이다.

그러면 그러한 국회의원은 무엇이라고 불러야 옳을 것이냐. 그러한 국회의원은 국회의원으로서 당선만 되면 직업의식을 가지게 될 것이며, 직업의식을 가지게 됨으로써 선거구민들의 직업 알선까지도 얼마간의 구전을 먹고 해주는 국회의원도 있다고 한다. 이렇게까지 추잡하게 된다면 이 나라의 정치가 얼마나 부패했는가를 짐작할 수 있다.

무력한 관권과의 투쟁

지금 전국에 걸쳐서 절량농민의 수는 2백만이 넘는다고 한다. 그런데 오늘날 이 가련한 농민들의 애타는 심정을 생각해주는 국회의원은 몇 사람이나 되느냐 말이다. 농촌 어느 구석에서는 칡을 끓여 먹고 있는데, 서울 한복판에서는 여러 가지 연회를 열고, 국회의원들이 초대받아 소고기랑 돼지고기랑 마음대로 먹고, 그것도 남아서 뒷마당에 버리는 현상을 나타내고 있는 것이다. 물론 민주주의 사회라고 해서 모든 국민이 절대적 평등이 될 수 없는 것은 말할 나위도 없다. 그러나 한 사람은 못 먹어서 죽는데, 한 사람은 잘 먹어서 위가 상해 약을 달여 먹는 사회를 형성해서는 안 된다는 것이다.

우리 국민이 국회의원의 권한이 행정부의 국무위원의 권한보다 훨씬 높아지기를 바라는 것은, 국회의원이 국민의 편이 되어 국민을 잘살게 하도록 하기 위하여서 하는 마음이다. 민주정치의 극치는 행정부의 관권을 극도로 축소시키는 데 있는 것이다. 관권이 비대하고 민권이 나약하면 국민은 언제나 위축되고 마는 것이다. 그러므로 국회의원의 권한이 확대될수록 민권도 강화된다는 것을 우리는 잊어서는 안 된다.

그러나 오늘날 우리 사회의 국회의원은 우리 국민이 바라는 관권과의 투쟁에 있어서 너무나 무력하며, 또 철두철미하게 투쟁할 만한 전문지식도 거의 없다는 데는 참말로 한탄하지 않을 수 없다. 자기의 의사를 올바로 표현 못하고 또 기록할 줄도 모르는 국회의원이 어떻게 해서 오늘의 방대한 정치를 요리할 수 있느냐 말이다. 가령 국방만 하더라도 장병들의 군복, 주식 및 부식을 막론하고 그밖에 전문적인 지식이 필요하고, 그 숫자도 알아야만 예산심의나 국정감사를 할 수 있는데, 현재 국방의원회위원이라고 해서 그것을 철저히 연구하는 국회위원이 몇 명이나 되겠느냐 말이다. 동시에 재정경제위원만 하더라도 오늘날 한국의 경제가 파탄 직전에 처해 있는데, 그 경제를 구제할 만한 이론을 가진 국회의원이 몇 명이나 되겠는가 적잖이 의심스럽다. 현하의 한국의 정치인들은 사회주의와 사회민주주의를 혼돈해서 해석하는 때가 있으며, 자본주의나 자유주의적 경제 원칙을 덮어놓고 싫어하는* 경향이 농후하다.

어느 날 나는 어떤 국회의원과 만난 자리에서 그 S라는 국회의원을 보고, 왜 무소속에 있으면서 어느 정당에 가입하지 않느냐고 물었다. 그러자 그 국회의원의 하는 말이, 자유당이나 민주당에 들자니 자본주의를 옹호하는 까닭에 들기 싫고, 또 진보당이나 민주혁신당은 사회주의를 표방하는 까닭에 가입하기 싫다고 하는 것이었다. 나는 말하기를 자유경제 원칙을 덮어놓고 싫어하는 것은 무식의 소치라고 하였다. 그랬더니 상대편은 오히려 나보고 무식하다고 하는 것이었다. 그러나 나는 끈기 있게 자유경제를 설명하고, 심지어는 1931년의 세계경제공황을 말하면서 케인즈의 '완전준비론'까지 말하였던 것이다.

| * 원문에서는 이 부분 역시 '사갈시蛇蝎視'라는 표현을 쓰고 있다.

즉 미국의 뉴딜정책은 사회주의 통제성을 띠는 것 같으나, 자본주의가 오늘날 자유방임주의경제체제가 되지 않는 한 수정해야 될 것은 세계 사조로서 불가피한 사실이며, 고도로 자본주의가 발전된다면 빈부의 차이가 현저함으로 그것은 사회주의혁명을 야기하는 온상이 될 것이니, 민주주의를 지향하는 국가치고 그러한 독점 자본을 형성하는 고도의 자본주의를 내세우는 나라는 하나도 없을 것이라고 설명하여주었다. 그리고 사회주의라고 해서 전부가 좋은 것이 아니라고 하였다. 가령 공산혁명을 가지고 성공한 공산주의국가를 제외하고, 온건한 사회주의를 표방하는 영국의 노동당 정부 같은 것도, 민주주의가 최고도의 수준에 달한 영국 국민들이 노동당의 사회주의경제정책을 싫어하는 까닭에 보수당을 택하고 있는 것이라고 말하였다. 노동당정부로부터 보수당정부로 정권을 이양할 당시, 총선거를 보도하기 위하여 미국의 UP통신 기자가 영국을 여행하면서 농민과 노동자들에게 "당신네들은 농민 노동자임에도 불구하고 어찌하여 노동당을 지지하지 않고 보수당을 지지하느냐"고 물었더니, 한 노동자가 "노동당 정책이 좋아서 우리 영국국민은 노동당정부를 세워 보았으나, 사회주의경제정책은 너무나 공식에 흘렀기 때문에 우리 빈한한 사람이 병이 나서 밤중에 응급치료를 하려고 가도, 병원이 국영·공영인 관계로 의사들은 첫째로 환자에게 친절하지 않고, 당번 의사가 있다고 해도 속히 자기 일과 같이 치료를 잘 해주려고 하지 않는다"고 말하였던 것을 인용하며, 단적으로 사회주의계획경제를 나는 설명하였던 것이다.

그렇게 장시간 논의 끝에 그 국회의원은 나의 말을 납득하고, 그 후 3개월이 지난 후 민주당에 가입한 일이 있다. 물론 그 국회의원이 나의 경제 설득으로 민주당에 가입한 것은 아니고 선거구 관계로 민주당에 입당하였지만, 현대 정치의 성격과 국민의 권익을 어떻게 옹호할 것이냐

하는 문제를 심각히 연구하여, 참다운 민주주의 국가의 국회의원으로서 손색이 없도록 노력하여주었으면 좋겠다는 것이 국민이 바라는 소망임을 잊어서는 안 된다.

—《신태양》, 1957년 5월호

영화 연기의 몇 가지 문제
─ '딘'과 '가뺑'의 경우

上

어떠한 작품이든 그 작품이 노리는 플롯의 실현과 그 실현에 있어서의 리얼리티와 액추얼리티를 부여해가는 방향, 이를테면 형상의 형식의 완성도는 언제나 실현의 세밀성과 플롯의 완전한 결합에 있다. 이것은 현대예술에 있어서 필요불가결한 조건으로 여기서 구구하게 설명할 필요조차 없다고 생각한다.

이러한 형상화 양식에 관한 개념이 일찍이 라인하르트를 비롯한 여러 대가들의 경험과 그 증언 속에 요약되어 있는 것도 까닭이 있는 일이라는 것을 우리가 느끼는 바가 한두 번이 아니다.

이러한 형상의 원류를 따라서 생각할 때, 원작의 드라마투르기 dramaturgy 혹은 시네마투르기cinematurgie가 플롯의 여건으로서의 액츄얼리티와 완전한 결합을 실현할 때 앙상블의 효과는 거듭 강조되어 표현이 리얼리티의 정면에 두드러지게 나타나는 것은 두말할 것도 없다. 그래서 오늘날의 영화나 연극의 실상이라는 것이 '숏Shot'이나 '신Scene'의 단절적 독립에 대한 거부로부터 시작되고 있는 것은 너무도 당연한 귀결이라고 할 수 있다.

한 작품에 수록된 '신'의 개개가 개개의 단절 속에서 신음한다면 정말 관객들은 한 작품 속에서 수백 개가 나타날 '신'의 실감을 마치 신문 3면에 게재된 개개의 사건을 구경하듯 이를 구경해내야 할 경우에 직면하게 될 것은 명약관화한 노릇이라고 하겠다.

그래도 신문은 기존의 필요와 습성에 따라서 매일처럼 난타하는 요란한 사건의 종소리를 우리가 들어내는 데 꽤 귀가 익숙해졌으므로 곧잘 견디어낼 수도 있지만, 극장에서의 영화 작품을 구경하기 위해서 갔다가 신문 3면 기사를 읽는 것만도 못한 작품을 마치 신문 3면 기사를 읽듯이 우리가 읽어야 한다면, 이것은 참으로 영화작품 제작에 대한 우리의 기대를 영화 제작자들이 너무나도 잘라놓은 결과가 되는 것이다. 또한 이것은 영화제작 예절에 어긋나는 노릇일 수밖에 없다고 생각한다.

영화에 있어서의 숏이나 신이나 시퀀스에 있어서 가동적 연결과 그 무브먼트의 전개와 플롯이 의도한 테마의 실현이 적절하게 만나게 하기 위해서 에이젠슈타인의 몽타주 이론이 제기된 것은 실로 이와 같은 상황 속에서 기록 구성된 영화제작 교과서였음은 여기에 재론할 필요가 없는 일이다. 그렇지만 우리 한국영화를 볼 때마다 이러한 이야기는 더 한층 절실히 지적되어야 하겠다는 생각이 언제나 앞서왔다는 사실도 숨길 수는 없다.

일례를 우리 한국영화작품의 경우를 들어 이야기한다면, 연애하는 장면이라고 그려놓은 것, 그것이 연애하는 것인지 아닌지 그렇지 않으면 그만두는 것인지 도대체 우리의 두뇌와 판단능력으로서는 알아내기 힘들게 그려놓고는 이것이 연애하는 것이라고 관객 앞에 영화 제작자들은 내던져놓는 데에는 정말 아연실색하지 않을 수 없다. 이것을 구체적으로 말하자면, 우리 한국의 영화 제작자들은 감독이나 제작을 맡은 분 그리고 배우, 가릴 것 없이 관객인 우리들에게 현상 이전에 강요하는 버릇이라는 점이다. 자신들의 작품 미비를 변호하기에 급급하다는 것을 지적하고 싶다는 것이다. 물론 우리 한국영화계가 하나의 작품을 제작하기까지에는 허다한 애로가 있다는 것을 모르는 바가 아니다. 제작상의 자금난도 문제려니와 설사 자금이 풍부하다고 하더라도 시나리오의 빈곤으로 인해 영화다운 영화가 제작되지 못하고 있음을 필자는 기회가 있을 때마다 지적한 바 있다. 동시에 시나리오를 조정할 능력도 없는 인사들이 영화계의 지도성을 가장하고 그것을 한국적 컨트롤의 원리에 따라 유지하고 적용시키고 있는 데도 그 원인이 있다고 보며, 그와 아울러 영화 검열 당국의 무지에서 오는 검열 기준과 무책임한 검열 태도에도 그 원인이 있다고 생각한다.

中

일례를 들자면 지난달 동남아영화제 출품 작품에 있어서 말썽이 있었던 「돈」만 하더라도, 예술적 가치로 보나 또는 외국 사람들이 본다고 하더라도 「청춘쌍곡선」보다는 훨씬 나은 작품인데도 불구하고, 그 작품을 무슨 불순한 이데올로기적인 영화로 취급하여 문교부는 「돈」이라는 영화작품을 외국에 출품하는 것을 극력하게 반대했다는 것이다. 이 한 예를 보더라도 얼마나 영화에 대한 검열 당국자의 인식이 무지에 가까운지를 우리는 알아볼 수가 있다.

또 요전에 「초설初雪」이라는 영화도 서독으로 출품하려고 하여도 출품하지 못하도록 문교부 당국이 반대하고 있다는 것이다. 그 이유는 깡패를 그려놓았다는 것이다. 그런 이유가 사실이라면 이번에 동남아 영화제에 출품하였던 「그대와 영원히」는 무슨 내용을 작품화하였던 것인가?

거기에는 깡패 장면이 없었다는 말인가. 도대체 문교부의 영화 검열 기준을 우리는 정신 차려 알아낼 수가 없고, 그로 말미암아 우리 한국영화가 예술적으로 ××해 가고 있다는 것을 여기서 명확하게 지적해두는 바이다.

이야기가 제목과는 달리 다른 데로 쏠리었다. 여하튼 문교부 당국은 영화 정책에 대하여 확고한 방침을 세우지 않으면 안 된다고 생각한다.

× ×

원래 영화라는 것은 입장료를 지불하고 들어간 관객들을 강요나 사기로 사로잡을 수는 없는 것이다. 우리나라 영화 관객들이 우리 한국의 영화 작품을 볼 때마다 자신이 영화를 보고 있는지 혹은 집에서 잠자고 있는지, 그것을 살필 겨를이 없이 자신이 보고 있는 작품에 완전히 몰두하지 않는 이유 중의 하나가, 우리 한국영화 제작자들의 엉터리성, 다시 말하면 연애하는 것인지 마는 것인지 모를 장면을 갖다놓고 이것이 아름답고 가장 낭만적인 바로 그 연애라고 우겨댈 뿐만 아니라, 관객에게 이를 강요하여 관객의 식상감을 조장시켜놓은 데 혈맥이 되어 있기 때문이라 하겠다.

우리의 영화계가 이러한 상황일진대 흥행이 잘 안 되는 것도 무리가 아니며, 나쁜 영화를 외국의 좋은 영화 이상으로 입장료를 받으려고 관객들에게 목이 쉬도록 자꾸만 불러대다가 관객이 얼마 들어오지 않는다고 한탄하는 것이 옳은 일인가를 생각한다면, 우리는 두고두고 그 결과가 어떠할지 상상해볼 수 있다. 그 결과는 참으로 한심하기 짝이 없을 것이라는 느낌이 든다.

어쨌든 나는 외국의 좋은 영화를 볼 때마다 이러한 결론을 한층 더

두텁게 하게 되니, 이것이 내 성격에서 오는 좋지 못한 오도성이라고 할 것인가? 나의 이와 같은 좋지 못한 성격을 탓하기 전에 우리 영화계는 좀 더 예술정신을 지닌 새로운 소재에 눈을 뜨는 것이 우리 영화계의 발전을 위하여 현명한 대책*이 아닌가 하는 생각이 늘 간절해진다.

필자는 지난번에 단성사에서 3주 동안이나 연속 상연했던 제임스 딘 주연의 「이유 없는 반항」을 보고 느낀 것이 한두 가지가 아니다. 또 이 영화를 감상한 많은 관객들이 느낀 다양한 소견들이 있으리라는 것도 쉽게 추측할 수도 있다.

필자가 앞에서 언급한 리얼리티와 액추얼리티의 완전 결합으로서의 '신'의 개별적인 단절을 영화 작품이 거부할 능력을 구비해야 한다는 것은 실로 이 「이유 없는 반항」을 보고 느낀 점이다. 이는 필자의 에이젠슈타인관의 출발점이며, 동시에 그것은 내용의 동기이기도 함을 미리 밝혀둔다.

그런데 「이유 없는 반항」이라는 작품이 어째서 3주간이나 흥행을 지속했는가에 대해서 의심스러운 점도 있다. 이는 관객들이 이 작품을 보고 작품 그 자체보다도 제임스 딘이 하는 손짓, 행동**, 심리*** 등에 끌렸다는 것 외에 다른 점을 발견할 도리가 없다고 생각한다.

下

확실히 우리들 가정의 많은 아버지들과 어머니들이 자기의 귀여운

---

* 원문에서는 '심여책審與策'으로 표현하고 있다.
** 원문에서는 '몸 움직이는 짓'이라고 표현하고 있다.
*** 원문에서는 '마음짓'이라고 표현하고 있다.

어린 아가들이 맴맴 돌며 모습을 시늉해가면서 지껄이는 모습을 생활의 한 즐거움으로 꼽고 있다는 것은 누구라도 시인할 것이다. 그들은 여유만 있으면 이러한 즐거움을 한층 더 즐기려고 애쓴다. 그것은 마치 잠자는 아기들을 깨워 일으켜서 노래나 춤을 손님들에게 보여주며 아가를 가진 어머니가 삶을 영위해가는 보람을 느끼는 것과 같은 것이다. 이러한 관점에서 「이유 없는 반항」을 다시 검토해보자.

첫째, 이 작품은 본능적인 정감이 현실 생활을 위한 작위적 조작*을 배워가는 여러 시늉들에 대한 인간의 문제의식**을 이용하여 이를 흥행으로 연결시키는 데 성공했으며, 둘째, 이 작품은 필자가 이 글의 서두에서 언급한 '시네마투르기'가 필요로 하는 작품구성에서 요청되는 '무브먼트'의 전개와 '테마' 속의 '악센트'를 배치하는 집요성을 세밀하게 지켜갔다.

그러므로 전자는 흥행에 기여하고 있고, 후자는 원작이 가지고 있는 작품의 특권을 샤를 스파크***가 말하는 의미의 그것을 살피고 있는 것이며, 이 후자를 완전하게 실현하기 위해서 감독이 적합한 캐스팅을 했다는 데에도 그 고도의 '센스'를 평가할 수밖에 없다. 아무튼 미국이라는 나라가 훌륭한 나라라는 느낌이 더 한층 두터워지는 바가 있다. 이렇게 말하는 것은 이만한 '센스' 하나로 그 사람에게 미국의 영화 기업주들은 몇 만 달의 정신적 보수를 지불하고 있다는 말이 인제 전자와 후자를 가능하게 한 것이라는 말이다.

영화에 관한 몇 가지의 관견을 여기서 이야기해본다. 전자는 전적으

---

* 원문에서는 '생활적 조작生活的 操作'이라고 표현하고 있다.
** 원문에서는 '애정적 구심성愛情的 求心性'이라고 표현하고 있다. 이 낯선 표현을 적절한 현대어로 표현하기가 쉽지 않았다.
*** Charles Spaak, 1903~1975. 벨기에 출신 영화 시나리오작가. 1930년대 프랑스 영화계에서 눈에 띠는 활동을 한 인물이다.

로 제임스 딘의 연기에 의존하고 있다고 해도 무방하다. 그렇다면 이 영화에서 흥행의 90퍼센트의 효과를 주고 있는 이 제임스 딘의 연기란 무엇인가?

먼저 이 연기의 본질을 파악하기 위한 한 방편으로 제임스 딘 이외에 어떤 대조적인 연기를 보이는 배우를 들어보면 제임스 딘 연기의 한계와 그 위치를 명확하게 알아낼 수가 있다.

장 가뱅을 우리가 「망향」이라는 프랑스 영화에서 볼 때에는 벅찬 사건의 전이에서 긴박한 액션을 구비한 강도나 살인자의 연기에만 능숙할 줄 알았다. 이것은 「안개 낀 부두」에서도 마찬가지였다.

그러나 장 가뱅이 전후 프랑스의 조르쥬 라콤브* 감독의 「사랑의 등불」**에 시각장애인으로서 맹아학교 학생으로 등장하여 여교사를 존경하는 동시에 사랑하는 역할을 능숙하게 해낼 때에 우리는 불가불 그를 다시 보았고, 뿐만 아니라 그가 얼마 전에 상연된 프랑스 영화 「죄와 벌」에서 경찰서의 경위로서 죄인을 다루는 그 원숙한 풍모의 창의(創意)와 완전한 의미에서의 '액추얼리티'에 우리는 실로 감명 깊게 생각하지 않을 수 없었던 것이다.

말하자면 장 가뱅은 어느 쪽이냐 하면 도리어 그 불리한 외모***를 가지고도 무엇이든 연기 영역에 구애받지 않고 원숙하게 해치운 데 있어서는 다시 한 번 놀라지 않을 수 없었다. 이를테면 연기적인 연기력을 갖추고 있다는 말이다. 물론 루이 쥬베****나 피에르 블랑샤*****의 연기의 경우

---

* Georges Lacombe, 1902~1990. 프랑스 태생의 영화감독이다. 1920년대 후반부터 1950년대 중반까지 활발하게 활동했다.
** 1947년 프랑스에서 제작되었던 영화 「Martin Roumagnac(The Room Upstairs)」를 말하는 것으로 보인다. 장 가뱅이 조르쥬 라콤브와 함께 작업한 작품은 이것이 유일하기 때문이다.
*** 원문에서는 '마스크'로 표현하고 있다.
**** Louis Juvet, 1887~1951. 193, 40년대에 활동한 프랑스 배우이다.
***** Pierre Blanchar, 1892~1962. 193, 40년대에 활동한 알제리 출신 프랑스 배우이다.

와 같이 '춰름'*을 갖추었다기보다는 장 가뱅 역시 야성 속에서 스스로 지녀온 후천적인 영역의 연기라고 하는 것이 옳은 말일 것이다.

이와 같이 영역을 넘나드는 연기에 비해서 제임스 딘은 어느 쪽인가? 그는 자기의 연기 특징에 의해서 배역이 결정되는 배우라는 느낌이 앞선다. 무슨 말이냐. 다채로운 배역을 다채로운 연기로 언제든지 바꾸어 해낼 수 있는 배우가 아니라는 것이다. 그는 그가 능하게 하고 있는 연기, 제임스 딘이라고 하면 연기의 대명사가 될 만큼 지칭되어 있는 내용의 연기 이외에는 그토록 해낼 수 있는 배우가 아니라는 말이다.

그의 연기를 보면 그가 기쁠 때에도 기쁘다는 말로 표현하거나 화가 날 때에도 화가 난다거나 하는 등등의 표현 기능에 능통해 있는 배우가 아니라, 기쁠 때에는 마치 주인을 오래간만에 만난 강아지가 그 기쁨을 꼬리를 저어 표현하는 것과 같이 자동적인 천성의 연기를 제임스 딘은 하고 있으며, 또 화가 날 때에는 상대방의 잘못을 깨우치는 데 필요한 이성의 힘을 발동하는 표현 연기가 아니라 하다못해 그 언저리에 있는 깡통이라도 발길로 차는 행위로써 배면적인 본능을 심화하는 배우라는 점이다. 여기에 제임스 딘의 연기가 가지는 한계와 더불어 그 위치가 있고 또 관중이 바라는 흥행성이 있는 것이다.

그 다음에 제임스 딘 연기의 특징을 든다면 망각적인 돌발성이 언제나 그의 연기를 지배하면서도 애타는 자기비밀 앞의 인간성의 일면과 결부되어 있어서, 인간 유형상으로는 어떤 숙명의 노출이 작품 속에서 계속 흘러내려 어떤 서정성의 지표로 승화되고 있다는 것을 느낄 수가 있다는 점이다. 이것은 「이유 없는 반항」뿐만 아니라, 「자이언트」, 「에덴의 동쪽」에서도 볼 수가 있었다. 다음 후자에 관해서 요약해서 말하면, 첫

---

* 원문에 '춰름'이라고 표현되어 있지만, 그것이 정확하게 어떤 외국어를 표현한 것인지 알기 어렵다. 다만 본능적인 연기의 반대편에 있는 어떤 특성을 의미하는 것으로 추정된다.

장면에 두 개의 계기 즉 나탈리 우드가 놓고 간 상자와 추위를 잘 타는 다른 친구에게 웃옷을 벗어주던 인과적 관련이 세밀하게 발전하여 '클라이맥스'와 '무브먼트'와 '푸테류트'*의 관련을 잘 조성했다는 이른바 계기론적인 '시네마투르기'와 화면 '몽타주'의 성공이 그것이다. 그러나 이 성공은 보이지 않게 이 영화의 배면을 이루어가면서 전자의 부조를 발맞추어 리드해가고 있는 것이다. 이것이 이 영화의 성공과 관련되는 점이라고 할 수 있다.

—《조선일보》, 1958년 6월 6일~9일

---

* 불어 'foot et lutte'를 의미하는 것이 아닌가 추정된다. '정점', '투쟁', '행동'이라는 의미를 부여할 수 있는 이 복합어는 매우 드문 표현이었다.

임긍재의 비평문학에 나타난
문학과 현실

_김택호

필자는 최근 몇 년간 한국 근대 아나키스트들의 문학 활동에 관심을 가지고 있었다. 그러므로 필자에게 마르크스주의를 향한 아나키스트들의 비판과 그 논리적 근거는 낯익다. 그런데 마르크스주의자들보다 더 왼쪽에 있는 아나키스트들이 마르크스주의를 비판하는 논리와, 반공투사를 연상시키는 비평가 임긍재의 좌익문학론에 대한 비판 논리가 유사하다는 것은 아이러니하다. 평론가 임긍재에 대한 필자의 관심은 여기에서 비롯되었다.

우선 임긍재와 아나키스트들은 마르크스주의의 교조성에 대해서 집중적으로 비판을 쏟아붓는데, 그러한 논리의 저변에는 마르크스주의와 관료주의를 동질시하는 태도가 깔려 있다. 마르크스주의를 변형된 형태의 권력 욕구로 바라보는 것이다. 아무튼 이런 공통점은 몹시 흥미로운 일이다.

임긍재에 대한 접근은 그가 반공주의자라는 점으로부터 시작해야 자연스럽다. 그러나 반공주의가 곧 극우주의는 아니다. 이것은 임긍재의 비평문학을 이해하는 과정에서 놓치지 않아야 할 부분이다. 이를테면 아래와 같은 글은 임긍재에게 반통일주의자라는 딱지를 붙여주고 있다.

> 임긍재는 죄파문학인들은 빵과 옷, 집, 기타 일체의 물질만이 현실의 전부라고 보아, 그것을 토대로 하여야만 참다운 문학을 창조할 수 있다고 그들은 보고 있다고 지적하였다. 그렇지만 이러한 임긍재의 지적은 옳지 않다. 당대 민족이 처한 현실을 주관적이고 객관적인 입장에서 천착, 당대의 민족적 현실을 파악하려고 한 점도 얼마든지 드러나기 때문이다. 또한 당대 좌파문학의 기계주의적인 문학 활동을 인정하더라도 이렇게 일방적이고 주관적인 비판은 한국현대문학사의 발전, 아니 통일문학사로 나아가는 데 있어 이러한 그의 비난은 마땅히 재고되어야 할 것이다.*

임긍재는 문학론과 평론 등을 통해서 좌익문학에 대한 편견을 노골적으로 드러내기도 하고, 그 과정에서 적지 않은 논리적 비약을 저지르기도 한다. 그런데 위와 같은 글은 임긍재를 비판하기 위해서 임긍재가 좌익문학을 비판하는 과정에서 보여주었던 논리적 비약을 그대로 답습하고 있다.

물론 임긍재는 조선청년문학가협회에 가담한 인물이고, 이제 하나씩 살펴보겠지만, 김동리 조연현 등의 우파 민족문학론과 같은 맥락에서 반공주의 문학론을 격렬하게 개진한 인물이다. 그러나 임긍재의 비평문학은 그리 단순하지 않다. 시기적으로 보아도 약 10년간 지속된 문학평론 활동 기간 동안 문학관에 분명한 변화를 보였고, 그가 주로 중점을 두었던 이른바 영속성을 위한 '인간주의 문학론'에도 나름대로 탄탄한 논리와 일관성을 보이고 있기 때문이다.

| * 김영진, 『해방기의 문학 비평 연구』, 우석대학원 박사학위논문, 1994. 2, 140면.

필자는 임긍재의 문학론을 관통하는 핵심을 '이분법'과 '합리적 인간관'이라고 판단한다. 사고와 행동의 주체인 인간, 그리고 그 인간이 겪어내야 할 세계, 또 그것에 대한 종합적인 기록이 되어야 할 문학을 바라보는 임긍재는 언제나 '이분법'과 '합리적 인간관'에 입각해 있었다. 그의 문학론과 비평은 이를 철저하게 고수하면서 시기에 따라 미묘한 변화를 보이고 있다. 주로 초기의 문학론과 비평이 '이분법'에 기대어 있다면 후기로 접어들면서 '합리적 인간관'을 강조하는 입장이 두드러진다. 특히 한국전쟁 전과 후를 기준으로 그 미묘한 차이는 보다 뚜렷한 양상을 보인다.

1. 이분법적 세계관 · 문학론

우리는 1947년에 발표한 「꿈과 문학」, 1948년 벽두에 발표한 「문학과 연애의 문제」, 두 편의 문학론을 통해서 초기 임긍재 문학론의 기반을 엿볼 수 있다. 「꿈과 문학」에서 임긍재는 '꿈'과 '문학'의 유사성을 강조한다. 그는 꿈이 현실에 기반을 두고 있으면서도 그 현실을 초월하려는 심리를 드러내는 것이라면서, 문학도 그와 마찬가지여야 한다고 주장한다. 왜냐하면 문학은 현실의 모순과 갈등을 그대로 드러내는 것에 목표를 두는 소극적인 태도에 머물러서는 안 되고, 현실을 초월하는 것이 목표가 되어야 하기 때문이라는 것이다.

임긍재에 의하면 현실을 초월하는 것은 육체적 초월보다는 정신적 초월을 의미한다. 그 초월의 경지에 유토피아가 있음을 문학은 보여주어야 한다. 그는 이것이 곧 문학과 문학도의 사명이라고 역설하였다.

문학은 현실에서 약동하는 상극과 갈등이라는 추악한 면만을 묘사하고 표현할 것이 아니라, 회화적이고 몽상적인 영상과 환각을 통해 독자의 마음속에 아름답고 커다란 충격이 일어날 수 있도록 전심 진력해야 한다. 이것이 문학도의 사명일 것이다. 이렇게 생각함으로써 꿈과 문학을 불가분의 것으로 인식할 수 있다.

—「꿈과 문학文學」, 『백민』, 3권 5호, 1947년 9월

「문학과 연애의 문제」에서도 이런 입장은 반복된다. 이 글에서 임긍재는 '연애'를 본질과 형식으로 구분한다.

본질에 대한 영원성과 불변성에서 문학과 연애는 동일성을 갖고 있을 것이고, 또 가치에 대한 항구성과 보편성도 문학과 연애는 다 같은 성질을 갖고 있다고 볼 수 있다. 그러므로 문학에 있어서도 그렇거니와 연애에 있어서도 그 본질은 변하지 않을 것이고 그 형식이 변할 것이다.

—「문학과 연애의 문제」, 『백민』, 4권 1호, 1948년 1월

이 글에서 특히 눈에 띠는 것은 연애의 형식을 풍속 및 습관과 결부시킨다는 점이다. 그는 풍속과 습관을 '일종의 육감적인 쾌감'의 문제로 규정하는데, 이는 인간, 그리고 문화를 육체적인 것과 정신적인 것으로 구별하는 자신의 입장을 반영하고 있다. 당연히 임긍재는 정신적인 것을 보다 상위 가치로 규정하면서 그 정신적 가치가 모든 상황의 본질이고, 초월성—혹은 영속성—의 영역에 속한다고 주장한다. 이런 관점의 연장선상에서 그는 마르크스주의를 비판한다. 마르크스주의가 현실적인 차원에서 일정한 의미—자본주의, 봉건사회의 모순에 대한 비판—가 있는 것은 인정할 수 있으나, 물질중심적인 세계관(유물론)에 입각하여 현실

을 바라보는 것은 비본질적인 부분에 대한 비판을 근거로 본질을 훼손하는 일이라는 것이다.

결국 임긍재는 이 글을 통해서 연애의 초월성—국경, 계급 등 외적 조건을 초월하려는 성향—을 강조하면서 이런 연애와 문학이 모두 그런 현실 상황을 초월하려는 경향을 보인다는 점에서 공통점을 찾을 수 있다고 주장한다. 약 80퍼센트의 소설이 연애담을 담고 있다는 것이 이에 대한 실증이라는 다소 엉뚱한 견해를 덧붙이기도 한다. 이 두 편의 글은 우리에게 임긍재 문학론에 내재한 몇 가지 개성을 알려주고 있다.

우선 '꿈', '연애' 등 비근한 예를 통해서 문학성 문제를 거론하고 있다는 점을 들 수 있다. 김동리, 조연현으로 대표되는 해방 공간에서 우익 진영의 문학론이 지닌 문제점은 구체성이 지나치게 결여되어 있다는 점이다. 현실에서 완전히 발을 뗀 것처럼 보이는 이들의 논리는 피상적인 문학의 보편성을 거론하는 차원에서 멈추고 만다.* 임긍재의 문학론 역시 이러한 비판에서 자유로울 수는 없다. 그러나 보다 감각적인 문제와 문학의 동질성, 혹은 유사성을 강조하고자 했던 임긍재의 태도는 비록 지나치게 소박한 면이 있지만, 구체적인 접근을 통해서 당시의 좌익문학론의 교조성과 이데올로기에 대한 종속성을 공격하려고 했다는 점에서 개성을 인정할 만하다.

보다 중요한 점으로는 초기 임긍재 문학론에서 가장 뚜렷한 특성으로 거론할 수 있는 이분법적 세계관과 문학관이 명징하게 드러나고 있다는 점이다. 그는 문학을 '본질'과 '형식'으로 분명하게 구분하고 있는데, 당연히 형식이 본질에 종속되어 있다는 논리 전개는 그가 강조하는 바와 같이 세계가 정신세계와 물질세계로 구분되어 있다는 세계관과 결합되

---

* 이에 관해서는 김한식의 논문 「해방 후 순수 문단과 세계 문학의 개념—김동리와 조연현을 중심으로」(『민족문화연구』, 제48호, 고려대 민족문화연구원, 2008)를 참조할 수 있다.

는 것이다. 이러한 그의 입장은 대략 「회의와 모색의 계제―한국문학계의 현황과 장래」*라는 제목의 글이 발표되는 1953년 7월까지 일관되게 관철되고 있다.

이와 관련하여 보다 중요하게 검토해봐야 할 글이 「문학과 현실―현실주의문학의 노예성」이다. 이 글에서 임긍재는 현실을 '시각적 현실, 물질적 현실, 공간적 현실'과 '감각적 현실, 정신적 현실, 시간적 현실'로 이분한다. 그리고 그러한 구분 아래에서 좌익문학론을 비판한다.

> 그런데 현실이라고 하면, 물질적 현실과 정신적 현실을 혼동하여 분별을 못하는 사람이 있는가 하면, 순전히 물질적 현실이라는 측면만을 현실이라고 보는 사람도 많다. 더욱이 좌익문인들은 대부분이 그러한 경향이다.……그러나 현실은 어디까지나 현실이지 문학은 아니다.
>
> ―「문학과 현실」, 《백민》, 1948년 7월호

요컨대 현실과 문학이라는, 각기 다른 세계에 속하는 실체를 동일한 세계, 그것도 비본질적인 '물질적 세계'에 대한 해석을 바탕으로 함께 다루는 좌익문인들의 관점은 '혼돈'에 지나지 않는다는 것이다.

임긍재의 이분법적 세계관과 문학의 초월성에 대한 강조는 이렇듯 강하게 연결되어 있으나, 과연 그중 무엇이 먼저이냐는 정확하게 알기 어렵다. 보다 현실적으로 말하자면 임긍재의 이와 같은 입장의 저변에는 아무래도 '좌익 활동―친일부역'으로 이어졌던 백철, 임화 등의 전력을 기회주의로 규정하려는 의도가 깔려 있는 것인지도 모른다. 문제는 문학의 절대성을 강조하는 것으로 보이는 임긍재의 입장이 이른바 '순수문학

| * 임긍재, 「회의와 모색의 계제―한국문학계의 현황과 장래」, 『문화세계』, 통권1호, 1953. 7.

론'이냐는 점이다. 임긍재는 사실 매우 적극적으로 정치 행위를 했던 인물이다. 특히 조병옥과 깊은 관계를 형성하고 있었는데, 문제는 그런 조병옥 역시 친일행적이라는 과거로부터 결코 자유로울 수 없는 인물이었다는 점이다. 그렇다면 그의 정치 행위와 문학적 입장을 어떻게 연결하느냐가 중요한 문제일 수밖에 없다. 어쩌면 반이승만 노선이라는 입장에서 이 문제를 이해하는 과정이 필요할지도 모른다. 다시 말해서 한국전쟁 이후의 일이 되겠지만, 이승만 정부의 편에 서 있는 사람들을 비판적으로 평가하는 기준과, 이를테면 백철과 같은 인물을 비판하는 근거가 어느 지점에서 그 접점을 형성하느냐 하는 것이다. 뒤에 보다 구체적으로 거론하겠지만, 이 문제는 한국전쟁 이후에 발표했던 몇 편의 글들을 통해서 어느 정도 짐작이 가능하다.

한국전쟁 이전에 임긍재기 발표했던 문학론과 비평들은 우익 편향성을 노골적으로 드러내는 것이었다. 사실 그의 문학론은 김동리와 조연현이 구축한 문학론과 크게 구별되지 않는다. 그러므로 당시 우익문학론이 보여주었던 심각한 문제점을 거의 그대로 답습하고 있기도 하다.

해방 공간에서 우익문학론이라고 하는 것이 좌익문학론을 의식하고, 그것을 비판하기 위한 논리를 구상하는 차원에서 애매하게 형성된 면이 있다는 점을 감안하면, 임긍재의 이분법적 세계관과 문학관은 좌익진영의 문학론에 대한 비판이라는 차원을 크게 벗어나기 어렵다. 다만 마치 행동대장과도 같이 '솔직함'과 '직접성'을 가감 없이 드러내는 임긍재의 입장이 현시점에서 보면 매우 단순한 논리 전개로 보일 수밖에 없지만, 분명한 논쟁점을 형성시키고 있다는 점에서 김동리, 조연현의 입장과는 다른 개성을 보이고 있다는 점만은 분명하다.

2. 본격문학의 영원성 대 현실주의문학의 기회주의

임긍재의 이분법적 세계관과 문학론은 구체적인 작품이나 작가, 비평가들에 대한 평가에도 그대로 적용된다. 1948년 문단에 대한 총평 형식으로 발표한 「본격문학의 인간성과 시류문학의 목적성」은 이를 잘 보여준다.

이 글에서 임긍재는 문학을 다음과 같이 분류한다. 첫째 '정치주의 목적의식의 문학'이다. 이는 '정치와 선전을 목적으로 하는 문학'인데, 임긍재는 안회남의 「폭풍의 역사」와 「농민의 비애」를 구체적으로 이 영역에 해당하는 작품으로 지목한다.

둘째 '직업의식의 문학'이다. 그는 '잡지사나 신문사의 편집부나 문화부의 원고 청탁에 쪼들려서 쓰는 문학'이 바로 이 부류에 해당하는 작품이라고 규정한다.

셋째 '발표의식의 문학'이다. '활자화 제일주의로 작품을 쓴 경우'가 바로 이에 해당하는데, 이는 문단 신인들의 작품을 일컫는 용어였다. '본격문학의 지향'이 임긍재가 긍정적인 문학으로 규정하는 부류인데, 그는 이를 다음과 같이 설명한다.

> 문학은 언제나 어떠한 의식에 사로잡히거나, 특정한 이데올로기의 노예가 되어서는 안 된다. 여기에 본격 문학의 인간성과 구원성, 세계성과 보편성, 민족성과 현실성이 있는 것이다.
> —「본격문학의 인간성과 시류문학의 목적성—1948년도 창작계 총평」,
> 『백민』, 1949년 1월

그는 김동리의 「역마」, 김송의 「남사당」, 최태응의 「혈담血痰」, 최인욱의 「개나리」 등을 본격문학 작품으로 거론하고 있는데, 이러한 분류는 '대체 왜 둘로 나누면 될 것을 넷으로까지 나누었나?' 하는 의문이 들 정도로 그 기준이 애매하다. 사실 이러한 입장은 본격문학 옹호라는 포장지에 싸인 좌익문학 비판이라고 할 수 있을 것이다.

그렇다면 임긍재가 좌익문학, 좌익사상을 그토록 미워했던 이유는 무엇이었을까? 어떤 개인적인 이유가 있었던 것일까? 물론 그럴 수도 있다. 그러나 그가 발표했던 글들을 근거로 그의 좌익혐오증을 짐작할 수 있는 길이 전혀 없는 것도 아니다.

임긍재가 1948년 「제3문학관의 정체」라는 제목으로 발표한 백철에 대한 비판과 「임화론」이 바로 그것이다. 사실 이 두 편의 평문은 거의 인신공격에 가까울 정도로 감정적이다. 그가 주로 문제 삼고 있는 것은 이 두 인물의 과거사이고, 특히 좌익문학 활동으로부터 친일부역 활동으로의 '변절'이다. 「제3문학관의 정체」에서 임긍재는 백철의 친일부역을 노골적으로 비판하고 조롱한다. 그리고 그러한 과거사는 백철의 기회주의적인 문학 활동이 표면화된 것이라고 주장한다. 임긍재는 당시 백철이 주장했던 중간파 문학의 길로서의 '제3문학관' 역시 그 연장선상에 있다고 판단하고 있었던 것이다.

> 백철 씨의 문학, 시나 평론은 언제나 독자 편에서 따라온 것이 아니라, 백 씨 자신이 독자에게 따라가려고 애썼던 것이다. 그러므로 백 씨는 독자들을 따라가기 위하여 주장도, 내용도 없는 것을 언제나 새로운 문학론인 듯이 「새 양식의 창조」(《경향신문》, 1947년 10월 19일 게재)를 논하는가 하면, 「악 적발의 문학」(《중앙신문》, 1948년 1월 1일 게재)을 말하고, 「객관주의문학」(《백민》, 제7집)을 주창하는가 하면 「신논리문학」(《백민》, 제13집)을 제창하는 것이다.

평론문학이 하나의 문학으로서 성립될 수 있다면 독자적인 개성과 창조성을 갖춘 완료적 성격의 미로 나타나야 될 것인데, 백철 씨의 평론은 시류에 아부하고 진리를 고식하며 속된 것을 '저널리즘'화하는 데서 그 가치가 더욱 빛났던 것이다.

—「제3문학관의 정체—백철론」, 『해동공론』, 제3권 1호, 1948년 4월

결국 백철의 과거를 거론하는 것은 그가 시류에 영합하는 인물이었다는 점을 강조하기 위해서이다. 이는 문학의 항구성, 영원성이이라는 임긍재의 강조 가치의 반대편에 백철의 문학 활동이 자리 잡고 있으며, 그것은 문학적으로도 옳지 못하고 인간적으로도 신뢰할 수 없다는 견해이다.

어쩌면 백철의 시류 영합적인 태도가 그의 비문학적인 문학 활동의 근거라고 판단하고 있는 것인지도 모른다. 이는 임긍재가 「분장한 복건의 시인—임화론」에서 임화의 사생활에 대한 공격을 전면에 드러내고 있는 점과도 연결할 수 있는 부분이다.*

임긍재식으로 말하자면, 현실에서의 자기 성취를 지향하는 태도는 물질세계 중심적 태도인데, 그렇다면 진정한 문학은 그 반대편에 있는 정신적 가치, 영속성을 지향하는 문학이 되어야 할 것이다. 김동리식으로 말한다면 '생의 구경적 형식'이 바로 그것일 수도 있다. 임긍재는 그러한 문학성을 확보하기 위해서 문학인이 취해야 할 점을 '주관성'이라고 표현한다. 이때의 주관성은 물질세계라고 하는 객관적 세계를 단순하

---

* 사실「제3문학관의 정체—백철론」은 치밀한 분석이나 논리 전개가 부족한 글이다. 그런 상황 속에서도 이 글에서 필자는 임긍재의 뚜렷한 자기 확신을 느낄 수 있었는데, 이는 임긍재가 백철에게 붙인 공명심과 권력에의 아부라는 평가의 반대편에 자신이 있다고 확신하고 있기 때문이 아닐까 한다. 앞에서도 언급한 바 있지만, 임긍재는 그가 주장했던 문학관과는 달리 매우 정치적인 인물이었다. 그런데 임긍재의 정치적 활동에는 '편견'이 개입되어 있었을지는 몰라도, 해바라기처럼 권력에 기대는 것과는 거리가 있었기 때문이다.

게 묘사하는 차원에서 머무는 것이 아니라, 그것을 작가의 세계관 속에서 해석할 수 있는 태도를 말한다. 이런 생각을 담고 있는 글이 「주관성의 박약」이다.

「주관성의 박약」에서 눈에 띠는 부분은 염상섭의 「두 파산」과 김동리의 「역마」에 대한 평가이다. 임긍재는 염상섭의 「두 파산」에 대하여 매우 박한 평가를 내린다. 임긍재는 '평범'하다는 평가를 중심으로 이 작품을 평하고 있는데, 이러한 입장은 임긍재 문학론의 핵심을 명확하게 보여준다. 그는 「두 파산」의 정치한 현실 묘사력을 인정한다. 그러나 문제는 문학성이 현실에 대한 정치한 묘사 너머에 있다는 점이다. 그는 「두 파산」이 현실에 밀착되어 있지만, 그 이상을 다루고 있지 못하고 있다는 점에서 '평범'하다고 주장한다.*

물론 피상적인 문제 제기이기는 하지만 인간의 본질을 보여주는 것이 참된 문학이라고 생각하는 임긍재에게 「두 파산」이 평범한 작품으로 받아들여졌다면, 그가 생각하는 주관성은 특정한 시공간과는 무관한 것이라고 할 수 있을 것이다. 당시 우익문학론의 핵심 개념이었던 '세계문학' 혹은 '고전'의 의미를 떠올리게 하는 부분이다.

물론 여기에는 임긍재의 우익 당파성이 작용했을 것이다. 이는 김동리의 「역마」를 「두 파산」의 한계를 넘어서는 작품으로 평가하면서, 그 근거로 제시하는 것이 '허무에의 저항'**이라는 피상적인 수사밖에 없다는 점을 통해서도 짐작할 수 있다.

---

* 임긍재, 「주관성의 박약」, 『민성』, 1949. 12, 48면.
** 임긍재, 「주관성의 박약」, 『민성』, 1949. 12, 49면.

3. 신인간주의 문학론

「작가 3인론」은 한국전쟁 발발 직전이었던 1950년 6월에 발표한 글
이다. 김광주, 최태응, 김송, 이 세 작가의 특성을 각기 드러내는 이 글에
서도 임긍재는 예의 이분법적 세계관과 문학관을 바탕으로 문학의 영원
성을 강조한다. 그런데 이 글에서는 과거 그의 글에서 거의 언급되지 않
았던 문제가 제기된다.

> 김송 씨의 작품 「남사당」을 위시하여 「동경」, 「살모사」, 「파시의 여
> 상」, 「정임이」, 「달이 뜨면」 등을 읽고 나면, 그의 전설에 대한 풍부한 지
> 식을 새삼스럽게 느끼는 동시에, 그 작품의 세계가 어디인지 '전설의 현
> 대화'한 것 같기도 하고 '전설의 생활화'한 것 같기도 하다. ……확실히
> 우리 문단은 전설에 대한 문학 활동이 적다. ……이것은 우리의 문학 표
> 준이 서구적 정신 아래 이루어졌다는 것밖에 안 되는 말이다.
>
> —「작가 3인론」, 『문학』, 1950년 6월

전설을 '우리적인 것'으로 인식하는 근거는 무엇이었을까? 이보다 3
개월 앞서 발표한 「정치주의 문학의 비문학성」에서 임긍재는 '정치주의
문학'의 유한성과 '인생'에 밀착한 문학의 영원성에 대해서 다음과 같이 말
한다.

> 왜냐하면 문학은 인생의 축도이기 때문에, 인생의 전부가 계급투쟁에
> 만 있다면 계급 없는 사회가 이루어질 때에는 문학의 생명이 없어질 것이
> 지만, 인생은 계급투쟁만이 전부가 아니라 희망이 있고, 이상이 있고, 인
> 정이 있고, 사랑이 있고, 눈물과 의리와 동정과 감상과 그밖에 변화무쌍

한 심리를 갖고 있고, 양심과 도덕과 모든 논리와 윤리를 갖고 있느니만
치, 문학은 인간과 더불어…….
—「정치주의 문학의 비문학성」, 『백민』, 통권21호, 1950년 3월

특별히 새로운 내용은 아니다. '희망', '이상', '인정', '사랑', '눈물',
'의리', '동정', '감상' 등 인생과 문학의 영속성을 보여주기 위해서 동원
한 용어들은 하나같이 감상적이다. 그런데 임긍재의 이와 같은 태도는
「전시하의 한국 문학자의 책무」를 기점으로 변화하기 시작한다. '현실',
'경험', 무엇보다도 '합리성'이라는 개념이 임긍재 글의 중심을 이루기
시작한다. 특히 다음과 같은 부분은 이전과는 많이 다른 모습이다.

나는 여기서 모든 한국의 문학자들에게 권면하고 싶고 또 애원한다.
아니 내 자신에게 하는 말이 되어도 좋다. 하여튼 이 땅의 모든 문학자들
이 다 같이 언제인가 저쪽 피안에서 몰려들어온 사조와 지식에서 쌓인 개
념을 쏟아 치우고 좀더 솔직하게, 그리고 몸소 심각하게 사병들과 함께
포염 속에 뛰어들 수는 없을 것인가!
—「전시하의 한국 문학자의 책무」, 『전선문학』, 1호, 1952년 4월

글에서도 밝히고 있듯이 이는 사실 한국전쟁 이전의 자기 자신의 문
학론을 향한 '권유'이기도 하다. 문학이란, 물질적이고 가변적인 '현실'
과는 다른 '정신적', '영속적' 차원에 있어야 하는 것이라고 생각했던 임
긍재는 이제 다만 흔적으로 남기 시작한다. 그 첫 번째 단계에서 동원되
는 용어가 '신인간주의'이다.

휴머니즘은 인간의 자연을 억제하는 것 또한 왜곡하는 것에 대하여

인간성 옹호에 있는 것이며, 또 인간성의 해방과 인간성의 옹호를 위하여, 인간의 자연적인 것에 속하는 일체의 억압 즉 성향에 구속되거나 또는 주위 환경의 세계에 속박되어서는 안 되는 것이다.

—「신인간주의 문학의 이론과 사적 배경—한국적 생리의 확립을

위한」, 『문화세계』, 1953년 8월

「신인간주의 문학의 이론과 사적 배경—한국적 생리의 확립을 위한」은 1953년 8월에 발표된 글이다. 임긍재는 신인간주의 문학의 의미를 르네상스와 합리주의에서 찾고 있다. 다소 피상적인 그의 말을 통해서 그가 말하는 신인간주의를 명확하게 이해하는 것은 간단하지 않다. 다만 그가 이 신인간주의의 반대편에 상정하고 있는 부정적인 현실의 실체를 확인하는 것이 더 도움이 될 수도 있다. 그가 부정적으로 인식하고 있는 현실은 '기계주의적 현실', '파시즘(독재주의)', '공산주의'이다.

1953년 8월이면 한국전쟁이 휴전된 직후이고, 조병옥, 박연희와 함께 펴내던 잡지 《자유세계》가 부산 생활을 마치고 서울로 오면서 《신세계》로 제호를 바꾸어 새로운 출발을 시작할 무렵이었다. 이때 등장한 '반反 파시즘'이라는 새 개념은 임긍재의 관심이 '문학'에서 정치로 급격하게 이동하고 있었음을 알려주는 부분이다. 예를 들면 다음과 같은 부분도 마음만 먹으면 아주 정치적으로 해석할 수 있다.

그렇다면 인간성을 억압하는 것은 무엇을 말하는 것인가. 여기에서는 대체로 두 가지를 생각할 수 있다. 즉 인간 자체의 내적인 면(정신적)과 외적인 면(주위 환경의 세계)이 그것이다.

—「신인간주의 문학의 이론과 사적 배경—한국적 생리의 확립을

위한」, 『문화세계』, 1953년 8월

그런 점에서 「신인간주의 문학의 이론과 사적 배경」 발표 1년 후에 발표한 「문학과 정치의식」은 문학적 전향 선언처럼 들린다.

> 이 나라의 순수문학을 지향하는 군상들은 현실을 도피하고 신비주의적 예술지상주의를 고집하고 현실과는 초연한 태도로 창작을 하고 있으나, 그들은 회고의 망령을 언제까지나 어루만지고 있을는지 반성의 여지가 충분이 있다고 생각할 수 있다.
>
> ─「문학과 정치의식」, 『현대공론』, 제2권 6호, 1954년 8월

물론 이 시점에서 임긍재가 이른바 '문학의 영원성'이라는 가치를 폐기했던 것은 아니다. 그러나 눈에 띠게 '현실'이라는 맥락을 강조한다. 우리는 현실에서 벗어나 살 수는 없고, 정치현실에 대해서 '피안의 화재처럼 방관할 수는 없는 일'*이라든가, 글 끝에서 조심스럽게 '정치와 삶의 불가분성을 강조하고 있는 것'**은 임긍재의 변화를 한눈에 알아볼 수 있게 해 준다.

4. 우익문학 진영 내부에 대한 비판

「문화 운동의 변조적인 경향에 항抗하여」는 가장 격렬한 우익문인으로 인식되었던 임긍재의 또 다른 면을 보여준다. 이 글은 제목에서 이미 느낄 수 있는 바와 같이 문화계, 보다 구체적으로는 전국문예단체총연합회(이하 문총) 내부의 기회주의적이고 이기적인 행태에 대한 강력한 비판

---

* 임긍재, 「문학과 정치의식」, 『현대공론』, 제2권 6호, 1954. 8. 181면
** 임긍재, 「문학과 정치의식」, 『현대공론』, 제2권 6호, 1954. 8. 183면

을 담고 있다. 임긍재는 한국전쟁 이후 (남쪽에서는) 공산주의 문화 운동이 소멸했기 때문에 글을 쓰고 있는 당시는 문총의 존재 이유를 다시 물어야 할 시기라고 진단한다. 임긍재는 그런데 지금 문총은 유명무실해졌을 뿐만 아니라, 행사나 치르고 감투나 나누는 곳이 되어버렸다고 맹렬하게 비난한다. 먼저 임긍재가 문제 삼은 것은 이른바 '한하운 시초 사건'*이다. 그는 메카시즘적 태도로 한하운을 간첩으로 몰았던 사건에 침묵하고 있었던 문총 문예파에 대해서 비판한다.

이른바 한하운 시초 사건이 일어났을 때, 어찌하여 문총은 침묵을 지키고 있었던가. 그 시집이 붉은 시집이 아니냐 하고 수사당국에서까지 문제시하여 예리한 수사를 계속하고 있을 때에도, 그것을 판가름할 수 있는 의무와 책임을 가지고 있는 문총이면서도 어찌된 셈인지 성명서 하나 발표하지 않고 묵살하고 말았다.

—「문화 운동의 변조적인 경향에 항하여—작금 1년간의 문화계 동태」, 『청춘』, 1954년 10월

---

* 시인 한하운은 1953년 시집 『한하운 시초』(정음사) 재판을 찍었다. 이에 대해 관계 당국은 판매 금지와 압수 조치를 취했다. 『한하운 시초』가 '좌익선동서적'이라는 것이었다. 이에 반공투사 셋은 잽싸게 각기 자신이 소속되어 있던 《신문의 신문》(최홍조), 《태양신문》(김영일은 당시 《태양신문》 발행 주간지 《소년태양》에 근무),《평화신문》(이정선)을 통해 여론화했다. 한하운을 좌경분자로 보게 된 배경 설명에서 이정선은 "그 당시 필자와 《신문의 신문》 발행인 최홍조 씨와 그리고 아동문학가 김영일 등 세 사람이 모여 『한하운 시초』의 발간은 문화빨치산의 남침이며, 더구나 이병철의 글 내용을 살짝 고쳐 조영암의 이름으로 쓴 '후기'가 민족적인 것으로 카무플라주하여 전국 서점에 배본하고 있음은 틀림없는 신각도의 북한 괴뢰들의 대남공작으로 간파하여야 한다"는 견해에 일치했었다고 역설했다. 중과부적이었던 《서울신문》은 특종 3일 만에 두 간부의 목만 억울하게 자르고 말았다. 바로 그날 관계당국은 한하운을 본격 수사한다고 발표했다(11월 20일). 실은 이미 11월 초부터 내사했고, 몇몇 언론의 고발에 국가 기관이 본격적으로 개입하자 관망하던 언론들도 일제히 수사 착수 기사를 쓰게 되어버려 이제 거지 한하운의 운명은 수사권에 당그라니 매달리게 되었다. 당국이 본격 수사에 착수하겠다던 바로 이튿날인 1953년 11월 21일, 이성주李成株 내무부 치안국장은 한하운이 좌익이 아니라고 언명한다.

'한하운 시초 사건'에 관한 내용은 '예술도서관' 내 '한국디지털도서관(http://wal.kll.co.kr/element_express)에 임헌영이 연재한 「임헌영의 문학세계」 제168회, '간첩으로 몰린 한하운'의 내용을 다시 정리한 것이다.

임긍재는 이런 침묵의 원인을 문총 내부의 영향력 있는 인사들의 개인적 욕심과 현실타협주의로 인식한다. 그는 구체적으로 문총 문예파가 예술원 회원이라는 감투를 얻기 위하여 문총을 사유화하는 과정에서 이런 기회주의적인 행태가 발생했다고 진단한다.* 이 글이 임긍재의 마지막 문학평론은 아니다. 또한 임긍재식으로 말하면 '본격 문학평론'도 아니다. 그러나 이 지점에서 되돌아보면, 처음 「꿈과 문학」으로 시작하여 영속성을 지향하는 문학을 강조하고, 백철과 임화를 신랄하게 비판하던 6, 7년 전의 임긍재와 1954년의 임긍재 사이에 공통점과 변화가 뚜렷하다.

1954년에도 임긍재는 여전히 반공주의자였고 현실과의 타협을 혐오했다. 어느 정도 편견이었을 것이다. 그러나 문학이 현실에서 완전히 발을 뗄 수는 없는 것이라는 생각은 6, 7년 전의 임긍재에게는 없었던 것이다. 그가 서 있었던 정치적 입지점이 그런 변화를 불러온 것인지, 아니면 내면의 변화와 정치적 선택이 함께 이루어진 것인지 정확하게 알기는 어렵다. 약 2년 뒤인 1956년에 발표한 임긍재의 또 다른 글, 「마술성의 테로와 맥카씨즘」에는 다음과 같은 구절이 있다.

'정당한 비판'과 '정당한 반성'이 없는 인생이란 때에 따라서는 '돈키호테'도 될 것이며, 변절자, 배신자, 파괴분자, 이단자, 음모가, 악질 변태자, 폭력분자 등으로 별칭을 받게 될 것이다. '정당한 비판'과 '정당한 반성'을 하는 사람은 양식 및 양심을 가진 사람으로서 도덕적인 선악의 판단을 내릴 수 있을 것이다.

—「마술성의 테로와 맥카씨즘」, 『신태양』, 제5권 4호, 1956년 4월

---

* 「문화 운동의 변조적인 경향에 항하여―작금 1년간의 문화계 동태」, 『청춘』, 1954년 10월, 134면. 이 문제는 남원진의 논문 「반공국가의 법적 장치와 '예술원'의 성립 과정 연구」(《겨레어문학》, 제38호, 2007)에서 상세하게 다루고 있다.

영속적인 문학이 아니라, 합리적인 현실을 갈구하는 임긍재가 보인다. 이제 '문학'이 아니라 '현실'이라는 가변적인 영역에서 더 큰 의미를 찾았기 때문이었을까? 1957년부터 숨을 거두기까지 약 5, 6년간 임긍재는 문학과 관련된 글을 쓰지 않았다.*

* 소설가 박연희에 따르면, 임긍재는 작고하기 몇 해 전부터 자기 자신을 평론가가 아니라 정치인으로 자인하고 있었다. 그리고 입버릇처럼 "문학은 스케일이 좁아, 정치보다……"라고 말했다고 한다(박연희, 「문학은 스케일이 좁다던 임긍재」, 『현대문학』, 제9권 2호, 1963, 292면).

1918년　황해도 연백의 부유한 집안에서 출생. 9남매 중 셋째였으며, 1950년대
　　　　《연합신문》 문화부 기자였던 임권재가 다섯째였다. 일본 주오대학中央大學
　　　　법문학부를 졸업했다고 알려져 있으나 정확한 입학 및 졸업 연도는 잘 알
　　　　려지지 않고 있다. 두 번 결혼을 했으나 모두 실패했다. 두 명의 아들이
　　　　있고 그들이 임종했는데, 임긍재와 이혼 후 미국에 거주하고 있던 어머니
　　　　를 찾아 도미했다. 현재까지 그들과 연락되는 친지와 지인은 없다.

1946년　서울예술대학 강사,『연합신문』 편집국장, 조선청년문학가협회 참여.

1947년　《백민》에 「꿈과 문학」 발표.

1948년　백철의 중도적 입장을 맹렬하게 비판하는 「허망과 아부」, 「제3문학관의
　　　　정체」를 각각 《평화일보》와 《해동공론》에 발표.

1949년　「문학과 현실—현실주의 문학의 노예성」을 《백민》에 발표.

1950년　한국전쟁 발발 후 부산으로 피난. 피난 시 김종문의 지프에 동승했다가
　　　　사고로 한쪽 다리에 장애를 입음. 이때 입은 부상은 그의 지병이었던 골
　　　　수염의 원인이 됨.

1951년　숙명여자대학교 강사.

1952년　조병옥을 발행인으로 박연희와 함께 《자유세계》 창간, 편집인을 맡음. 이
　　　　때 《자유세계》의 대표는 임긍재의 동생 임권재였다. 이로 미루어 《자유세
　　　　계》가 임긍재 주도 아래 운영되었으리라고 판단할 수 있다. 민주당 구파
　　　　측 인사들과 밀접한 관계를 유지. 「호헌선언문」을 영어로 번역한 혐의로
　　　　체포, 모진 고문을 당함. 후유증으로 지병인 골수염 재발. 《평화신문》 논
　　　　설위원.

1953년　종전 후 서울로 돌아와 활발하게 문학 활동을 전개한다. 그는 주로 박연
　　　　희, 이활, 전봉건, 김종삼 등과 서린다방에 진을 치고 있었다고 한다. 서
　　　　린다방에 자리 잡은 이들은 플라워다방을 중심으로 회합이 잦았던 김동
　　　　리, 조연현 등과 우파문학 진영 내에서의 경쟁 관계를 형성했다. 시인 김
　　　　광림 선생의 기억에 의하면 서림다방에서 모였던 이들을 이끌었던 인물
　　　　은 임긍재였다.

1956년	민주당 문화부 차장.
1960년	연초에 조병옥이 미국에서 타계하자 두문불출. 이 무렵에 지병인 골수염이 악화됨. 4·19 이후 민주당 정권이 들어서면서 재기의 발판을 마련한 임긍재는, 조병옥 타계 후 새로운 구파 측 영수가 된 김도연이 총리로 지명되자 총리실로 들어갈 차비를 시작함. 그러나 김도연 총리 지명안이 3표 차로 부결되자 다시 좌절.
1961년	심리적 좌절감과 골수염 악화 등으로 효자동 순화병원에 입원.
1962년	1월 1일 순화병원에서 병사.

1947년   「조선 문학의 위기」,《예술조선》, 10월

　　　　「꿈과 문학文學」,《백민》, 9월

　　　　「공동 창작에 대하여」,《경향신문》, 11월 2일

1948년   「문학과 연애의 문제」,《백민》, 1월

　　　　「신인론」,《예술조선》, 1월

　　　　「제3문학관의 정체―백철론」,《해동공론》, 4월

　　　　「민족문학 제창 후의 작품 경향」,《예술조선》, 4월

　　　　「분장한 복건의 시인―임화론」,《백민》, 5월

　　　　「문학과 현실」,《백민》, 7월

　　　　「학원과 여학생의 풍기 문제」,《대조》, 8월

1949년   「본격문학의 인간성과 시류문학의 목적성」,《백민》, 1월

　　　　「허구와 진실」,《조선일보》, 8월 13일, 17일

　　　　「주관성의 박약」,《민성》, 12월

1950년   「테마의 산만성과 묘사의 습작성」,《경향신문》, 1월 22일~24일

　　　　「정치주의문학의 비문학성」,《백민》, 3월

　　　　「총선거를 앞둔 각 정당의 동태」,《국회보》, 5월

　　　　「작가 3인론」,《문학》, 6월

1952년   「전시하의 한국문학자의 책무」,《전선문학》, 4월

1953년   「자유와 반자유의 예술」,《문예》, 2월

　　　　「회의와 모색의 계제階梯」,《문화세계》, 7월

　　　　「신인간주의 문학의 이론과 사적 배경」,《문화세계》, 8월

　　　　「제3문학관의 독소성」,《문예》, 9월

1954년   「문학과 정치의식」,《현대공론》, 8월

　　　　「문화 운동의 변조적인 경향에 항抗하여」,《청춘》, 10월

　　　　「문학적 현실을 인간적으로 형상화하기 위하여」,《신태양》, 12월

1955년   「신예들의 정진」,《동아일보》, 2월 2일

　　　　「성실성의 제시」,《동아일보》, 3월 10일

「원죄와 현실의 반항—박영준론」, 《신태양》, 6월

「현실과 인간의 결핍」, 《동아일보》, 5월 3일

「인간과 흙의 거리—이무영론」, 《신태양》, 7월

「선전가치와 영화예술성」, 《동아일보》, 8월 12일

1956년 「문학 상실에의 경향」, 《새벽》, 3월

「마술성의 테로와 맥카씨즘」, 《신태양》, 4월

「애매한 인간부정—곽학송 씨의 '황혼 후'」, 《신태양》, 7월

「신진들의 현저한 진출」, 《자유세계》, 12월

1957년 「국회의원과 특권계급」, 《신태양》, 5월

1958년 「영화 연기의 몇 가지 문제」, 《조선일보》, 6월 6일~9일

한국문학의재발견-작고문인선집

임긍재 평론 선집

지은이 ㅣ 임긍재
엮은이 ㅣ 김택호
기 획 ㅣ 한국문화예술위원회
펴낸이 ㅣ 양숙진

초판 1쇄 펴낸날 ㅣ 2011년 3월 10일

펴낸곳 ㅣ ㈜현대문학
등록번호 ㅣ 제1-452호
주소 ㅣ 137-905 서울시 서초구 잠원동 41-10
전화 ㅣ 516-3770
팩스 ㅣ 516-5433
홈페이지 www.hdmh.co.kr

ISBN 978-89-7275-547-0 04810
ISBN 978-89-7275-513-5 (세트)